ちくま学芸文庫

戦争体験

一九七〇年への遺書

安田 武

筑摩書房

目次

戦争体験　一九七〇年への遺書

学徒出陣二十周年にあたり
徳澄正のために

序章　なぜ戦争体験に固執するか

若い中隊長が作戦を誤まった。そのために、ぼくたちの中隊は、三分の一が戦死し、三分の一が負傷し、残りの三分の一だけが、辛うじて無事――その間、二時間ぐらいのことであったろう。ぼくたちは、ようやくの思いで塹壕のなかの敵を追い散らし、石で造られた橋梁の蔭にとりつくことができた。昭和二十年八月十五日の朝まだきのことである。

死ななかった連中が、暁闇のうすい靄のなかから、一人、二人と姿を現わすたびに、ぼくたちは、お互の無事を喜びあって肩をたたいた。殲滅的な作戦を敢行して、とにかく、その橋梁の蔭に辿りついたが、しかし敵は、まだ完全に敗走してしまったわけではない。大きな頑丈な石の欄干に遮蔽して、ぼくたちは、戦争をつづけた。Aが、右の眼だけをのぞかせて、そこから撃ちまくっている。ぼくもAの蔭にかくれ、Aの肩越しに、やはり右の眼だけでうかがいながら、ヤタラと撃っていた。Bは同じように、ぼくの肩越しに撃っていた。

シッという鋭い音が、ぼくの耳朶をかすめたのと、その時まで、ぼくの肩にもたれるようにしていたBが、ゆっくりと、ぼくの肩からはなれ、そして仰向けにひっくりかえったのと、ほとんど同時であったようにぼくは覚えている。ぼくがふりむいた時、Bは橋の上にのけぞり、ぼくがその肩に手をかけた時、もう彼は死んでいた。敵弾は、もののみごとに鉄兜の星章をブチ抜き、眉間から後頭部を貫通した銃弾のために、彼はウともスともいわなかった。明らかに狙撃兵の狙い撃ちであった。盛夏の曙日が、すでに蒼ざめ果てた彼の顔面に灼けつき、ぴたりと時間が停止したような周囲の静寂をぼくが感じた時、Bの傷口から、はじめて、たらたらと血が流れてきた。――ぼくは、Aの蔭から右眼だけを出していた。つまり、敵にたいして、右半顔ほどをAより露呈していたことになる。Bはさらにちょうど顔半分を、ぼくから露呈していたわけである。

その朝早く、七十名近い若者が殺され、苦しい激戦が終って、ホッとした、いわば幕間のようなひとときに、ぼくよりほぼ十糎ほど、右に「位置」していた奴が、声も立てずに死んだ。前にも書いたとおり、それは、昭和二十年八月十五日の早暁のことであった。

間もなく、「終戦の詔勅」は降り、ぼくたちは、ソ連軍の捕虜となり、それから一年半の後に日本へ還った。

なぜ、戦争体験に固執するのか、――そう問われれば、ぼくは当惑するよりほかはない。固執するわけではなく、固執せざるを得ないのだ。なぜならば、その体験を抜きにして、ぼくの今日は無なのだから。

ぼくは、いま、毎日好き勝手な本を読み、好きな酒を呑んで暮している。ぼくの生活は、人目には、きっと不しあわせではないだろう。いや、人目どころか、ぼく自身、われとわが身を不幸だなぞと思ってはいない。

ところで、ぼくが、いま不しあわせでないのは、あの時、ホンの十糎ほど左の方に位置していたからなのだろうか。ソ連軍の狙撃兵が、ぼくではなく、Bを狙ったからであろうか。それとも、八月十五日に、敗戦がきまったからであろうか。

では、あの時、十糎ばかり、右の方にいた奴のしあわせは、どうなったのだろう。もし、「終戦の詔勅」が、昭和二十年八月十四日だったらどうなるのか、八月十六日だったら、それはどうなっていたのか。

〈厚生省の調べによると、今年〔一九五九年〕の七月一日現在でソ連邦地域での消息不明の未帰者は五千四百五十八人、このうち十二人（うち朝鮮人二人）が、こんどの発表でその死亡が確認できた。〉

これは、つい先ごろの『朝日新聞』の記事である。徳澄正（彼のことについて、ぼくは幾度か書いた。東大国文科在学中、出陣した彼の消息は、いまもって、全くわからない）のことは、ついにわからずじまいになるのだろうか。誰にもわからず、伝わらぬ「死」というもの――それがぼくたちの生きている現代の社会のなかであったのだ。人の生命が、これほど侮辱された時代が、ついこの間、この日本にあったのだ。しかも、ぼくたちは、かつて、その祖国に、自分たちの生涯を捧げようと覚悟していたのだった。

ぼくを、その「覚悟」から救ったものは、わずか十糎の任意の空間の距離にすぎない。或はあの狙撃兵の恣意的な選択にすぎない。あの時から十五年、その後のぼくの生存を保証しているものは、あの時の任意の距離、もしくは、見知らぬ異国人の恣意なのだろうか。そして、これからも、ぼくの生きている限り、ぼくの生命は、所詮ひとつの「偶然」にすぎないのだろうか。

映画スターの酔っぱらい運転による事故死や、無謀な若者の山の遭難などに大騒ぎする「平和」な時代のなかで、ぼくは、生きる場所を見出すのに苦しむ。陽あたりのいい隠居所を作って、そこで静かに余生を送りたい、というぼくの願いは、冗談や酔狂ではないつもりである。

戦争体験に固執するかぎり、そこからは何ものも生まれないであろうし、それは次代に伝承されることも不可能であろうという批判は、耳の痛くなるほど聞かされている。しかし、戦争体験を放棄することによって単なる日常的な経験主義に陥り、その都度かぎりの状況のなかに溺れることだけは、ぼくはもうマッピラだ。

戦争体験の伝承ということ、これについては、ほとんど絶望的である。ぼくは、戦争体験に固執し、それについて、ブツクサといいつづけるつもりであるが、それを次代の若者たちに、必ず伝えねばならぬとは考えていない。最近どこかの座談会で、「それを受けつぐか、受けつがないかは、若いゼネレーションの勝手たるべし」と発言していた竹内好の言葉に、ぼくはぼくなりに、全く感動的に共鳴するのである。

I

喪われた世代

私たちの履歴書

戦後の出版ブームで、雨後の筍のように簇出《そうしゅつ》した出版社のひとつに、二千五百円の給料で雇われることになった。中途になってしまった学業を終えるために、そうすることが必要であった。しかし、間もなくこの出版社は解散になり、別の出版社に職を見つけた。そこも、程なくして潰れた。

敗戦後のどさくさと、昂進するインフレの荒波のなかから、このようにして、私たちの学生生活がふたたび開始され、同時に、不幸な職業生活の遍歴がはじまった。ひとつの職場から放り出されるたびに、新しい職場を探し求めてかけずり廻り、求人広告を見ては、幾枚も幾枚もの履歴書を書いて、手当り次第に郵送する。

昭和十八年十二月、学徒出陣ノタメ出征

履歴書には、そう書く。だが、この同じ文句を、復員いらい、もういくたび書いてきたことか――そう思いはじめたころから、履歴書を書くのが、つくづくイヤになった。餓死したっていい、俺は、二度とふたたび履歴書を書くまい……。

戦後の惨めな生活と、そしてむろんあの軍隊での、戦場での、収容所での、いまわしい記憶と、更にもっと遡れば、暗澹たる気持で過してきた戦時中の学生生活と、それらのすべてが、履歴書のこのたった一行の文句のなかに、たたみこまれている。それらの記憶は、さまざまにもつれ合い、からみ合って、筆をおいて書き上げた履歴書をみつめている私を、何ともいいようのない暗い屈辱感と、心の真底からもえたぎってくるような深い憤りのなかに、ひきずりこんでいくのだ。

昨年（一九五三年）の十一月初め、私は、この憤懣《ふんまん》を率直にぶちまけて、某新聞に投書した。

〈広津和郎氏に就職のことでお願いにあがったことがある。そのとき、私の履歴書に眼をとおされた広津氏は「ああ、君もやっぱりねえ。いちばん大切な時をねえ」といって、私の顔をしみじみと見られた。履歴書には「昭和十八年十二月一日、学徒出陣ノタメ出征」と学歴の欄に書いてある。広津氏がいわれたのは、むろんそのことを指していたのだ。

学業を中途で放棄し、青春の夢も希望もすてて戦場におもむかなければならなかったあの当時のわれわれの不幸は、まことにいいつくしがたいものがある。われわれの履歴書からそのいまわしい文字を消去ることが、もはや永久にできぬのと同じように、われわれの一生にも、ぬぐいがたい汚点としてその傷あとをとどめている。

しかも、われわれは生き残った――ということを感謝せねばならぬのだ。かつて同じ学舎に学び、同じ志に燃え、同じ青春の喜びと悲しみをともにしながら、征《ゆ》いてついに還らぬ友たちを想えば……しかしながら、いまはもはや黙して語らぬこれらの友たちの苦悩と無念さとをしのび、追悼するのみで、生き残ったわれわれの責が果されるとは思われぬ。

今年もやがて十二月一日がやってくる。そして、今年はあの第一次の学徒出陣からちょうど十年目にあたる。「国内必勝態勢の強化」という白ぬきの大見出しの下に「学生の徴兵猶予停止」「法文系大学教育を停止」と大きな活字がおどって、東条英機の写真を掲げた当時の新聞記事を、私はいままざまざと思い出す。しかも現在、臨時国会における政府の答弁はどうあろうと、再軍備問題は動かしがたい既成事実となりつつあるようだ。ふたたび万事が手遅れになろうとしている。

私は、現在学窓にある諸君に提案したい。来る十二月一日、われわれはまさしく一世代をこえて手をにぎり「学徒不戦の誓い」を新たにしようではないか、と。〉(『朝日新聞』五三・一一・五)

この投書には、予期した以上の反響があった。

東大、京大はじめ、全国諸々の大学で、この日を期して集会がもたれ、「不戦の誓い」

が採択された。多くの友人からは、いいことを言った、という意味の激励の手紙や電話がある。私は、いささか「怨みを晴らした」という感慨を覚えた。怨みを晴らした――この気持を、もう少し正確にいえば、死んでしまった学友たちの「怨み」を晴らしたと思ったのである。

ところで、このことを通じて、私は思いがけぬ教訓をえた。というのは、東大での集会の後、学生諸君との懇談会に招かれた私は、その席上、つぎのような事実を知ったことである。

それは、第一に、昭和十八年十二月一日、法文科系大学教育の一切が停止され、学生にたいする徴兵猶予の制度が撤廃されて、わが国の学生は、ひとり残らず戦場に送り出されたという事実を、こんにちの学生諸君が、もはや知らないということ。第二に、『きけわだつみのこえ』は、どうもピンとこないところがある、というふうな発言があったことである。

私たちの世代にとって、死んでも忘れられない昭和十八年十二月一日、その日を、十年後のこんにち、学生諸君さえ、もうそれを知らないということに、私は深く驚かされた。また、私が入隊して間もないころ、家郷への便りに、厳しい寒さがつづきます、と型どおりの時候の挨拶を書いたところ、「厳しい寒さ」という文字は、防諜上よろしくない(私は北朝鮮の国境におった。)といって叱られ、削除を命ぜられたことがある。当時、そんなメチャメチャな検閲下に、辛うじて生きていることだけを、家のものたちに告げることができたのである。だから、戦後『きけわだつみのこえ』が発刊された時、まず最初にびっくりしたことは、よくこれだけの手紙が残っていたということであった。

しかしながら、翻って考えれば、それもこれも、こんにちの学生諸君に理解がつかぬというのが当然であろう。私は、今更の如く、十年という歳月がもたらした深刻な断層に、しみじみ思い当るものがあった。

けれども、若しもこのような断層が、私たちとこんにちの若い人々との間に現にあるとすれば、それは、そのまま放置されていてよいのであろうか、断じて、否――。逆のいい方をすれば、たった十年前の幾百万の先輩のいのちと生涯をかけた体験が、空しく埋もれてしまうことになるのだ。

私たちは、その日の懇談会で、今後は、互に緊密な交流をはかって、そうした断層を埋めるよう努力することを約束し合い、そのための実際の仕事に、少しずつ努力をはじめた。

その時、『文藝春秋』（五四・三）に本多顕彰氏の「二三十代」の悲劇――旧倫理の最後の人々――」なる文が公にされたわけである。この論文は、少なからぬ点で、私たち世代の気持にふれえていると同時に、かなり本質的な点に、現在の私たちの考えと、まったく相容れないものがある。これは問題だ――そういう声が、期せずして、私たちの間におこってきた。

ふりかえってみると、敗戦以来、世代の問題については、いくたびか活発な論議が繰りかえされたようである。私たち世代についても、――その頃、私たちは二十代としていわれてきた――さまざまな論議がなされなかったわけではない。けれども、それらのすべては、私たち以外の世代から、私たちに向って、いまの二十代は……現在の三十代は……というふうにいわれたのであって、私たち世代のなかから、私たちの問題として、はっきり提起されたことはなかった。その頃、私たちが強いられてきた大きな犠牲から、まだ立直ることができず、「より旧い」世代からの発言を、ただ黙って受取るよりほか、いかにそれらのあるものが、彼らの独断によって、私たちをあっさりと括ってしまっていても、抗議することも、反駁することもできなかった。いわば、かなり長い期間、私たちは、私たち自身、処理しきれない大きな問題を、彼らの解釈なりにまかせてきたわけである。が、いまはもう、そうしているわけにはゆかない――私たちは、そう考えた。そこで、私たちは、本多顕彰氏の論文を中心に、敗戦いらい論じられたいくつかの世代論をふりかえりつつ、「私たちの世代」について、自から考え、討議し、整理してみようということになった。

以下の報告は、私たちが、こうした意図のもとに、いくたびかの会合と討議の末、辿りついたひとつの結論である。これは、むろん「三十代」のすべてを通じての結論であるなどとは、私たちはいわない。けれども、少くとも三十代のかなりの部分に共通した結論である、ということはいい得ると思う。

私たちの会合や討議に参加した人々とは、即ち、青野治衛（週刊サンケイ編集部）、加藤地三（読売新聞教育部）、櫛田克巳（朝日新聞学芸部）、田村義也（岩波書店編集部）、鄭喜一（時事新報社会部）、中村泰次（共同通信政治部）と、私である。

このうち、櫛田が昭和十八年九月に卒業して教職につき、辛うじて軍隊生活をまぬがれているほかは、すべて、昭和十八年十二月の学徒出陣で出征、復員後、ふたたび学業をつづけねばならなかったものばかりであり、出身校は早大、慶大、東大、東北大、上智大がそれぞれ一名ずつ、法大が二名、生年は大正十年が二名、十一年が一名のほかは、大正十二年生れのものたちである。

出陣前夜

昭和二十三年の春、当時発刊された戦歿学生の手記『はるかなる山河に』をめぐって、数人の学生たちによる座談会が、『日本評論』（四八・六）誌（「生き残ったわれら」）に発表された。

その頃、復員してきたばかりの私たちのひとりは、この座談会にふれつつ、つぎのような感想を書いている。

——座談会のなかで、某学生は、戦争の罪悪性を承知していた。しかし、何とか自分だけ要領よくやろうと考えていたことを、「ぼくたちは卑怯だった」と告白している。これは、少なくとも私にとっては驚くべきことである。私もまた、「ぼくは卑怯だった」ということを痛感しているし、私の戦争にたいする憤りも、実にそうした自覚を含んでいるが故に、一層激しいものとなっている。だが、私は、あの頃あの戦争が侵略戦争であるとか、況《ま》して帝国主義戦争であるということを知らなかったし、また人道主義的な立場から、戦争一般を罪悪として否定する考えもなかった。自分だけとくに要領よく立廻ろうというようなことも思ったことがない。しかも、やはりいま「卑怯だった」という自責に苦しめられているのは何故であろうか。

あの頃、私の批判は、戦局の深刻化にともなって顕著になってきた、国内のバカらしい野蛮な軍国主義的風潮にのみ向けられ、戦争そのものは、どこの国、いつの時代にも余儀ないものとして考えていたのである。戦争遂行のためにとられた、超国家主義的、軍国主義的風潮を憎み、憤り、それ故軍部と一部右翼にのみ、憎悪の念をつのらせていった。

それは、その頃の私が、極めて漠然とした——今から思えば——ヒューマニズム、あるいはリベラリズムの思想を抱いていたからである。だから最後に、いよいよ吾々自身が戦場へ赴かねばならなくなった時、私は、いまやこの国難を収拾するものは、吾々若いものをおいてはない。私は、軍部のために戦争にかりたてられてゆくのではないのだ。愛する祖国の国土を守り、光輝ある万世一系の皇統を守るために征く。そのことを、いま歴史は吾々に命じている。これは、吾々の「人格」に課せられた崇高な使命である——と考えたものだ。(何という陳腐な理窟!)

顧みて、私が、自からを卑怯であったと自責するのは、そのように、一応はヒューマニスティックな立場から反戦的でありながら、現実の逼迫につれて、次第にそうした立場を曖昧にし、思考の順当な発展を、自から停止したということに尽きる。では、いったい何が、私をこのような安易な思考の放棄に導いていったのか。むろん、現実の緊迫自体が、私をそこへ追い落していったことは決定的である。が、同時に、

(一) 前述の如く、私の戦争にたいする「批判」は、甘たれたヒューマニズム、あるいはリベラリズムの上に立って、極めて漠然と超国家主義、軍国主義の風潮に反撥《はんぱつ》していたのであり、そこには、何ら理論的な根拠もなかった。

(二) その頃の私が、漠然としたものではあっても、私の若いこころに、そうしたヒューマニスティックな「気分」を養っていたのは、私たちの師や先輩に、そうした人々があったからであるが、それらの人々は、戦局の逼迫につれて、悉《ことごと》くその立場を放棄ないし曖昧にしてしまった。私たちは、軍部に欺かれた以上に、これら師と仰ぎ先輩と頼む人々に裏切られたわけである。(これは学生として当然のことだろう。)

私は、こんにち自から卑怯であったと自覚すればする程、今後に何を戒めねばならぬだ

ろうか。

即ち、ヒューマニズムやリベラリズムは、それが単なる文化主義的な教養主義や人格主義では、これを守ることのできぬものである。現代では、それらは、政治社会にたいする絶えざる関心と理解の上に立たねばならぬ。——

さて、この感想、昭和二十三年、復員して間もない頃の私たちのひとりによって書きとめられた感想は、現在になればまた現在の立場から、さまざまな註釈が必要と思う。けれども、この覚え書は、偽《いつわ》りなく戦後の私たちの実感の、ある部分を説明している。

熊本の五高にいたある友人は、その頃、刑事が学生の寮や下宿先にしばしば現われ、書棚の書物を調べて、ある時、柳田謙十郎の『行為的世界』を危険な文書として持ち去ったと語っている。またひとりは、石川達三の『生きてゐる兵隊』、レマルクの『西部戦線異状なし』を、場末の古本屋で見つけだし、それを読んだ時の胸のときめくような昂奮を語っている。

昭和十八年の九月、水戸の高校を卒《お》えて東大に入ったひとりは、当時『葉隠』の特別ゼミナールが行われ、学生たちがその教場に溢れていたことを語った。

昭和十五年、皇紀二千六百年の祝典に、天皇が東大へ行幸になるというので、多くの学生が検挙された。そのなかには、その学生がただ単に「経済学」を専攻しているという理由から検挙されたものが少なくなかった。どんなに「進歩的な」教授ですら、その最も信頼する自分の学生に、時局を批判するような隻言《せきげん》半句も口にしようとはしなかったし、その批判は、時に言葉の二重の意味で、ある人々、つまり教授と同年代の人々には通じたかも知れないが、学生自身には、それを理解する基礎が何もなかった。

こんな時代のなかで、若《も》しあの戦争自体を、多少とも社会科学的な理論に焦点を結んで批判していたものがあったとしても、それは極めて特別な条件に恵まれた少数の例外でしかなかったと思う。

当時の私たち学生の間で、愛読された書物をいくつか挙げてみると、（専門書は別として）リルケ、カロッサ、シュトルムの諸作品、日本の作家では堀辰雄、横光利一、川端康成。それと評論では小林秀雄、保田与重郎。また高村光太郎の『智恵子抄』、中河与一の『天の夕顔』。――これらの文芸作品が、その専攻の如何を問わず、さかんに読まれた。マックス・ウェーバー、ゾンバルト、（専門書として読まれたのではない。）タウトの『日本美の再発見』、和辻哲郎の『古寺巡礼』。あるひとりは、『鹿鳴集』を愛読していたという。あめつちにわれひとりいてたつごとき、このさびしさをきみはほほえむという歌にどんなに感激したか、いまでは想像もつかぬ、とさえいっている。

阿部次郎、天野貞祐、安倍能成、倉田百三、三木清、河合栄治郎、これら人格主義あるいは新カント派ふうの理想主義者が、偉大な巨像のように学生たちから仰がれていた。そして西田哲学一派。彼らのある者は『世界史的立場と日本』という著作のなかで、太平洋戦争勃発の報に接して、モラリッシュ・エネルギーを感じた、と感激をこめて書いている。

観念の領域、思想の世界に漸《よう》く眼醒めはじめた当時の私たち、二十代の幼ない心が、こうした風潮と、そして一般社会の好戦的な雰囲気のなかから、果して何を学んだのであろうか。

〈青年たちは、死ぬのはいやであったけれども、国のため戦うのは止むを得ないと、ある程度まで自分の意志で戦場へ出たのではなかろうか。これに対する答はまちまちであったが、要するに、彼らは百パーセント意志に反して引いて行かれた屠所《としょ》の羊ではなかった〉と、本多顕彰氏はいわれる。いったい、私たちは、どうすれば百パーセント意志に反しないことが可能であったろうか。しかも、現実の事態は、否応なしに、私たちの途が戦場と死につながっていることを知らせている。心理学でいう、いわゆる合理化、セルフ・ジャスティフィケイションが、何らかの型で行われなければ、私たちは毎日を生きてゆくこともできなかった。

水戸の高校にいたひとりは、昭和十八年の春、水戸三七部隊に三日間宿営して軍事教練をうけた時、その最後の日に、暗い内務班でアッツ島玉砕の放送を聞くや否や、それまで兵営内での生活を寮生活の延長の如く考えて、自由に、気ままに、若干反抗的にすら振舞っていた学生たちがにわかにがらりと態度をかえて、重苦しく緊張したような表情で隊内の規律に服務しはじめた、という体験を語っている。このようにして、私たちに与えられた「運命」を、次第に納得してゆかざるをえなかったのだ。私たちの〈気負い立った出陣〉の心の奥には、何が、どんな想いが、ひっそりと秘められていたか。この矛盾に満ちた胸底の懊悩《おうのう》を解かずに、当時の私たちの心事を、行動を理解することはできない。一方に死の翳《かげ》や狂気、そしてその他方にはりつめたような愛情、その、こころの緊張全体を、人間の美しさ、幸福と観じようとしていた私たちの希《ねが》いが、堀辰雄や高村光太郎の小説や詩に赴かせたのではなかったろうか。しかも、その希い、片隅の秘やかな希いさえ踏みにじられた。

昭和十八年九月二十三日、東条英機による「重大放送」によって、学徒出陣を知ってから、私たちは、それから十二月一日まで、残された日々をどのように送ったろうか。あるものは、出来るかぎりの金策をして旅に出た。また別のひとりは、手紙や日記をばかり、毎日狂気のように書いて暮した。(この手紙は、しかも宛名人に差出される前に、全部コピーをとっていた。こういう例は、『わだつみ』の編纂にあたっても見られた。)あるいは、シュトルムのインメンゼーを、ノートいっぱいに翻訳して過ごした。または、恩師の著作を改めて全部読み直している。

その当時、私たちは、学校を卒業すれば、それがただちに軍隊と戦場への道につながることを「覚悟」していた。だから、学徒出陣の報に接した時、覚悟していた時期が、予想以上に早くやってきたことに狼狽を感じたが、戦場へ征くこと自体には、もはやある諦めと覚悟ができていた。ただ、いよいよその「時」が到来してみると、そんな覚悟などというものの危やふやなことを、今更のように知らされたわけである。

還ってきてから

短からぬ軍隊や、戦場や、収容所の生活から衰え疲れ果てた姿で、廃墟と化した祖国に、辛うじて生還した私たちは、まず真っ先に何を考えただろうか。それは、大学へ復学すること、何はとりあえず「中途半端になってしまった学業を終えること」であった。

しかしながら、学業を継続することは、さまざまの点で困難をきわめた。荒れ果てた軍隊の生活で、夢にあこがれつづけてきた学校生活は、もはや昔のままの姿では、私たちを迎えてくれなかった。過重なアルバイトをともなう学校生活、そして、何よりも私たちの期待を裏切ったものは、講義そのものが堪えがたいほど無味乾燥であるということ——これは不思議なことであった——。こんな筈はない——私たちは、いくたびかそう呟やいてみたが、にも拘らず掩《おお》うことのできない事実であった。

あるひとりは、復員すると真っ先に『戦争と平和』を読んだという。別のひとりはバイブルを読んだ。またひとりはバルザックの『人間喜劇』をノートをとりながら丹念に読みはじめたという。焼けのこりの古本屋をたずね廻って、和辻哲郎の『倫理学』を買い求めたひとりは、期待に胸をときめかしながら読みはじめたその本を、ついに中途でなげ出してしまったという。

沢山の、さまざまの解決できぬ問題を、どっさりと背負いこむようにして私たちは還ってきた。そして、多少無茶な、やみくもな方法で、それらの問題を、少しずつ整理しはじめたのである。しかし、それは決して生易しい仕事ではなかった。理論の辻褄ばかりが、いかに首尾よく一貫していても、それだけで私たちを納得さすことは、もうできない。

敗戦と同時に、解き放たれたような自由の空気は、私たちの上にも、むろんわかたれていたが、私たちの世代は、そのひとつ前の世代の人々のように、そんな自由な空気のなかで、自由に発言する基礎《グルンド》を、何ひとつもちあわせなかった。またそんな自由な空気のなかで、若いこころのはちきれるような疑惑や希望を、今まで知ることもできなかった社会科学の理論や実践にうちこんでいった、私たちより後の世代のような、ひとすじな情熱を私たちは失っていた。たとえば、〈我国の民主主義化という未曾有の大仕事の成否は、人民大衆の輝ける前衛たるべく使命づけられた青年学徒のすこやかな双肩にかかっている〉(『日本評論』四六・七、真下信一「学徒の生きる道」)などという言葉に、今更どうして私たちが同感したり、共鳴したりすることができただろうか。

若し、戦後の虚脱とか、絶望とか、デカダンスということがいわれるとするならば、私たちの世代に関するかぎり、このような心の「重い」状態をいうのであろう。だからそれは〈戦場のその日ぐらしの生活を持ち帰ったから〉という本多氏の解釈とは、およそ違うものである。（私たちは、今度こそ「本当の」生活をしたいと願っていた。）

こうしたなかで、私たちは、私たちの「ブランク」について、深刻に考えねばならなくなった。〈戦争は彼らにブランクを与えたのではない。……戦場で生死をくぐりぬけて来た辛苦の生活は、必ずしも彼らにブランクを与えなかった〉という本多氏の発言は違う。なるほど、私たちは、軍隊や、戦場や、収容所で、平時には想像もつかぬ「異常な」経験をつんできた。しかし、若しも体験という言葉が、その人の一身上に訪れた単なる閲歴とは違って、何らかの意味で、それを体験したもの自身の内側からの、主体的な統制や意味づけが前提されねばならぬものならば、――そして恐らく体験とはそういうものであろう。ただ単に「数奇な」運命を経てきたということだけでは、それはいまだ充分に体験ではない筈だ。――私たちは、処理しきれぬ沢山の問題を、いたずらにかかえこんでいたばかりで、これを体験として意味づけ処理するめども立たぬ有様であった。若しもこんにち、これらの体験が、正に体験として語られるようになったとすれば、戦後八年余り、私たちひとりひとりの努力が、いまやっと、それを体験として生きかえらすことに成功したのだというほかない。

もう一つ、私たちが、軍隊や収容所での生活をとおして、ひとりの友も得ていないということは重要である。いわばかっこにつつまれたような特殊な条件のもとで、「生存」をつづけてきたそれらの生活は、正しい意味での人間としての生活に、本質的なもので何か欠けるものがあったに違いない。これをブランクといわずに何といえばよいか。しかも、私たちは、あの軍隊や、戦場や、収容所での生活を、まったくのブランクな時期と認めることによって、その認識の上にのみ、こんにちの現実に新しく生きてゆく方向を決定してきたのである。

私たちが、特定のイデオロギーや、ただひとつの理論について、あくまで懐疑的であり、時によっては、じれったい程疑い深いのも、こうして、自分たちの過去のひとつひとつと、そうしたイデオロギーや理論のひとつひとつに、納得ずくで対決しようとしているからであろう。

これは比喩であるが、私たちの会合の際、こんな冗談を言い合ったことがある。われわれの世代は、いわば暴力的に強いられて、その純潔を失った女たちのようなものである。それが、果して強姦か、和姦か。厳密な法解釈によれば、恐らく和姦なのであろう。しかし、法の厳格な解釈は強姦でないと判決しても、暴力をもって、無惨に若き日の純潔を奪われた女の怨みは、そうたやすく拭い去られるものではない。疑い深いのは当然である。——勿論、これは私たちの会合が長い討論にそろそろ倦みはじめ、いくらかのアルコールが廻り出した頃の、思いつきな駄じゃれに過ぎないが、若しも「三十代の悲劇」ということが、殊更に「三十代」に限っていわれるとするならば、(戦争は、あらゆる人々に、それぞれの立場で悲劇であった筈だ。）それは、私たちの青春と、あの戦争が、真向から正面衝突をしてしまったということをおいては考えられない。そして、沢山の青春が、まったく物理的な力によって扼殺《やくさつ》されたのである。

若い世代とのつながり

履歴書の「学歴」の欄に、出征という文字を書かねばならなかった私たち世代の「悲劇」を、私たちは、もう二度と祖国の若いものたちの上に繰りかえさせてはならないと誓う。これは、いまやはっきりと私たちが体験と呼べることのできるようになったものの、ひとつのそして最も重大な決意である。誰が『きけわだつみのこえ』の続編を編む勇気があるか。私たちは、二冊の『戦歿学生の手紙』を出したドイツに真剣に肚《はら》をたてている。本多氏の調査は、私たち「三十代」にたいしてなされたというが、どんな階層の、そしていまどんな生活をしている人々にたいしてなされたものか詳《つまび》らかにしないのであるが、（この点、私たちの討議は、はじめから、ジャーナリズム関係の仕事に携わるものに限ってなされた。それは、第一に、私たちが如何なる努力をして、私たちと同年輩の人々をより多く集めてみたところで、それは三十代の全体からいえば、所詮、アットランダムな、従って恣意的にある三十代を寄せ集めた結果になるであろうことを惧《おそ》れたからであり、第二には、こんにちの社会で、ジャーナリズムがもつ役割の重要さに鑑み、その現場に活躍しているものたちの意向を纏めておくことは、決してひとりよがりではないと確信したからである。）その調査された三十代の半数以上が〈自衛のための軍備の必要を認めた〉ということに、私たちは唖然とした。このことは、その支持政党が何であるかということに関係しない。私たちは、信奉するイデオロギーや、また支持する政党の政策によって、再軍備を云々するのではなく、事実は、まったくその逆である。

私たちの学生生活は、戦中戦後を通じて、まったく無に等しかった。いずれの時期にも、私たちは学生らしい、学生生活を送ることができなかった。この無念は、私たちの胸深く秘められている。そしてそれを余儀なくせしめたものが、比喩的にいえば、あの昭和十八年十二月一日である。

俺たちのあの時のあのつらい悲しい気持を、もう一度、若い者たちに強いることだけは、これだけは何としても避けねばならぬ、という決意が、こんにちの個々の問題に関しては私たちの間にもかなり幅広い意見の相違が見られるにも拘らず、互に共通に一貫していて、そして、それがたとえば本多氏の論文に、うてば響くように、どこからともなく呼び合うように、私たちを、その問題の討議のため、一堂に参集せしめたのであろう。

私たちの学生時代の回顧が述べているように、私たちは、観念の領域、思想の世界に眼醒めたその最初から、文化主義ふうな教養主義、人格主義的な自由主義のひよわな限界のうちで育てあげられ、政治や社会への関心を停止し遮断する——あるいは停止され遮断されるようにして、その短かい青春時代を過ごしてきた。このことにたいする深刻な反省が、戦後の私たちに政治や社会へ絶えず関心をもつよう命じているのである。そして、この自覚がまた、私たちのかつての体験を、単なる人格主義的な「悟り」にのみ還元してしまってはならぬと教えてもいる。一定の政治状況を忘れて、人間性一般を思索することの、如何に空しいかを、私たちは、身をもって学んできた。

東大での懇談会の席上、私が、こんにちの学生諸君との間に、いつの間にかでき上った断層に気づき、それを埋めることに努力せねばならぬと考えたのも、私たちの世代がその異常な体験の故に孤立してしまうことが、私たちひとりびとりが孤立している以上に危険であることを「知らされてきた」からにほかならない。そうして、こういう努力が、私たちとこんにちの若い人々の間に続けられている限り、私たちと若い世代との断層は、それは「断層」などという深刻な呼び名に値せぬものであろう。

こうして、私たちの関心は、常に「より若い」世代の上にある。その方へ手をさしのべている。かつて、私たちは、ひとたび教養主義ふうの教育を受けてきた。それは、日常生活の単なるマナーのようなもので、「より旧い」世代に接近した感じがあるかも知れない。本多氏がいわれる旧倫理というのは、倫理という言葉の意味が曖昧で、いささか不明な点もあるのであるが、しかし、いやしくも倫理といわれる以上、それは単に日常生活の慣習のごときものではなく、もっと深く人間の生きてゆく意志を内部から規制するものなのであろう。それならば、私たち世代の倫理は、むろんこんにちの若い人々と共にあるとしても、断じて、いわゆる旧倫理の人々と共にあるのではない。「旧倫理の最後の人々」という本多氏の断定だけは、これはどうしても返上しておかねばならぬ――これが、私たちの最後に到達した結論であった。

学徒出陣のころ

「生きたい」とこれほどまでに考へつつ死に直面した時の苦痛は、思いみるだに顔をそむけたくなるほどぞつとするものであらう。「生きて帰る」俺にはまだ〳〵山ほど人生がある。いや俺ばかりではない。生きとし、生けるもののすべてだ。それがみんな死の中で育ち、ほんものの死へ這入つていかなくてはならぬとは。
――『きけわだつみのこえ』

「死」と「生」と

「死」についての想念が、どうしても、私のこころから去らない。それは、まさに神経衰弱的なものだと思うが、しかし、若し神経衰弱であるとすれば、この症状は慢性的だ。人間の生命というものは、死を前提としないかぎり成り立たない。私たちが、生命を讃《たた》えるのは、私たちがみんな、やがては、かならず、死なねばならないからだ。

だが、生命の秘密を、哲学的な発想で、思弁的に、論議することには、(不思議なことに)まったく、興味がない。私が、死の想念に嘖《さいな》まれつづけているというのは、生命に関する哲学的な省察などという、いかめしい事柄では、さらさらない。卑近な、毎日の、四六時中の生活の実感としてなのだ。

今夜にも死ぬかも知れない。それは、何の前ぶれも予告もなしに、突然やって来る。心臓がコトリと止まれば、万事おわりだ。ところが——何と、私は、今夜どころか、明日のことを、来年のことを、十年先のことを考え、予想し、勘定に入れて、毎日々々を生きてゆかなければならぬ、このバカバカしさ。

万事終りになる、という瞬間を大前提として、十年先のことを考えながら生きてゆかねばならぬ営みの裡で、私は、無気力になり、絶望的になる。何とカッタルイことであるか。〈目立ぬながら私の精神にいつもつきまとっている、ある退屈感、虚無感——〉と、服部達が死の直前に書きのこしていったのを見て、私は、ウンザリし、いよいよ絶望的になってしまった。

ところで、このような〝神経衰弱〟は、おそらく、あの戦争と無縁ではない。哲学的な思弁などということではなく、日常の営みのなかの実感として、こうも絶えず、なまなましく、しつこく、その想念につきまとわれて離れることができないというのは、私たちの過去の体験と切りはなせないものにちがいない、と私は思う。

死になじむ、という。明けても暮れても、「死」のことを考えて生きる。武士道トハ死ヌコトト見ツケタリ。そういう幾年かの生活の後で、私たちに死を約束していた外部の条件がはずされ、それにこたえていた内部的な緊張が弛緩するや否や、崩れるような虚無感の裡で、もはや、慢性化してしまった死の想念だけが、執拗に、私たちの精神を食いつづけ、私たちの意欲を無気力な漂白状態へおし流してしまう。どうも、そういうことらしいのだ。

戦争体験ということをいう時、戦争体験がつくり上げた(或は、掘り崩した)この精神の空白、この空しさの実感にふれずに、私たち(と、敢えて複数でいうのは、そういう世代が、確かに存在するからなのだが。)は、何も語ることができない。

アイツが死んで、オレが生きた、ということが、どうにも納得できないし、その上、死んでしまった奴と、生き残った奴との、この〝決定的な運命の相違〟に到っては、ますます納得がゆかない。——納得のゆかない気持は、神秘主義や宿命論では、とうてい納得ができないほど、それほど納得がゆかない。まして、すっきりと論理的な筋道などついていたら、むしょうに肚が立って来るだけのことである。

ところが、奇妙といえば奇妙、当然といえば当然のことのようだが、私たちの虚無感、空白感のなかには、いかり、いかりが混在する。無力感の底で、暗いいかりが焔を燃やしている。

それでは、無力感などではないではないか。虚無の空白の、というのいい方が、そもそも大袈裟な身ぶりではないか。いかりこそ本音なのか。無力感が実感なのか。

——よく、わからぬ。私たちのこころの裡に、それは、同時に、おなじ比重をもって同在している……。

援護局（東京引揚援護局・未帰還調査部）の暑苦しい部屋の片隅で、私は、徳澄正に関する調査簿を、いつまでも繰っていた。もうすっかりノートに写しおえてしまったのだが、何故かそれを返却する気になれない。返したくないのだ。

じっと坐っていても汗ばんで来る。窓の外の空に、真白な夏雲が、強い光をたたえて輝いている。盛夏の灼けつくような陽の烈しさが、私のこころを、却って、暗くしている。

（昭和十四年の夏のことを、私は、思い出していたにちがいない。）

いまは、ただこれだけ、この薄ぺらな罫紙五、六枚のつづりだけが、「彼」なのだ。戦後十年、それは、かなり手ずれがして、ボロボロになっている。そのボロボロになりかけた書類の手ずれが、彼と別れてから、いつの間にか過ぎ去ってしまった歳月を、思い知らせる。書類の第一頁に、手札型の写真が一枚貼付してある。私たちが別れた当時――東京駅の改札口で別れた最後の日の、そのままの面影が、ここにある。

何故、死んでしまったのが彼で、その彼のことを、十数年もたったいま、こんな粗末なお役所書類で、たずねあぐねているのが私なのか……。

徳澄正。――大正十一年八月九日生。兵庫県立神戸第三中学校を経て、昭和十五年、熊本第五高等学校入学。昭和十八年九月、東京帝国大学文学部国文科入学。同年十二月一日、学徒出陣により入隊。

歩兵第一一聯隊補充隊（中部四六部隊）。昭和十九年十二月、独立歩兵第四四九大隊配属。昭和二十年二月、歩兵第二七五聯隊第四中隊転属。同年六月、山神府陸軍病院入院。その後、孫呉陸軍病院、北安陸軍病院を転々。昭和二十一年四月、ハルピンにて消息を絶つ。陸軍歩兵少尉――。

教育について

昭和十四年の三月、私は、東京の私立本郷中学を退学になって、兵庫県立神戸第三中学校へ転入学した。

かなり厳格な補欠試験をパスして県立の中学へ転入学した私は、多少、得意であったし、何よりも、不当な理由、（むろん、私自身の側からいえば、理由は不当にきまっている。）で、私を追い出した本郷中学にたいして、ざまァ見ろ、という気持だった。

ところが、その神戸三中が、またひどいところだった。――

昨年（一九五六年）の夏、私は、十何年ぶりかで、いまは長田高校と名を変えたその学校をたずねてみた。国鉄の神戸駅から、山陽電鉄に乗り換えて長田へ出る。記憶は、すっかりおぼろになっていて、電車を降りてから、人にたずねたずねしてゆかねばならぬ有様だったが、長田神社（朝夕の往き帰りに、こいつに最敬礼させられたものだ。）の裏手に廻って、細い小径を山の方へ登ってゆくあたりから、忽然と記憶が甦る。

私たちが、その学校へ通っていた頃は、「歩け歩け運動」の真最中で、生徒たちは、国電神戸駅から山陽電鉄に乗ることを禁じられ、これも暑中休暇を返上した練成期間など、炎熱の道を、三十分以上も歩いて通わねばならなかった。往路はともかく、盛夏の午前中いっぱいを、銃剣術や武道で〝練成〟したあげく、空腹をかかえて戻る帰路のつらさは、それが日を重ねるに従って、深い疲労になっていく。真夏の太陽にとけてグニャグニャになったアスハルトの路面に、これも烈しい光に照りつけられて、灼熱した四本のレールがまっすぐに延びている。電車が、その上をのろのろと走ってゆく。が、それに乗ることはゆるされないのだ。開け放った車窓には、涼しげな服装の男女の姿が見える。私たちは、疲れた眸をあげて、その人々を見送り、また灼けついたアスハルトの路を、黙々と歩きつづける――。

が、いま、その道を、男女の高校生たちが、はつらつとして、笑い興じながら帰ってゆくのだ。十八年ぶりに、徳澄との思い出を追いながら、おなじ道へやってきた私の心境、はなはだおだやかでない。

転校して間もない頃であった。突然職員室に呼び出されて、ひどく叱責を受けたことがある。通学の電車のなかで、女学生専用の車輛に乗っていた、という理由だ。私は、六甲道から通っていたが、省線電車では、中学生は最後部の車輛に、女学生は最前部の車輛に

（その反対だったかも知れない。どっちにしたっておなじことだ。）乗らねばいけない、という規則があるのだそうだ。

あンまりバカらしいのに、ほとほと呆れかえってしまったが、それよりも、肚が立つのは、そんな規則があるとは知らずに、女学生の乗るべき車輛に乗っていた私のことを、わざわざ担任教師まで御注進に及んだ通学生がいるということだ。スパイ根性か点取虫か知らぬが、何というあさましい奴だ。

けれども、バカらしいのは、こんなことだけではなかった。

転入学試験に合格した日、新しい制服や学用品を整えるために、学校へいった。すると、生徒係の教師がやってきて、

「東京の学生は、どうも軟弱で小ナマイキやな。――君の、その先の尖った靴は、わが校のきまりの編上靴にせなンだらあかんぞ。それから、わが校の生徒となった上は、一丁以上の外出の際は、かならずゲートルをつける。よろしいな――。」

いたけだかな調子でいうのだ。ヘナヘナした関西弁で――。本郷中学の退学騒ぎで、こりている筈なのに、私は、やっぱり黙っていられない。

「はあ……。私の家からお豆腐屋まで一丁半程あります。豆腐屋へつかいにゆくときも、やっぱりゲートルを巻きますか？」

都会の学生の悪い癖だ。果して、教師は憤然と顔色を変えると、

「あたりまえやないか。豆腐屋だろうが何だろうが、一丁以上やったら、ゲートルつけますのや。」

阿部知二の小説『光と影』が、『朝日新聞』に連載されはじめていた。『冬の宿』いらい、私は、この著者に少年らしい尊敬をささげている。その頃、『日本評論』に連載されていた『風雪』も、毎号どんなに期待と畏敬の念にかられながら熟読したか知らない。が、『光と影』では失望した。毎朝、新聞でそれを読むと、失望と不満で、私は、それを学校で喋らずにいられなかった。ところが、このことで、また職員室へ呼び出しだ。

「君は、休み時間中に、新しい女性がどないしたの、新しい恋愛はどないやのと、恋愛の話しとるそうやないか?」

何のことか、はじめ見当がつかなかった。が、思いついて、

「ああ、あの話ですか。あれは、阿部さんの『光と影』の話をしてたんです。小説の話ですよ。」

「あかン――。小説の話かて、学校で恋愛の話などしたらあかン。絶対にあかンぞ。」

万事がこんなふうだった。いまから思い出せば、みんな作り話のようなものだが、こういう「教育」が、立派に行われてきた。(この頃、高等学校の英語、ドイツ語の教科書から、恋愛小説を一切放逐する通達が、文部省によって出されていた。ハーディもジョイスもゴールズワージィもクライストもシュニッツラーも、すべて追放された。このことに関

して、本多顕彰氏が、『朝日新聞』の「槍騎兵」というコラムに抗議を書いたが、むろん、蛙のツラに小便である。）

わだつみの悲劇をくりかえすな、という。いうまでもなく、それは単なる合言葉ではない筈だ。

わだつみの悲劇、――とは何だったのだろう。惨虐な戦禍の彼方に、幾万、幾十万と知れぬ有為の若者の生命が、理不尽に葬り去られたという事実だけに、それは尽きることではない。あのころ、すべての若者たちが負わねばならなかった悲劇は、その半ば、半ば以上を、日本の「教育」そのもののうちに追尋されねばならぬ。わだつみの悲劇をくりかえすな、という誓いは、単に反戦・不戦のための、それだけの誓いであってはならないのだ。日本の教育――それに携わるものと、そのなかで教育された者と、ともども反省の裡から、新しい教育のあり方が考え直されねばならぬ。

だが、このことは、いずれあとでふれる（たとえば、私が神戸三中に在学した昭和十四年だけでさえ、どんなにたくさんの愚行が、教育の名において行われたか、その例を挙げるであろう。）として、私は、徳澄正のことに筆をかえそう。

徳澄正との出会い

ある日の放課後、下駄箱の前で、帰り仕度のゲートルを巻いていると、厚いロイド眼鏡の底で、人を喰ったような微笑をうかべた小柄な男が現われ、

「安田さん――さあ、いきましょう。ぼくは、あなたに、ある種の欲望を満足させますよ。」

そういうなり、返事も待たず、その男は歩き出した。彼は、私を校内食堂へつれてゆき、セルフ・サーヴィスになっている窓口から、うどんとしるこのどんぶりを二つずつ運んで来ると、さあ、――というふうに眼顔で促す。私が黙ったまま、遠慮なくうどんとしるこを平らげてしまうと、彼は、さも満足そうな独得の微笑を、その部厚な眼鏡の底にうかべて、

「どうです？　あなたの、ある種の欲望は満足したでしょう。」

と、ある種の、という発音にことさら力をこめていい、

「ところで、いっしょに帰りませんか？」

と、私を誘った。

奇妙な奴だなァ。――私は、いささか面喰って、初対面の彼を、あらためて瞶《みつ》めかえし

た。

それが、徳澄正だったのだ。彼は、私の隣のクラスだったが、家がおなじ六甲道にあり、毎日、私が、女学生専用の車輛に、悠々と乗って来るのを、秘かに痛快がっていたのだ、と帰り路で私に説明した。

「あ、あれは知らなかったんだ。――この間、呼び出されて、さんざん説教を喰っちゃった。」

「はッはッ……。スパイがいましたね。」

徳澄と私は、それで、一度で意気投合してしまった。

映画館は、父兄が同伴しても一切ゆるされなかった。デパートは、父兄同伴の場合のみゆるされたが、食堂へ入ってはいけなかった。デパートの食堂がゆるされぬくらいだから、飲食店はすべて入れなかったし、繁華街をウロウロしていれば〝補導聯盟〟にとっ捕まる。(まったく、完璧の「道徳教育」だ。)だから、私たちは、ゆるされている唯一の場所「本屋」へよく出掛けていった。むろんゲートルをつけて……。

あたりの気配をうかがいながら、徳澄が大あわてで買ってきたアイス最中を、人通りの少ない、暗い道路の石垣などに凭《もた》れて食った。

「スタンダールは、故郷とおやじが何より嫌いだったそうですね。ぼくとおんなじだな。」

彼は、神戸からの脱出、ということをよくいったものだ。そのためには、いかに頑張っても、今年（というのは、中学の四年から）、高等学校の試験に合格せねばならぬ、と固く決意し、またその努力もしていた。

「高等学校は、どこをやるつもり？」

私が、そうたずねると、彼は、

「どこでもいいな。なるべく……神戸と親爺から遠ければ遠いほどいいな。そう――弘前か七高なんかいいところだな。」

といっていたが、そのうち、熊本の五高にきめたといいだした。

「竜南三四郎――。いいじゃないですか。漱石の『三四郎』を読んでね、断然、五高にきめました。」

彼は、希望のとおり、いや決意のとおり、翌年の三月、熊本の五高に見事合格した。（が、一年生の時に落第した。彼の言葉のとおりだとすれば、学年末の最終試験の前夜、「不幸にして」、ジョルジュ・サンドの『アン・ヂュアナ』を手にしたためだった。）

昭和十六年の暮もおしつまって、浪人生活をしていた私は、熊本まで徳澄をたずね、二月余り、彼の下宿に泊っていたことがある。その頃、彼は、自から選んで、五高へやってきたことに、ひどく後悔していた。いま、私の手もとにある彼の手記からも、熊本という土地に厭気がさし、悪口雑言、悪態をついていた彼の鬱憤を知ることができる。たとえば、〈『見たいもの。』――女の酔っ払い。倒立して通町を歩く男。羽左衛門。『見たくないもの。』――熊本の女学生。熊本の洋装。田中教授。文学少女。キザナヤツ。色男。俊子さん。『聞きたくないもの。』――女の熊本弁。男の大阪弁。日本人のピアノ。下手な三味線。熊本人の東京弁。男が女を捨てた話。男が女をなぐった話。『聞きたいもの。』――清元。孝子さんの安否。愛し合った話――皮肉かな?〉

暗鬱な雲が低くたれこめ、じめじめと糠雨《ぬかあめ》が降りやまず、骨の髄から底冷えのするような熊本の冬、そんな熊本の陽気も、どんなにか彼を憂鬱にしたことであろう。日記のいたるところに、熊本の冬を呪う言葉が見える。

ヴァレリーに私淑し、堀辰雄を愛読して飽かず、油絵を自から描き、ヴァイオリンを奏《ひ》き、他方では茶の湯の師匠に通いつめ、小説を書き、詩を作っていた彼。――昨夏、遺族の方から、彼の遺品を譲りうけた私の手もとには、モーツァルトのヴァイオリン・コンチェルト第四番の楽典があり、昭和十七年十二月、六代目・菊五郎一座のプログラムがあり、(おそらく、神戸へ帰省中、大阪あたりで観たのではないか。)ビクター・レコードの欧文カタログ(昭和十四年発行、三八四頁、定価五拾銭。)があり、長唄同好会の編集による長唄の教則本全三冊がある。校友会雑誌『竜南』第二百五十二号には、彼のエッセイ『「能」についてのおぼえ書――断片――』が載っている。

豊かな才分と、人一倍烈しい感受性に恵まれていた彼に、地方生活は堪えることができず、憧れていた高校生生活でさえ、その粗暴で感激的な雰囲気――弊衣破帽《へいいはぼう》、高歌放吟のスタイルに同調することができなかったらしい。(私が、彼の下宿に滞在している時、シンガポールが陥落した。寮のなかは、俄かに大騒ぎとなった。その時、徳澄は、そんな同輩後輩たちの有様に、彼自身がテレてしまったふうで、「ね、ショウチュウ呑みにゆきましょうよ。」と、自棄糞《やけくそ》のように私を誘った。)

昭和十八年の九月、繰上げ卒業で、予定より半年早く上京することになった彼は、新しい東京での生活に、どんなにか期待をかけていたことであろう。

国文科に籍を置いた徳澄は、入学手続に上京してきた時、私に向っていったものだ。

「ぼくが国文科を選んだのは、語学がニガ手だからでね。あの〝訓詁の学〟をやるためではありませんよ。」

事実、彼は、守随憲治氏の『浄瑠璃研究史』の講義にしか出席しなかった。

が、彼が上京して一カ月足らず、九月二十三日には、法文科系大学教育の停止が発表され、同時に徴兵猶予の制度が撤廃された。

〈僕、はらはらと涙を流す。僕達も遂に剣を取る! 真摯なる学徒は、又、戦にも強い。……荆棘の道を荆棘で飾る気魄こそ、僕達の精神である。〉

そのおなじ月の十日には、『春愁』という小説三百六十枚を書き終えて、昭和十七年の六月から、断続して書きつづけていた『おぼえ書』の、第五巻を書きはじめたばかりだった彼は、その『おぼえ書』の最後に右のように書いて、彼のすべてを放擲《ほうてき》せねばならなかった。

ふたたび教育について

戦後、私たちが、あの戦争について語る時、それが、いかに無謀な、また惨虐で不逞な戦争であったかについて、説き明かす、政治的に、経済的に、軍事的に――。

思想をもって、戦争の非を解明することの必要は、論を俟《ま》たない。が、愚劣な思想に導かれて、愚劣な支配と政策のなかで、一日々々を過ごしてきた私たちの〝やり切れなさ〟は、それを体験しなかった今日の若い人々に、ただ思想をもって語ることだけでは、納得してもらうことができないにちがいない。

ラジオ体操のはじまる時刻には、かならず起き出して、付近の小学校や神社の境内へゆき、そこで体操をやって、町会の役員の認印を貰わなければならない。

通勤通学の電車が、宮城前や靖国神社を通過する際に、若しうっかり最敬礼することを忘れれば、たちまち国賊となり、非国民と呼ばれる。

一箱のタバコを買うために行列をつくり、一杯の焼酎を呑むために、また行列する。(銀座のビアホールで二杯のジョッキにありつくためには、築地の本願寺で二時間余りも行列をつくって待たねばならない。)

休講になったからといって、うっかり街を歩いていれば、さっそく憲兵や刑事にとっつかまる。(〝学生狩り〟の記事が、新聞に載らぬ日はなかった。)妹と二人、飯田橋でボートに乗っていて、神楽坂署へひっぱってゆかれた友人がいた。(たとえ、妹であっても、それが妹であるかどうか、戸籍謄本を見なければわからぬではないか、とその刑事はいったそうだ。)

教授室の出入には、扉のところに立って、「何年誰某、誰教授に用事があって参りましたッ。」と、直立不動で呶鳴《どな》らねばならぬ。声がちいさければ、「やり直し！」だ。教練の授業にサボれば、及第はおぼつかない。(たとえ、いかに成績がよくてもなのだ。)野外教練は、富士の裾野の練兵場で、まるまる一週間、昼夜ぶっとおしで大演習。バカくさい教官の長ったらしい説教も、耳を大きくして聞いていなければならぬ。若し、話のなかに「天皇」という言葉が出てきて、その時不動の姿勢をとらずにいたら、どんなことになるか。

思い出せば、書けば、いくらでもつきない。そして、段々、不愉快になり、次第に、煮えかえるようないかりがこみあげて来る。文化も、教養も、ヘッタクレもあったものか。

——あれで、「教育」だったのだ。

昭和十四年五月二十二日、軍事教育施行十五周年を記念して、全国から集まった三万二千五百余名の青少年学徒並びに教職員は、天皇御親閲のもと、宮城前広場において、〈歩武堂々、青春武装の大絵巻〉を展開した。そして、この日、「青少年学徒ニ下シ賜ハリタル勅語」が渙発されたのだ。（学徒出陣・学徒動員にたいする倫理的根拠づけは、この時、完了したというべきだ。任タル極メテ重ク、道タル甚ダ遠シ。亦《また》しても、〃天皇の名〃においてだ！）

それからが大変だった。――〃聖旨を奉戴した〃文部省は、来る日も来る日も矢継早やの通達で、〃非常時局下にふさわしい〃教育政策の改革に余念がない。この時の文部大臣が陸軍大将荒木貞夫、文部次官石黒英彦。

が〃聖旨を奉戴して〃恐懼《きょうく》感激したのは、文部省のお役人ばかりではなかった。学校当局自体が、平賀東大総長を筆頭に、校長、職員のはしばしに到るまで、恐懼感激、或は、感激らしい擬態につとめ、或は、かような大変革を利して一身の栄達を計ったのかも知れない。いずれにせよ、〃聖旨を奉戴した〃荒木文部大臣→陸軍大将→陸軍へ、阿諛追従《あゆついしょう》することしか知らず、もはや、「教育」なぞ、どこを探してもありはしない。

小学校から大学校までを一本化した〃学徒隊〃の編制が構想される。〈東亜新秩序の段階に対応する国民性格練成のため〉夏休み、冬休みを練成期間とし、休暇を全廃する。〈恋愛教科書の追放は前に書いた。〉果ては、大学から小学校までの、学生・教職員の服装を統一して制服を作ろうとしたり、〃学生イガ栗頭論〃というのまでが飛び出す。長髪は非国民。（パーマネントは国賊。）

ここにバカげた新聞記事があるから、当時を偲ぶよすがに、少々引用してみよう。

〈学生自粛の一項目として取上げられた男子学生のイガ栗頭論は、十三日の精動小委員会で実施要項として決定してから俄然論議の的〉となっていたが、〈学生総元締の石黒文部次官は、この賛否両論を尻目に十五日朝、突然半白のイガ栗頭となって登庁した。〉（傍点安田）

わが国武士道の精神に則っとり〝一刀必殺剣〟の気魂を養うため、六大学野球リーグ戦は、須《すべか》らく、一本勝負であるべし、という石黒次官の文部行政方針（！）が、論議をまきおこしていた。一度敗れてから、リターンマッチをやるなどというのは、国賊的西欧思想。わが国武士道の精神は、……というのだから、まさに剣豪小説的発想だ。

いったい、どこに「教育」があったのか。

河合栄治郎事件から平賀粛学に到った東京大学の〝嵐〟があったから、当時の日本に「学問の危機」があったわけではない。

平賀粛学という歴史的な事件をつつむ教育の現場、私たちが、（わだつみの世代が）教育を受けつつあった現実の場は、右のような愚劣で俗悪な思想と人物の横行、跋扈《ばっこ》にゆだねられ、且つ、そのような愚劣と俗悪に阿諛し追従する人々にゆだねられていたのだ。

〈インテリヂェンス〟何という美しい言葉でせう。〉（『きけわだつみのこえ』）という学生の、この力づよい叫びを、私たちは、驚駭《きょうがい》と狼狽の想いなしに聞けない。〝聖旨を奉戴した〝軍部の軍国主義教育のまえに、脆《もろ》くも潜伏した日本の「教育」者たちは、わだつみの悲劇という事実のうちに、いま、どんな教訓を読みとり、どんな反省をしているというのであろう。

私は、嘗《かつ》て、あるところ（同人雑誌『貌』第四号）で、現東大教育学部教授三木安正の思い出にふれ、（彼は、私より十歳ほど年上の従兄にあたる。当時、文部省だか厚生省だかの役人であった彼は、実に些細なことから、私を、非国民、国賊といって罵り、それ以来、私は、親戚中の白眼と軽蔑を受けなければならなかった。）学生に弾圧を加え、圧迫を加えたのは、ひとり、軍部と特高警察だけではない——と断言した。軍の横暴と専断は、それだけが、気随気儘に、ひとり歩きしたわけではないのだ。軍部の頽廃は、それに阿諛、追従した人々の痴呆のごとき無責任、頽廃と相倚《よ》り、相応じていた。

敗戦の結果、軍は崩壊し、システムとしての軍教育は、悉《ことごと》く払拭されたかに見える。しかしながら、嘗て、彼等と共に、教育の頽廃化に相携えてその道を歩み、「教育」を売り渡して恥じるところを知らなかった教育者たちは、ふたたび、自由主義の教育者として、白日の下を闊歩している。今度は、教育の〝民主化〟のために、だ。——わだつみの悲劇をくりかえすな、という誓いは、そうした人々の、どれほどの、衷心《ちゅうしん》からの、真実の悔悟によって誓われているのか、私は疑う。

『長恨歌』

当然のことながら、私の神戸三中での学生生活は、わずか一学期の間しかつづかなかった。またしても退学――である。

前にも書いたとおり、この年は夏休みがない。その〝練成期間〟に、私たちの中学では、姫路の師団へ一週間入営、野外教練の実習がおこなわれることになった。それが終って間もなく私は、ジフテリアに罹患した。熱そのものは数日でとれたが、予後の静養が必要だった。医師の診断書を添えて、担任教師の所へ、〝練成〟の免除を願い出にいった。が、ゆるされなかった。はじめ、私は、その教師の非常識に怒ったが、そのうち、事態のすべてを呑み込んだ。

――夏休みになる少し前のことだった。学校で、こんな事件がもちあがった。――校舎の階段口のところに、世界地図が貼ってある。それは、当時、新しい地図として、さかんに用いられはじめたもので、日本が、ちょうど世界の真中（というのは、地図の真中ということなのだ！）に描かれてあり、その上、東京のところには天皇の写真が、ベルリンのところにはヒトラーの、ローマのところにはムッソリーニの写真が、それぞれ掲げてある、何というか、いわば三国防共協定地図とでもいうか。

ある日、この三人の写真が、赤インクで掛け十文字に抹殺されていた。明らかに不敬事件だ。教職員の間に、いや、学校全体に異様な緊張と動揺の気配が漂い、疑い深い眸と眸とが、お互をさぐりあう様子であった。

呼び出しがあるな。――私は覚悟した。私は〝注意人物〟であったから。

私には、それをやった奴がわかっていた。いや、おおよその見当がついていた。S――であるにちがいない。フランス人との混血児で、そんな家庭での影響なのであろう、この学校では彼も常に異端者のひとりだった。ヒトラーとムッソリーニは、私も嫌いだ。しかし、私には、天皇もいっしょに抹殺してしまうような、そんな〝大それた〟考えはなかった。どころか、Sが、天皇の写真に赤インクを入れたと知った時、それまでは、おなじ異端者として、かなりの親近感をもっていた彼を、内心、烈しく憎んだほどだ。

しかしながら、事件は、予期に反して、それなりウヤムヤにされてしまった。実は、学校当局が、事件の余りの重大さにおそれをなして、噂の拡がることを、極力、警戒したのだった。それをやった生徒を探し出し、処分するということで済まされるようなことではなかった。外部に洩れ、事が公けになれば、校長以下いずれも責任をとらねばならぬ問題である。だから、学校当局としては、この事件自体については、深く追求しない方が、確かに賢明なのであった。

ところで、私は、つい最近、東京から転校してきた、しかも、その上に、とかく教師にたいして反抗的な厄介な生徒だった。他所者であり、余計者であり、邪魔者でさえあった。担任教師が、医師の診断書を携えていった私に、どうしても練成を免除するといわない理由には、以上のような事情が絡んでいたのだ。(いまになって、私は、もっと深い事情がわかる。——その人は、×高の文乙から京大の哲学科を卒業した若い教師だったが、高校時代、左翼運動でかなり活躍した「転向者」だった。彼は、自分の教え児から〝危険な〟人物の出るのを、極度におそれねばならぬ立場にあったのだ。)

八月の終り、身も心も衰え果てて、私は、また東京へ舞いもどってきた。英国の対独宣戦布告。その日の新聞の紙面が、いまも暗い記憶に、はっきりと甦って来るのも、当時の私に、それ程の国際事情にたいする理解があったからのことではなく、自分自身の境涯の暗さが、あの歴史的な事件の記憶の裡に定着してしまったのであろう。

それはともかく、徳澄と私との交友も、わずか四、五カ月で終ってしまった。その後、冬休みを利用して、一、二度、私が神戸へたずねてゆき、これも熊本から帰省してきた彼と落合った時と、それから前にも書いたように、熊本まで出掛けていって、彼の下宿に二カ月余り滞在した期間だけが、私たちの直接の交りだった。そんな短い間に、私たちの信頼と友情は、いよいよ深まっていったわけである。

私は、何よりも、彼の烈しい感受性と、実に華やかな才藻と、そして貪婪《どんらん》な好学心に圧倒された。いまにして思えば、彼の短かい生命は、その予感に焦燥していたのではないだろうか。そんな神秘的な解釈もしてみたくなる程、彼の意欲は並はずれていた。

私たちの間で、あの頃、戦争へ征くのを、内心もっとも怖れていたのは彼であったし、生きねばならぬ、という秘かな決意を、入隊の最後までくりかえしていたのは彼だった。

本籍地（姫路）の聯隊へ入隊するため、十二月一日の入隊日に先立って、東京を発っていった彼を東京駅に見送ったのは、十一月の二十何日頃であったろうか。『長恨歌』と題して、学業半ばに戦場へ征く身の悲運を、切々たる長詩に托して、彼は私に訴えていた。（戦災のため、彼のその詩を失ってしまったことが残念でならぬ。——それにしても、長恨歌とは！　悠悠タル生死別レテ年ヲ経タリ。）

プラット・ホームへの立入りは禁止されていたので、私たちは、十番線ホームの改札口に凭れて、最後の時を惜んだ。

「ダッンと弾丸があたったら、後悔するだろうねえ——。ああ、もう五センチ、こっちにいればよかったってねえ——。」

おどけた口調で、例の独得の人を小馬鹿にしたような微笑をうかべて、彼はそんなことをいっていた。

野球勝負一本論にはじまって、次第に自粛々々を強いられていったその頃の六大学リーグ戦では、応援団の応援にさえ、さまざまな制約がつけられていたが、学徒出陣と共に、そうした制限もすべて解除された。（最後の早慶戦を戸塚グラウンドで行うことがゆるされた。)

出陣学徒を見送る時、学生たちは、久しぶりに応援歌を唄い、校旗をうちふり、大太鼓をうち鳴らした。東京駅や上野の駅頭で、学生たちは酔って、太鼓を鳴らして、歌った。惚れちゃいけないおれたちに、熱も情もあるけれど、どこで散るやら果てるやら、御国に捧げたこのいのち。——円陣を作って、肩を組んで、足を踏みならして、学生たちが歌う。(もう長いこと、ストームももちろん禁じられていた。)

徳澄を送る私たちは、ほかの一行の賑かな歓送ぶりを、親し気な(お互に学生である、ということだけで、こんな親近感の通じ合った時は嘗てなかったものだ。)微笑をもって見ている。送るも送られるもない。十二月一日が来れば、いや、海軍関係の入団日十二月十日が来れば、誰彼の差別なく、みんな征ってしまう。みんな送られるのだ。

発車のベルが鳴り渡った時、彼は、もう一度、私の手を握って、

「風立ちぬ、いざ生きめやも——。」

と、少しテレ臭そうにいうと、身を翻して、高い階段を一気に駈けあがっていった。

現在の東京駅では、もうしのぶよすがもないが、その頃新設された十番線ホームは、プラット・ホームが高くて、私たちが立っている改札口からは、ちょうど大ドームの天窓のようなところに、擦りガラスを透して淡い光が流れていた。そこに、やがて、列車の車輪が、その光を明滅させるように、ゴトリ、ゴトリ、とゆっくり大きく写って、轍の軋みが

深夜にごだましながら、重い響を伝えてきた。

三つの世代

徳澄は、人にたいして、とたんに相手の意表に出るようなことをいったり、したりするのが得意だった。

私に逢った最初の時、ある種の欲望を満足させましょう——などといった。しかし、考えてみると、彼は、おそろしく内攻的でハズカシがりやだったような気がする。だから、初対面とか、久濶を叙する場合など、殊更、奇言を弄して、その最初の気まずい一瞬を救おうとしたのだ。

昭和十六年の暮、彼を熊本にたずねていった時、(実は、その時、失恋の痛手に堪えられず、逃げるように東京を発っていったのだが、その経緯を知っていた彼は、)雨の降る熊本駅の降車口に、番傘をさして立っていたが、私を見るなりいった。

「散りてのち、面影に立つ牡丹かな。——ね。蕪村の句ですよ。」

それは、その時の私の心を、まことに的確にいいあてていた。私は、遠く、熊本まで彼をたずねてやってきたことを、どんなに嬉しく思ったか知れない。

彼が、大学の入学手続で、はじめて上京してきた時は、東京駅に迎えに出た私をつかま

えるなり、

「君、――吉原ね、――あれは、どの辺にあるの？」

という。

「吉原……。吉原は浅草の方だ。」

「ああ、浅草――。そいつは弱ったな。実は、いま汽車の中でね、どこかのオッサンが、学生さん、東京の吉原はどのあたりでしょう、と聞くから、ああ吉原ですか、ありゃあ宮城のすぐウラですよ、って教えちまったんだがなあ。」

彼のつくり話かも知れない。が、とにかく、彼は挨拶もせず、開口一番にそんなことを先ずいうのだ。東京駅の雑踏のなかで、吉原が宮城のウラにある、なぞという話を、大きな声で語る彼に、私はヒヤヒヤしたものだ。

ヴァレリーを読み、モーツァルトを愛す彼が、他方で、能にこり、茶の湯の師匠のもとへ、まるで内弟子のように通いつめていたというのは矛盾だろうか。彼は、単なるヂレッタントのようでもある。が、断じて、否だ。

私は、彼の右のようなこころの矛盾に、必死にあの時代を生き抜いてゆこうとした若い魂の、真摯な彷徨を感じとる。西欧的知性への断念と、日本の伝統的な「静寂」の思想への憧れ。――今日になってみれば、そのような私たちの心の曲折、ねじまげが、私たち世代の生き方の、もっとも悲劇的な欺瞞になった事実を認める。だが、既に、社会科学的な方法でのアプローチから、遠く距《へだ》てられていた私たちは、人間的なものを、ひたすら、個人の心情の枠のなかに求めることで、次第に、心情の練磨、欲望の抑止、更には、むしろ被虐的な自己抑圧へと傾斜していった。そのこころの傾きのなかで、能とか茶の湯とか、日本古典の禁慾的な形式美に溺れていったのだと思う。だから、それは、逆にいえば、ついに抑止することを得なかった若い欲望の、身もだえるような呻きを秘めてもいたのだ。（禁慾を悪徳視する戦後の私たちの思想は、この反省のなかから育った。）

戦中派とか、わだつみの世代と呼ばれる年齢層には、明確に三つの段階がある。第一は、大学を卒業するや否や軍隊へ拉《らっ》し去られた世代。（山下肇は、その著『駒場』のなかで、軍隊こそ、「私の大学院」といっている。彼は大正九年生。そして、この前の世代までが、多少ともマルキシズムの文献にふれ得た最後の世代だった。日高六郎は、『船上の記憶など』という随想のなかで、〈ぼくたちが、戦前において、マルキシズムの影響をうけた最後の世代だった。〉と書いている。日高は大正六年生。）

第二が、学徒出陣の世代。（マルクス主義については、極めて特殊な例外を除いて知らない。知る方法がなかった。人格主義、教養主義の風潮が、辛うじて彼等に軍国主義への懐疑を教えていた。大正十一年、十二年生れが多く、若干の十年生れが含まれている。）

最後に、学徒動員の世代。（在学中、勤労動員で工場へばかり通っていた。または、予科練、少年航空兵。この層では、教養主義すらない。軍国主義教育を、何の疑いもなく信じていた。）

年代にすれば、わずかの相違であり、このような区別自体が、一見無意味のようでありながら、しかも、現実には、年齢をわずかに距てたこれらの世代に、掩えない断層があるのだ。

徳澄正は、第二の、即ち学徒出陣派の典型であった。

昭和二十一年、ハルピンで消息を絶った、という彼は、戦争では死ななかった。（いや、戦争で死んだのだ。私のいう意味は、戦闘では、弾丸にあたっては、死ななかった、ということである。）

中学時代、肋膜を病んで、一年間休学したことがあるという彼は、烈しい軍務に、それが再発したのであろう。けれども、未だに彼の死亡が確認されていないということで、私は、一縷《いちる》のはかない望みをもつ。彼が生きていてくれたらナ、と思う。

敗戦後十数年の歳月が流れた。いま、彼が、ひょっこり元気で現われたら、何というだろうか。むろん、ロクな挨拶などせず、十数年ぶりの再開を、開口一番、たくみな奇言でおもしろおかしくいい捨てるにちがいない。

そんな徳澄――三十何歳かになった徳澄の姿を想像してみたりするうちに、アイツが死んで、オレは生きている、というまことに納得のゆかぬ偶然、そして、しかも、この二人を距ててしまった決定的な運命の〝相違〟に、憤《いきどお》ろしい絶望が胸に突きあげて来る。

胸を病んで、死ぬ間際まで、黒く大きな瞳を濡れ濡れと輝かしてゐたあけみ。
それは、唯もう、身も心も美しく、純潔のさ中に死んでいつた少女のこと。

生きてをれば、今年……二十《はたち》
早春の残《のこ》んの寒さの中に、はかなく散つていつた少女。……

彼は、昭和十七年六月三十日の創作メモに、夭折《ようせつ》した初恋の少女の思い出を、そのように書きはじめている。そして、そのメモには、更に、

死んだ貴女は時間に支配されることがありません。しかし、生きてゐる私は時間のま、に支配されてゆきます。……
「時間」は人類のあらゆる怨みを併せて流れてゆきます。……

と書いている。
初恋の少女を恋うる彼の歎きは、いま、そのまま、私たち生き残った者たちの歎きに変った。

恋も、学問も、何より彼があのように精進した創作の勉強も、〈その創作は、原稿にして数千枚を超える。〉すべては、ことごとく空しく、〈時間の流れのままに〉逝《ゆ》いて、ふたたび、立ち還ることがない。……やはり、むなしい絶望の底から、蒼白の怒りに燃えている自分を、私は見る——。

「戦後」はまだ終っていない

「戦後派」の系譜

後藤宏行、加藤秀俊という二人の青年が、最近、相ついで二つの戦後派論を公にした。(前者は『陥没の世代』。後者は『中間文化』。)

この二つの著書については、ぼくには、無論、ぼくなりに、いろいろの異論があるが、そのことは、いまは別として、昭和六年、昭和五年生れの二人の青年が、ぼくらこそ戦後派世代と名乗り出て、自分たち世代の世代的使命を、それぞれ自己主張し、力説している景観に、ぼくは、先ず瞠目する。

荒正人や「近代文学」派の連中が、三十代論から主体性論で、華々しい議論を闘わせていたのは、正確にいえば、いつ頃のことであったか、誰と誰とが、主に論争の中心に立っていたのか、戦後一年半ほどしてから復員し、それから暫くの間、「捕虜ボケ」でボンヤリしてしまっていたぼくには、あの頃の記憶は定かではない。

ところが、しかし、ぼくの脳裡には、少し薄れかかった、ひとつの風景が定着している。場所は、確か、井の頭線の高井戸駅であった。四囲《しい》を畠に取り囲まれて、高台の上にポッンと建った駅の壊れかけた待合室、――室なぞとは、もはやいえない板囲いの壁に貼り出されている一枚のポスターを、ぼくは、ぼんやりと眺めているのだ。

アプレゲール・クレアトリス

暗い絵　野間　宏

死の影の下に　中村真一郎

不毛の墓場　馬淵　量司

塔　福永　武彦

私一人は別物だ　田木　繁

……………

（暗い絵……ああ、しゃれた題名だ。死の影の下に……これもいい題だナ。乙女の花かげに、という題があったっけ。あれは、誰の作品だったろう？　プルーストだ、いや、そうじゃない、死んだKが、校友会雑誌に書いた小説だった。不毛の墓場……か、チェッ、朝鮮ピーだ。）

北朝鮮から復員して来る時、ソ連軍から貰った軍服や軍靴や外套をまとい、高台の駅の容赦なく吹きつける寒風に身を曝しながら、ところどころを剝ぎ取られてしまった板塀に貼られた一枚のポスターを、痴呆のように、呆ッ気にとられて眺めているぼく――。あの気取ったフランス語の、総タイトルというのか、表題というのか、そのしゃれた語感が、しゃれていればいる程、戦争と捕虜生活、そして今やっとの思いで辿り着いた「内地」での生活を通じて、ぼくの心の底に、ずっしりと重たいひとつの重量感となって深く深く沈殿してしまった「何か」からは、遠い、余りにも遠く懸け隔れたコトバでしかない。

戦後派――という言葉を、あの〝クレアトリス〟の人々、それから「近代文学」を中心にした三十代の旗手たちのように、誇らかに口にすることも出来ず、またその術も知らず、――否、むしろ、それを遠い世界、自分たちとはおよそ異質の世界に住む人々の言葉として、ぼくは聞いて来た。アプレゲールという言葉がぼくの見知らぬ国のコトバであるとおなじほどの距離感が、それを呼称する人々と、ぼくの心とを分け隔てていたのだった。

では――その頃、ぼくは、何を考えていたのだろうか。

極く最近、必要を感じて、この十年間に書き綴った自分の日記を全部読み返してみた。その時、古ぼけたノートのなかから、これも古ぼけて黄いろく変色してしまった新聞の切抜きが一葉出て来た。それは、昭和二十二年二月十日の『朝日新聞』声欄に掲載された投書の切抜きである。

〈最近のインフレの波は、社会各層に深刻な影響を与えているが、なかでも打撃の大きい面に学生がある。学生は生きるための闘い以外に重要な生活面を持っていること、その家庭の多くが、いま一般に最も打撃の大きいとみられるかつての中産階級に属していること等が、さらにこの打撃を大きくしている。（中略）

最近の実情につき、東大法学部緑会が、同学部学生に行った生活調査をみても、法学部在籍の学生約二八〇〇名のうち、未復員、未復学、休学等が約八〇〇名、現在二〇〇〇名内外の学生が、毎日教室に現われるわけにもゆかず、自からの生活を、自からの手で闘いとらねばならぬ。

この生活苦の第一の原因は、新円の枠である。学資金二五〇円、下宿者は生活費をふくめて三五〇円に限られているのである。三五〇円の学資金は教科書一冊にもならず、ノート一冊が一五円。三五〇円の下宿生活では食費にもたりない。その際に学生の家庭の職業を調査したところ、（数字略）その過半数が没落の過程にある中産階級の子弟であり、引揚者、戦災者の子弟も全体の三〇％を占めていた。

生活困難の波の当りが、最も強いのは、いうまでもなく下宿者であるが、彼等の学資の実際をみると、

四〇〇円以下一〇％（家庭通学者）、四〇〇―六〇〇円六三％、六〇〇円以上二〇％、不明七％

右のうち、仕送額及び預金引出合計をみると、二〇〇円以下七%、二〇〇―三〇〇円六八%、三〇〇円以上三五%つまり学資として、四〇〇円乃至《ないし》六〇〇円を消費する学生が圧倒的であるが、これは前に発表された物価庁の数字に照しても明らかな如く、生きるだけの最低額なのである。しかも親元より受ける金額は、統計に現われたごとくさらに少い。この差額は、すべての学生がなんとか自からの手で補いをつけているのであって、学生は本を買うためでなく、生きるために衣類を売り、配給の酒、煙草を売り、書籍すら売らなくてはならない。(中略)

最近、本郷の下宿業組合は、下宿料一人三食付一ヶ月四五〇円の要求を出して、業者は貧乏学生にはいてもらわなくてもいいと公言している。また都内の外食々堂の業者も、外食料金値上を物価庁に交渉中といううわさも聞く。(中略)

学生の九二%は内職を望んでいる。そのうち六七%は、肉体労働もいとわずといっている。学生は月平均二〇〇―四〇〇円が生きるために必要なのだ。新円階級が、わずか数時間のうちにダンスホールでバラまくこの金額が必要なのだ。世の識者や為政者は、学生のこの現実の生活をどうみるか。〉

何故、こんな切抜きがひとつ、ひょっこりと出て来たのか。――しかしながら、切抜きの日付を一瞥するや否や、どうしてこんな投書を切り抜いて取っておいたかというその理由を、ぼくは、たちどころに思い出すことが出来た。

　昭和二十二年一月十七日、ぼくは、焼跡の東京の街を散々うろつき廻った挙句、家族が、静岡県の伊東温泉に疎開していることを知った。温泉地に疎開していたといえば聞えは悪くないが、実際は、家族三人（両親と妹）が住んでいた家は、大きな屋敷の庭の片隅に別棟で建てられた浴室の、その浴場の方を台所に、脱衣場の三畳ほどを居間に充当したものなのである。けれども、ぼくは、そんなことでは、ヘコタレはしなかった。ぼくの心は、無事に生きて還りふたたび学業をつづけることが出来る喜び、その希望でいっぱいだったのだ。四月からの新学期に早速復学しようと秘かに心定めていたものの、しかし、還って来た祖国の現状に、まったく見当がつかず、いったい、どのように暮したら、また学生生活をはじめることが出来るのか、皆目、予定が立たないのであった。二月十日のこの投書は、その時のぼくに、はじめて、東京での学生生活について、おおよその目算を立てる手だてになったのだ。だから、おそらく、ぼくは、この新聞を、その投書者の切実にして悲痛な訴えに同感したからではなくて、今後の自分の生活の〈参考資料〉として切り取っておいたにちがいない。

　が、復学の希望に燃え心を躍らせて、ふたたび校門をくぐったぼくが、そうした希望やら夢に、もう一度、裏切られなければならなかったのは、それから間もなくのことである。経済的な困窮は、想像以上のものであった。（投書は、はじめて、その切実な意味を、ぼくに伝えた。）けれども、それ以上に、もっとぼくをガッカリさせたことには、別の理由もあったのだ。

戦後になって、ぼくは、はじめて平野謙という人の評論を読んだ。そのなかで、たとえば、〈全体を通じて昭和文学を明治大正文学から分つ最大の特徴は、「政治と文学」の相関関係に苦闘せざるを得なかったところにある。〉などというところを読む時、眩暈の烈しさでぼくを突きのめした失望感、ぼくを捕えた無力感は、言い表わす言葉に窮するほどである。ぼくは、早熟の文学少年で、中学生の頃には、教室の机の下に本をかくして、文学書ばかり読み耽っていた。しかし、〈小林多喜二と火野葦平とを表裏一体と眺め得るような成熟した文学的肉眼〉どころか、小林多喜二という作家の存在さえ知らなかったのだ。

それでも、オレは、あのころ、高見順の『故旧忘れ得べき』や『如何なる星の下に』や、阿部知二の『冬の宿』や、島木健作の『生活の探求』や、横光利一の『紋章』や、あれやこれやを、夢中になって読んだものだ。いったい、何がわかっていたのだろう、何が面白かったのだろう。どういうところに「感激」したのであろう。抑々《そもそも》オレは、戦争中、つまり嘗ての学生時代に、いったい何を学んだというのだろうか？……

経済的な苦難と闘いながら、これからまた三年の新たな大学生生活。それは、生活の困窮と闘って過ごすには、かなり長い期間であったし、ぼくたちが嘗て受けて来た「教育」を、やり直すためにはお話にならぬほど僅かな時間に過ぎない。ムダな、無意味な時間がたくさん流れて行ってしまった！

アプレゲール・クレアトリスの広告を、空ろな表情で眺めかえし、とりとめもない心中問答を呟やいていたぼく、「近代文学」派の人々の華々しい世代論争を、アッ気にとられて傍観していたぼくの胸には、そうした一時代前の、一世代前のぼくたちの先輩にたいする限りない羨望と劣等感が、空しく去来していたのだった。

昭和二十三年の夏、ある雑誌の座談会に出席したぼくは、「戦後精神の状況」というその集まりで、次のようなことを喋った。

〈もしも人が失恋して三日目に、自分はなぜ失恋したかとか、それからまた現在どういうように悩んでおるか、ということを喋々と立派に話したら、誰も嘘だと思うに決っている。さきほど戦後精神は探究の過程にあるといわれたが、ぼくもそう思います。われわれが戦争から受けた傷は、今日まだそう旨い言葉や、立派な理論でキチンキチンと割り切れていないのだと思います。割り切れないからといって唯物史観とか、実存主義とかいう外題の浪花節を、愉しげにうたいたくない。（笑声）もしも人間が何か信じなければ生活してゆかれないとするならば、信ずるものは、結局自分しかないのだから、他人のいろいろのもの（いろいろいうこと）より、自分だけの方法で、コツコツ戦争から受けた傷痕を癒してゆく。そこから戦後の生きてゆく方向も少しずつわかってくるんじゃないか。理論や観念の上だけで、型をつけてみても仕方ないと思います。〉（『思索』四八・七）

おそらく、ぼくは、自暴自棄になっていたのだ。いま、ぼくは、それを、自から「捕虜ボケ」と呼んでいるけれども……。

復学二年にして、ぼくは学校をやめた。そして、初任給二千五百円で、出版社のデッチになった。

（ところで、アプレゲールという言葉が、ぼくの劣等感を、そのように烈しくかき立てた時期は、間もなく去っていった。それは、勿論、ぼくの方で、確かな自信を取り戻したからではない。アプレゲールという言葉自体が、著しく、その品位と面目を失墜してしまったのだ。新しき世の星なりと、おもいおごれる我なりき……。それは宛《あた》かも、貴族出身で洋行帰りの、誇り高く傲岸《ごうがん》、やや反抗的な青年が敗戦後の闇市にならぶ屋台店のカストリに酔い痴れて、いつか昔日の面影を失ってしまったような、惨めな転落の仕方であった。

獅子文六の『自由学校』が、その頃（昭和二十五年）ミゴトに描き出したキャンデーボーイやガールたちこそ、アプレゲールの代表的人物ということになってしまった。

ぼくは、嘗て、アプレゲールという言葉、それを担うと自負する人々に抱いていた劣等感を綯《な》い交《ま》ぜにして、いまや、アプレゲールという言葉を嘲笑することが出来る、おそれることはない。

戦後派という言葉が、誇らかな自負と共に、ある人々の口の端に上った時期は、そう長

い時間ではなかった。〉

だから、戦後十二年を経た今日、ぼくらこそ戦後派、と名乗り出た青年の出現に、ぼくは瞠目するのだ。

戦後は終った——気の早いジャーナリズムでは、既にそういう定説が出来かけている折りでもあり、いや、ジャーナリズムではない、戦後の「戦後派」の驍将荒正人自身が、もはや「戦後」ではないと託宣を下したいまになって、新しい二人の「戦後派の自己主張」が開始されたわけである。戦後派の旗手は、かつて、大正初年ごろに生を享《う》けた世代によって担われ、そして、いま、それは、昭和初年ごろの世代に委譲されたかのごとくである。それはそれで、一向に差支えない。が、かつての戦後派から現在のそれまで、それは、年代にして約十五年、個々人のさまざまな資質や生い立ちや環境の差を勘考しても、ほぼ十年、あの異常な歴史の激動期に青春を迎え過ごした若者たちの十年が、ポッカリと穴をあけてしまったのだ。

後藤宏行は、次のように世代を分類する。

〈前者はオールド・リベラリスト、旧左翼主義者、それに三十代論争の主体となった新近代主義者（近代文学同人を中心とした主体性論者）であり、後者はアプレゲールやティーン・エージャーをふくめた、ひろい意味での戦後派世代。〉

後藤は、彼のいう「新近代主義者」までを、旧世代と呼び、旧世代では、〈いずれもが戦時の抵抗感覚をよりどころにして、戦後の価値体系をほとんど抵抗なしにうけ入れることができた〉のに反して、〈俗にいう戦中派と、二十代を代表とするアプレゲールをふくめた意味での戦後派世代は……戦時中の抵抗感覚は皆無だった〉という。

ぼくが、ここに後藤の主張を引用したのは、その意見の当否をあげつらうためではない。差当り、彼の分類によれば、大正初年ごろに生れた「近代文学」派から、大正の中期・後期の世代が何処へか消し飛んで、一気に、昭和初年以後の世代へ話が飛躍している点に注意して欲しいと思うのだ。いや、後藤の考えでは、「近代文学」派以後は、おしなべて、〈戦時中の抵抗感覚が皆無だった〉〈われわれ戦後世代〉ということになるのであろう。

ここで、是非とも断って置きたいことがある。戦時中、繰上卒業ということがあった。これが最初に実施されたのは、昭和十六年十二月のことである。正規の過程でゆけば、翌年三月の卒業生である。更に、十七年の九月には、十八年三月卒業見込みのもの。十八年には、九月に十九年卒業見込みのものが、そして十二月には、徴兵猶予の制度が撤廃され、法文科系大学高専生のすべてが出陣した。第一回繰上卒業生である日高六郎の生年は大正六年。(「近代文学」同人では、荒正人が大正二年、最も若い小田切秀雄が大正五年生。)最後の学徒出陣組は、大正十年、十一年、十二年生の者で構成されていた。俗にいわれる「わだつみの世代」というのが、この年代層であろう。

ぼくは、まったく不思議な気がするのだ。戦後、ぼくたちは、「戦後派」の荒正人からは、「暗い谷間」を経て来た自分たちとは、まったく異質の二十代と呼ばれ、そうかと思うと、本多顕彰から「旧倫理の最後の人々」といわれ、ある時はまた、中屋健一から「近ごろの三十代」といって窘《たしな》められたりした挙句、いまは、ぼくたちより十年も若い諸君から、われわれ「戦後派は……」などと呼びかけられているのである。この十年の間というもの、かくのごとく右往左往して来たぼくたち世代は、しかしながら、自分たち自身については、ついに一語も「自己主張」した覚えがない。ぼくたちの同世代が、あの戦争のさなかに、悲痛な、慟哭のような、断片的な遺書『きけわだつみのこえ』を書き残していった以外、生き残った同世代は、その戦争の体験と戦後の決意を、どのように生かそうとしているのか、ついぞ一度も語ろうとはしなかった。いったい、これは、どうしたことなのであろうか。

尤も、完全に沈黙していたわけではない。昭和二十九年の秋には、僕達数人の仲間の意見をぼくが纏めて、『群像』十月号誌上に「三十代はこう考える」（前出「喪われた世代」）という小文を発表している。これは、前記本多顕彰の「『三十代』の悲劇――旧倫理の最後の人々――」（『文藝春秋』五四・三）に、主として反駁したものであったが、『東京新聞』の「大波小波」欄が、好意的な評を寄せてくれたほか、完全に黙殺されてしまった。三十一年に入ってからは、村上兵衛がサッソウと登場し、〈戦前派でも戦後派でもないという、ネガティヴな形で最近私たちのあいだに目覚めて来た〉戦中派、〈一口に言えば、自分の精神に「戦争の傷痕」を現在なおはっきりと留め、それから逃れられないでいる〉（『知性』五六・七）戦中派について、活発な論陣を張った。しかし、これも幾何《いくばく》もなくして、自から「戦中派ブーム始末記」（『中央公論』五七・四）を書く始末であった。

どうして、こういうことになってしまったのか？　「戦後」は、荒正人たち「近代文学」の同人にはじまり、いまそれは、昭和の世代に移っていった。学徒出陣から勤労動員まで——この期間、肉体と精神をあげて戦争の最渦中にいたはずの世代は、どこへいってしまったのであろう？

ぼくは、いま、「近代文学」派の人々の、敗戦の廃墟のなかから、最初に自から「戦後派」を名乗り出た人々のその後の業績を、高く評価するものである。あの人々の当時の気負い立った精神の誇りは、それに相応しい仕事を、戦後十年に残して来たと思う。そして、ここに新しく「戦後派」を名乗り、敗戦後十余年の日本に現われた新しい世代についても、ぼくは好意的であらねばならぬし、その主張の肯《うべな》うべきは、虚心に肯わねばならぬ。

けれども、その時、ぼくの心に依然として残るおもいは、ぼくらは、やはり永遠に喪失の世代なのであるか——ということだ。『きけわだつみのこえ』という一冊の書物に、数々の、しかし、ひどく断片的な感懐《かんかい》を托して失われてしまった世代、その生き残りの世代もまた、あの時以来、その記憶を、そのコトバを、その使命を喪失してしまったのであろうか……。

しかし、ぼくは、もう「世代論」をやるつもりはない。その元気はない。第一、自分たち同世代に、大きな使命を期待する勇気がない。戦後の日本に幾たびか現われた「世代論」とは、多かれ少かれそれは同世代の自己主張であった。そのような型で主張すべき自己を、やはり、ぼくたちは、喪失している。却って、無気力な自己不信のおもいが濃いのである。

〈この困難な仕事にたえるのは、わたくしたちのあたらしい精神——情熱、意欲、労力のほかにはない。これは、四十代のひとたちにも期待できず、また来らんとするわかい世代にも望むべきものではなかろう。歴史の暗い谷間を通ってきた三十代の、宿命にも似た使命感がうまれるのだ。〉（荒正人『第二の青春』より）

〈旧世代の感覚と認識に対する不信感情、あらゆる意味における社会的権威への対決意欲。そしてそこから生じてくる主体的意識と感覚。これらの経験は、われわれ世代が成長して社会の重要なポストを占める年代になっても、なお、心の片隅のどこかに生かされて、必要な社会改新の原動力となりうるだろう。〉（後藤宏行『陥没の世代』より）

何という素晴しい確信であることか！　このような確信が、ぼくにはないのだ。却って、ぼくは、たとえば次のような言葉を思い出す。

〈インテリゲンチャは各々自分の Generation をもっとも多忙だと思う。〉（太田慶一遺稿集より)――これは、彼が応召の前夜に書き記した言葉である。

もうひとつ。ぼくが「世代論」という型では、何も語る勇気がないという理由には、次のような事情もある。それは、正にその世代に固有な特質というものは、なかなか捉え難いということだ。後藤宏行もそうであり、加藤秀俊に至っては一層そうなのだが、(加藤はそれを俗流社会学の循環理論ときめつけているが、それにも拘らず、)彼等が、これこそ正に戦後派の特質などと、ことごとしく持出して来る事例は、多くの場合、ただその年齢に相応しい特徴ということでしかない。

〈しかし、青年はまた老いる……〉(本多秋五)

「喪失」ということ

今年(一九五七年)の夏、ぼくは、極めてショッキングな二つの事件に逢わねばならなかった。――東大文学部講師藤原浩氏と明治薬科大学講師井出五佑氏と、二人の学徒の謎の自殺事件がそれである。極めてショッキングとぼくはいったが、無論、この二人の講師と生前に親交があったわけではない。それどころか、この自殺事件によって、はじめてその名を知ったというに過ぎない。が、それにも拘らず、この事件が、ぼくの心に与えた衝撃の理由は、藤原講師が三十四歳(誕生日前なら大正十一年、後ならば大正十二年生)、井出講師が三十三歳、大正十二年か十三年で、ぼくとはまったくの同年齢であること、及び二つながらにそれが動機不明の謎の自殺であるという点であった。

ぼくは、突嗟の間に服部達の自殺を思い起こし、その遺書を読んだ時の烈しい心のショックを思い出したのだ。

〈……日常生活というものの煩雑さは、やはりつきまとってくるのであり、そういう煩雑さに、いまの私は耐えられないだろう。

ものを書くということは、多少とも女々しい仕事である。

それに、評論を書いていて、近頃とくに私は、一つ書き終るたびに自分がからっぽになるような気がしていた。その空虚さは、自分の内部をすっかり吐き出してしまったという、あの充実した空虚さの感じとは、少々ちがう。おそらく、もっと非生産的な空虚さ……おそらく私は、創作に向うべきなのかも知れぬ。しかし、創作が必要とする、ディテルの煩雑さに、疲れているいまの私は、堪えられぬ――。

……私の精神生活にいつもつきまとっている、ある退屈感、虚無感……。〉（『知性』五六・三、傍点安田）

ぼくは誇張でなしにいうが、この時、ぼくの背すじを戦慄する妖しさで、一瞬、突き抜けていった死への恐怖、或は死への誘惑ほど真実なものはなかった。

この夏に死んだ二人の講師は、まったく何も書き遺してはいない。ぼくは、死者の胸を忖度するわけではないが、しかし、その死に当って、何も書き遺していないということ自体が、ぼくの心に、「何か」を、はっきりとわからせてくれるような気がする。

あのクレアトリスの広告を眺めていた時のぼく、あの時のぼくの心にずっしりと重く沈澱していた「何か」でそれはあるのだ。そして、華やかな「戦後派」論争が、ジャーナリズムで闘われていた頃、『朝日新聞』の投書を、秘かに丁寧に切り取っていた時のぼくの心の底に沈んでいた「何か」。月平均二百円から四百円の金が、どうしても必要なのだ、と訴えていたあの投書者が、その時歯ぎしりする思いで、おそらくその胸に抱いていたであろう「何か」。

戦争のなかで学業を放棄し、敗戦後の荒廃のなかで必死に学びつづけて来たぼくたちの、それにも拘らず絶対的な力の不足、戦中・戦後十余年間に使い果してしまった身心の甚しい疲労感。ぼくたちは、ダメだった。戦後十年の努力もいずれ実らず、すべては取り返しがつかぬ。

鶴見俊輔は、戦中派の使命は、その異常な体験を〈伝承可能〉なものにすることだという(『現代日本の思想』)。その指摘は正しい。が、いかにすれば、伝承可能なものにすることができるのか。ぼくたちは疲れている。疲れ果てているのだ。

〈われわれは自分の体験について語るのを好まない。何故ならば収容所に自からいた人には、われわれは何も説明する必要はない。そして収容所にいなかった人には、われわれがどんな気持でいたかを決してはっきりとわからせることはできない。そして、それどころか、われわれが今なお、どんな心でいるかもわかって貰えないのだ。〉（フランクル『夜と霧――ドイツ強制収容所の体験記録――』霜山徳爾訳より）

そして、ドイツ強制収容所から奇跡的に生還することの出来たこの著者は、次のような体験を語る。

〈荒れはてた真直な収容所の道をぼろをまとった人間の長い列――誰もどこへ行くのか知らない疲れ果てた人間の長い列が歩いてゆく。〉と、やがて、彼等の列の先頭に、ひとりの親衛隊将校が現われる。〈長身、痩せ型で、粋で、申し分のない真新しい制服――エレガントな手入れの行き届いた人間〉が立っている。〈彼は、無関心な様子でそこに立ち、右の肘を左の手で支えながら右手をあげて、そして右手の人差指をほんの少し――或いは左、或いは右と（大部分右であったが）動かして指示を与える。〉長い列の人々は、無言のまま、彼の指先の機械的な動きに従い、だらだらした重い足取りで、二つの列に分れてゆく。が……

その日の夕方になって、人々は、〈人差指のこの遊びの意味を知った。それは最初の選抜だったのだ！　すなわち存在と非存在、生と死の最初の決定であった〉のだ。

いったい、ぼくたちは、この親衛隊将校の指先の指示ひとつで、存在と非存在、生と死とに決定的に分けられていった人々とおなじような、まったくおなじような決定的な瞬間に、幾たび立たされて来たことだろうか。

内務係の准尉がなれない書類整理の仕事にすっかりウンザリして、大きなアクビをひとつした時、その肘の先にひっかかってヒラリと机のしたにもぐりこんでしまった一葉の書類。おそらく、その書類に記載されていた兵隊は南方動員を免れて、原隊に止まることが出来たにちがいない。衛生係の女医の前に立たされた時、約半年ぶりに見るそのロシア女の逞しい肉体に圧倒されて緊張の余り、煎大豆ばかり食っていた彼は、思わずひとつ大きな放屁をしたため、女軍医に烈しく突き飛ばされ、よろめいていったばかりにシベリア行の選抜からはずされた——という場合でさえ、決してなかったとはいえないのである。

存在と非存在——それを決定する瞬間が、どんなに無造作に、どんなにさり気なく、ぼくたちの上にやって来るか。そして、そのような瞬間の、長い連続の時間のなかで、人間がいかに消耗してゆき、いかに無気力に漂白されてしまうものか、ぼくたちはよく知っている。

昨年（一九五六年）の夏、ぼくは、嘗ての親友徳澄正の消息をたずねるため、東京市ケ谷の引揚援護局へ出掛けていった。夥しい書類のなかから、係員が取り出してくれた薄ペラな調査簿には、徳澄正の入隊後の足どりが、詳細を極めて記載されてある。昭和二十年の六月、見習士官であった彼は病を得て、山神府の陸軍病院に入院し、それから、孫呉、北安と後送されながら敗戦を迎えたらしい。しかし、記録は、翌二十一年ハルピンにて消息を絶つ、となったまま以下空白である。

これらの書類は、戦後、帰還者が上陸するごとに調査員が問い尋ねて作製したものだというが、若しも三人の目撃者が、その死を証言すれば、彼の死亡は確認されたことになる。けれども、徳澄正の消息は、二十一年の四月以降、誰ひとり目撃したものがいない。彼の生死はまったく謎のまま、既に十余年の歳月が流れたわけである。

風通しの悪い援護局の調査室の片隅で、ぼくは、汗びっしょりになりながら、彼に関する薄よごれた調査簿を繰り返し繰り返し読んでいた。幾度読み直してみたところで、昭和二十一年四月以降の彼について知ることが出来るわけではない。――昭和二十年の八月か或は九月ごろ、北朝鮮の何処か、まだ灼熱した直夏の太陽がギラギラと照りつけている北朝鮮の何処か――小さな村落の真昼時に、ふとかき消すように姿を消してしまったぼくについて、そのぼくのことについて、十年後のある日、援護局の調査簿を繰りながら、エイッ、糞！ 安田の奴、えいッ、あいつ――と、歯ぎしりかんでいるのが徳澄正であったとしても、その光景は、ぼくの想像裡では極めて自然のことのような気がする。それは、まったくあり得そうな、いや当然そうあるべきであったような光景である。――が、事実は、いま、ぼくが彼の消息を尋ねあぐねているのだ。

ぼくの心のなかで、「何か」が、音立てて脱落し、そこには、もはや熱もなく匂いもなく距離すらもない無気味な空洞が穿たれている……。

〈ぼく〉は、何もこの、此処にいるぼくでなくてもよいのだ。ぼくの存在は、ぼくが自分で考えているほどには、それほど重大でないばかりか、おそらくは、テンデ無意味であるらしいのだ。――

あの時、あいつの時間が終った。あいつにとって、時間は、もう一切、永遠に、永劫に意味がないのだ。しかし、あの時から今まで、生きているぼくにとっては、時間は様々な意味をもった。もどかしい時間、うきうきした時間、やりきれない時間、瞬く間に過ぎてしまった時間――。が、結局、それが何だというのだ！ あの時、あいつの時間が終ったようにもう間もなく、ぼくの時間の終る時が来る。それに、あいつの時間が終ってしまったあの時と、ぼくの時間がやがて終るであろうその時と、一体全体どれほどの違いがあるというのだろうか。終ってしまえば、結局、終ってしまったのだ。しかも、すべては、必ず終る。――

疲れた人間が、欲も得もなくなって、忘我の眠りのなかに身を抛《な》げるように、ぼくは、いつも自己忘却、自己消却への誘惑と衝動を心に抱いている。

二人の講師の死と服部の死に、ぼくが烈しいショックを受けたといったのは、おそらく、この三人の自殺が、世の常の自殺者のそれとは、やや異質であるばかりか、或はまったく逆の論理に導かれているにちがいない、と推断するからなのだ。

多くの自殺者は、自から生命を断っていながら、実は、生の論理の疑うことなき肯定者だった。生の論理を、疑いなく肯定していればこそ、その道行に困難が生じ、それが挫折した時、死を選ぶ。「死」が解決であるのは、「生」の論理が肯定されているからだ。しかし、死の論理から出発する者に、死とは何ものでもない。それは、無論、解決などでありはしない。彼の論理自体のなかの、ひとつの道程でしかないのだ。くたびれた人間がベッドのなかに潜り込むように、彼は、ひとつ大きく吐息して「死」のなかに還る。どうして、遺書などというものを書き残す必要があるだろうか。

いずれにせよ、一本の指の気まぐれな動きに過ぎない。

しかし「恨み」は晴さねばならぬ

ぼくは、少し誇張して語り過ぎたようだ。しかし、ぼくは、ぼくたちの世代の「沈黙」ということを考える時、ぼくたちの世代の、こうした疲労感について考えないわけにはゆかない。

それはきっと、あの限界状況の体験だけが、ぼくたちに馴致《じゅんち》した心の傾斜ではなく、敗戦後の荒廃——そのなかで、ぼくたちもぼくたちなりの再起・再生を夢見、決意し、計画した時が確かにあった——のなかで、次第に漂白されていったものなのだろう。ぼくたちは、ぼくたちがたくさん経験した数々のことを、うまく言い表わすことが出来なくてもどかしがり、くやしがり、それは、ぼくたちが戦争へいって、ロクロク学問をしなかったためであると考え、だから、いま歯をくいしばっても、もう一度勉強し直し、そしていまに、このぼくの心のなかにある、あの人ともこの人とも異《ちが》う、あれやこれやの発言では絶対に尽されていない、このぼくたちのこの体験や心を語らなければならない、と懸命になっているうち、敗戦後の日本は、日に月に姿を改め、ぼくたちはいよいよ疲れが重なり、人々は戦争の記憶を失い、いやそれどころか、戦争の記憶すらもたぬ人々がすくすくと育ち、もどかしさに歯ぎしりしていた筈のぼくたちも、ようやくどうやらその道でそれぞれ小さな安定に辿り着くにつけ、モヤモヤはまだ消え尽しはしないけれども、しかし、何もまァ、オレでなくてもいいのだ、という無気力な虚無感がますます広く胸いっぱいに拡がっていった。

その上、憎悪とか怨恨とか憤怒とか、そうした感情は、このわれわれの住む「倫理的」な世界では、いつも否定的な評価をしか受けることが出来ない。ことに、ぼくたち日本人の間では、そのような感情を、いつまでも執拗に抱いていることは、抱いていること自体「美徳」に反することとして貶《へん》せられる。いつまで、「戦争」のことをいってたって、しょうがないじゃないか——。

ぼくは相撲が好きで、場所がはじまるとテレビの前から動けなくなり、場所中に一日は何と工面しても切符を手に入れ相撲場へゆきたいものだと考えるのだが、ある年の場所、二人の友人と蔵前へ出掛けていって、それは、ちょうど千秋楽の日であったが、結びの一番が終って鏡里の優勝が決まると、警視庁音楽隊の吹奏で「君が代」がはじまってしまった。拡声器から流れて来る「君が代」を聞いているうち、ぼくの心は後悔でいっぱいになり、自棄糞になってサジキに寝転んでしまったが、館内を埋めた善男善女が一斉に立上って厳粛な面持で「君が代」を聴いている時、サジキの真中で寝転んでいるというのは、何とも薄気味の悪いもので、たまたま友人が二人ほどいたからまず多少気強かったようなものの、いつ、何処から〝日本人〟が飛び出して来て、「野郎、この非国民！」と呶鳴られはしまいかと、ハラハラしたものだ。若しあの時、ぼくひとりだったら、ぼくは立ってみたり坐ってみたり、それこそ我ながらウンザリするほど狼狽し、醜態の限りを尽したにちがいないと想像するたびに、実にイヤな気持になる。その時以来、ぼくはどんなに観たい一番が残されていても、千秋楽の相撲場だけへは絶対にゆかない。

ぼくは、毎日安いウイスキーを呑んでいる。ところが、このウイスキーを発売している会社が、新聞の広告のたびに、「祭日には日の丸を掲げましょう」と、きまって書く。コンチクショウ、酒屋なら酒屋らしく、酒だけ売っておれ！　とぼくは猛烈肚を立てて、もうこの会社のウイスキーだけは金輪際呑むまいと思うのだが、やはり、その会社のウイスキーが安いわりには一番うまく、その時になると、また同じものを買ってしまう。ところが、最近になって、別の会社からもっとうまいウイスキーが、同じ値段で発売されるようになって、どんなにホッとしたか知れない。

――冗談を書いているつもりはない。「君が代」は国歌か、その歌詞は非民主的か、そんな議論はどうでもよい。どうにでも議論しようと思えば出来る。が、どう結論が出ようとも、ぼくはもう二度とあのメロディだけは聞きたくない。

――品川の駅は、田町からも大崎からもいっぱいの群集で、身動きがならぬようになっていた。其処此処に憲兵が立っていて、「見送りの方はお帰り下さい、混雑しますからお帰り下さい」と、声をからして叫んでいる。その人混みのなかで、ぼくは、一緒に来てくれた人々とはぐれてしまった。

貨物線に引き込んだ列車に乗り込むと、窓には全部ブラインドが降ろされている。プラットホームにも、やはり数人の憲兵が巡察していて、ブラインドをそっと開けてみる学生を叱りつけていた。ぼくたちは、何度も洗面所へ立ってゆく。そして、その時、デッキの所から、チラリと駅のそとを眺めるのだ。駅前から京浜国道を埋めて、更に高輪の坂の上を埋め尽して、まだ人々が群っていた。提燈の灯が、まるでお祭のように燦めき返り、ざわざわというどよめきが、遠い潮騒のように聞える。ぼくたちは、それでやっと安心し、憲兵に見咎められるのを恐れながら、そそくさと車室に戻って来る。

夜が更けた。が、列車はいつまでも発車せず、そして駅のそとの遠い見送りの人々も立ち去らず、ブラインドの降りた車内では、学生たちは誰ひとり眠るものもなく、それでいて、ヒソヒソとした話声もと絶《だ》えがちであった。「軍人勅諭」や「軍隊内務令」を取り出して、一心に暗記しているものもある。また、誰かが洗面所に立つ……。

昭和十八年十一月二十八日、ぼくたちが北朝鮮へ向けて出発したその時、ぼくたちは学生服の肩から日の丸の旗を襷にかけていた。

こんな思い出に、ぼくは感傷的になるのだ。加藤周一は、〈戦争の世代は、星菫派〉だと声高くきめつける（『1946 文学的考察』）が、ぼくが感傷的になるのは、学生服に日の丸の襷をかけて、憲兵の監視下、追われるように祖国を発っていったまま、とうとう二度とぼくたちのもとへ帰って来なかった沢山の仲間がいるからだ。加藤はまたいう。〈要するに星菫派は無力であるのみならず無学である。〉と。確かにお説の通りだ。ぼくがいかに無力であり、無学・無智・蒙昧であるか、既にくどいほど書いて来た通りである。加藤周一に、無能と罵られて、今更反撥の余地もない。あの戦争のさなか、医学部の研究室でノウノウと研究に専心し、生き還ったぼくらがアタフタと右往左往していた頃、フランスに渡って勉学にいそしんで来た加藤に較《くら》べて、ぼくたちが無学なのは至極当り前の話だろう。まさにお月さまとスッポンである。けれども、スッポンが噛みついたら雷様が鳴ってもはなさないという。スッポンにはきっとスッポンの無念の想いもあるのだろう。（加藤さんは、『きけわだつみのこえ』と、それからぼくが最初に引用した『朝日新聞』の投書をよく読んで下さい。）

憤怒や怨恨や憎悪は、ぼくたちの内部に、深く秘められていなければならぬ。怒りは蓄積され、鬱積し、いつかはその怒りの対象となった事実の取消しを求めねばならぬ。

「わだつみ」の世代

〈或る時代には特有な語感、特有な発想法、特有な雰囲気といったものがあるのであって、総体としてのそれらに支えられて、ひとつの言葉、ひとりの人物、一つの事件はそれぞれ独得な光沢を帯びてくるのであるが、それらの特殊な陰翳がまざまざと感得されるのはまことに僅かな期間だけであるらしく思われる。〉

ぼくは、『きけわだつみのこえ』を読返すたびに、埴谷雄高の右の言葉を思い出さぬわけにはゆかない。『きけわだつみのこえ』はそれを読直すごとに、いまもぼくの心を実に名状し難い歎きと憤りの渦のなかに突放すのであるが、しかし、もはや、この書物がどれ程の人々にどれ程のことを語りかけることが出来るか、ぼくは諦めている。この書物に秘められた苦痛の呻き声が、〈まざまざと感得され〉た時期は、もう終焉してしまったのであろう。〈まことに僅かな期間だけ〉であった。(加藤秀俊の『中間文化』など読むと、しみじみその想いが濃い。)

野間宏の『真空地帯』、阿川弘之の『雲の墓標』は、前者が陸軍内務班、後者が海軍予備学生を描いて、追従を許さぬ傑《すぐ》れた作品であるとぼくは思っているが、たとえば、阿川の『雲の墓標』を読んで、「感動」したというある若い女性は、ぼくにその感想を述べて、「あのなかで、自分はトイレにゆくのが、楽しみになって来た。そこでは、鍵をかけて自分ひとりになれる。〈自分はすくなくとも五分間、完全な孤独をたのしむことが出来る〉と書いてありますね。軍隊ってそんなところなの？　想像も出来ないわ——。」と。

ぼくは、ただ何となく曖昧にうなずくのだが、実は、この若い女性に、「軍隊ってところ」を説明出来なくてもどかしがっているのだ。ぼくはこういいたかった。——五分間も、便所のなかにシャガミ込んでいたら、内務班に帰って来てから、それこそどんな目に遭うことか。とてもオチオチ五分もかかって糞をしているわけにはゆかないですよ。

しかし、そうなれば、軍隊の内務班とはそもそもどういうふうなものであったか、班長とか、先任兵長とか、初年兵係とか、古年次兵とか、そういう「存在」がひとりひとりどんな意味をもっていたか、そして、それ等の人間が絡み合ってどんな集団を型造っていたかというようなことを、逐一説明しなければならなくなる。とても不可能だ。ぼくは、やはり、あのフランクルの言葉のように沈黙せざるを得ない。

『真空地帯』や『雲の墓標』は、前にもいった通り、比類ない作品であるが、しかも、それ等の作品でさえ、ぼくは読み終って「少し異《ちが》うな」と思う。それはこの作品だけではない。戦後、軍隊に関して描かれた小説もどんな映画も、読み終って或は観終って、「異う、少し異う」という感じを抱かなかったことはない。何故だろうか。ぼくはそのことを考えていて、近頃、ようやく気づいたことだが、小説や映画は、それが小説であり映画である以上、作中の登場人物の間に対話が行われる。対話が行われない限り、それは、「劇」として進行しない。しかし、実際には、軍隊では、「対話」ということが存在しなかったのだ。返事をすれば、「なにイ、この野郎、弁解する気か！」と殴られる。黙っていれば、「おかしくって返事できないか、出来なきゃ出来るようにしてやらァ」といって殴られる。一方から他方へ、他方から一方へというコミュニケーションのルートは、軍隊にはない。ぼくが小説や映画を観て、「少し異う」といつも感ずるのは、まさにこの点であった。現実の軍隊は映画にも小説にもならない。或は、読者がゲンナリするほど退屈するであろうということを覚悟の上で、それを小説という形式に纏めることが出来るかも知れない。伝承不能なのだ。しかも、このような雰囲気を理解していない限り、たとえば、〈岩波全書の広告ランを眺めて俺の魂の慰安とせねばならぬのであろうか。〉とか、或は〈固い木の長椅子に坐って、メンソレータムの効能書を裏表丁寧に読み返した時などは、文字に飢えるとは、これ程までに切実なことかとしみじみ感じた。〉という『きけわだつみのこえ』に綴られた言葉の切実さは実感することが出来ない。

ぼくたちの仲間（それは十人余り、学徒出陣の生き残りばかりで作っている会の仲間であるが）で、『学徒出陣』という本を書こうという申合せをした。もう一年ばかり前のことで、ぼくが提案し、皆乗気になって、よし書こうということになったのだが、その後、何回、研究会や打合せ会みたいなことをやってみても、一向に計画は進捗しない。全員が新聞雑誌のジャーナリストで非常に多忙だからということもあろうが、それよりも、いよいよ書く段になってみて、一人残らず絶望的になって来るらしい。自分たちの記憶はなまなましく、そして自分たち仲間うちで喋っている間は、それはいまにでも書けそうな気がしていながら、さて、原稿紙に向ってみると何からどう書きはじめてよいものやら、皆目手の下しようがない、というのが実情のようだ。

ぼくの計画はこうだった。ぼくたちが、戦時中の重苦しい空気のなかで過ごして来た学生時代、学徒出陣で入隊してからの軍隊生活、敗戦後の祖国に帰還してからの生活との闘いと学業のやり直し、この三つの時期にそれぞれ焦点をあてて、日本の「教育」というものがあの軍国主義の前にいかに脆く慴伏《しようふく》したか、軍隊教育というものに身を置いてみてぼくたち「学徒兵」はそこでどんな反省をしなければならなかったか、二つの時期を潜って帰還した時、ぼくたちはその体験と反省を、敗戦後の日本で、どのように生かそうと努力したか、しなかったか、これ等のことを自分たちの体験に合せながら、日本の教育の歴史や、帝国軍隊の構造の本質に触れて叙述しよう、という意気込みであったわけだ。

近頃、昭和史、現代史に関する研究が盛んである。幾つかの書物が現われたが、ぼくが憤懣に堪えないのは、それ等書物の本文はおろか、巻末に付せられた年表にさえ、昭和十八年十二月の学徒出陣が記入されていた例を知らない、ということだ。わが国における法文科系大学教育の一切が停止されたその日を、もはや「現代」史の著者自身が記憶していないというのであろうか。更に驚きなのは、昭和十四年五月、青少年学徒ニ下シ賜リタル勅語が渙発され、教育の臨戦体制は、この勅語を倫理的な支えとして、軍部によって強行された（それは当時、陸軍省文部局などという嘲けりの言葉がささやかれたほどである。）筈にも拘らず、この一事に関しても、ぼくは寡聞にしてか、戦後一度も耳にしたことがない。

何故、日本の「教育」は、軍教育にたいしてまったく無力であったのか。（わずかに竹内好の「軍隊教育について」という一文のみが、この問題に鋭く迫っている。）無力であった結果、むざむざと自分たちの教え児を軍へ引渡してしまった日本の教育者たちは、そのことを、いまどう反省しているのか。

ラスキは、その著『信仰・理性・文明』を次のような言葉で書きはじめている。

〈全世界いたるところにおいて、今日の青年は、死の門口に立たされている。何百万人という青年たちが、まだ成年にさえ達しないその生命を、自由のために、捧げているのだ。この夢のために、すでに何百万という青年が、死んでいったが、おそらく戦争の終った時には、さらに何百万が、盲者となり、不具者となって、この人生が与える美しいものからは、完全に隔離されて、その余生を送らなければならないことになっているのだろう。〉

青年たちに寄せるこのような熱い愛情をもって、日本のどの学者が、どの教育者が語ったろうか。彼等は、自分たちの教え児ひとり残らずを、わだつみの彼方へ送り出した年月さえ、もはや記憶もおぼろというテイタラクなのだ。

ぼくは、もう「世代論」をやる元気はない、といった。ぼくがいま、「わだつみ」の世代について触れるのは、勿論、その世代のひとりとしての自己主張を言おうとしているのではさらさらない。が、ぼくは、従来の現代史——少くともその「教育」に関する部分には、大きな落丁があるし、従って、戦後の精神史にも、何処かに不知不識裡の省略があると考えている。

昭和二十九年四月号の『世界』誌上で、伊藤整、中島健蔵等の「戦後の文学はどう歩んだか」という座談会を読んだことがある。その座談会のなかで、確か伊藤整が、三島由紀夫や安岡章太郎は、必ずしもあの世代の代表ではないといい、中島健蔵が、堀田善衞だって古い、もう新人じゃない、といっていた。

この座談会を読んだ時ぼくが考えたことは、誰が古くて誰が新しいというようなことなどではなく、堀田善衞から三島由紀夫、或は安岡章太郎へ世代の橋渡しが行われたとしたら、そこには戦争＝敗戦という国民的経験の何かが、それもかなり本質的なある部分が、脱落してしまうであろうということだった。伊藤整は、その時、もう五年か十年したら、あの世代の本当の代表者が出て来るだろう、と語っていたが、本当に出るだろうか？　ぼくは半ば諦め、しかし半ば希望をつなぐ。

ぼくは、後藤宏行の陥没の世代という言葉にならって、ぼくたちを喪失の世代と仮りに名づけてみる。現在に関する限り、確かにそれが喪失の世代であることは疑いない。そして、ぼくの危惧は、或はそれが永遠に喪失の世代として失われてしまうのではないか、ということである。既に、大量に、失われ、そしていま日々失われつつある。

ぼくたちは、何故ダメだったか。戦中・戦後を通じて、ぼくたちの世代が、村上の言葉を借りていえば、常にあらゆる意味で〈ネガティヴな形〉でしか存在していなかったというのは何故か。そのおもいは常に死に繋がり、その日常生活は無気力な虚無感に漂白されているのは何故か。何よりもその青春時代の苦難な体験にも拘らず、それを検証し、それを定着し、それを表現するエネルギーに欠けているのは何故か。ぼくたちは、戦時の巨大な体験に圧倒されて無気力となり、戦後の繁忙に奔弄されて無力になり、ただすべての人々の発言に、心秘かに冷めたい嘲笑をもってノーといい、死んでもよし、死ななくてもよし、己の生存そのものについてさえ、無気力・無計画なのだ。

しかし、ぼくは思う。――声高く己たち世代の犠牲や不遇を語るためではなく、死者の無念を語るために、ぼくたちは、自分たち世代の体験を固執せねばならぬ、と。そして、たとえ舌足らずであっても、それを語る勇気をもたねばならぬ、と。ぼくたちが、文字通り喪失の世代となった時、あの戦争が民族の上に強いた大きな不幸のある部分が、その時失われる。

「戦後」は、まだ終っていない。――どころか「戦争」さえ、まだ終ってはいないのだ。

「執念」と「信仰」について
——日本戦没学生記念会（わだつみ会）のこと

執念としての戦争体験

戦争体験、戦争責任の問題とどうしても、もう一度、徹底的に対決してみなければならぬ。——そう考えて、「再読きけわだつみのこえ」という文章を書きはじめてから、もう足かけ六年になる。

しかし、この頃になって、またおなじことが、しきりに心にかかる。書物を読んでいても、何か考えていても、人と議論をしていても、モノを書いていても、いつでも、結論はここにかえる。オレは自分の戦争体験、戦争責任と、もう一度、じっくり対決してみなければ、何もわからない——と。

実をいえば、ぼくは、この結論に少々ウンザリしているのだ。何故ならば、ぼくは、自分の戦争体験を整理し定着し、そこから一定の意味と教訓を抽き出し、そこを出発点として、更に前進せねばならぬ、前進すべきである、と人並に考えてみることもあるからだ。人もいうとおり、「もはや戦後で（さえ）ない」のかも知れないのに。

ところが、実際には、それは出発点となるどころか、依然として、帰着点なのであって、暫くすると、たちまち、「オレは……戦争体験と……何もわからぬ」という、あの考えに逆戻りしてしまう。

アタマがヨワいのかナ、とぼくは歎息する。

昨年（一九五七年）の秋、『日本読書新聞』（五七・一一・二四）で、鶴見俊輔は、ぼくの「再読きけわだつみのこえ」を批判し、〈よく書いているけれど弱い〉といい、〈自分の生涯がめちゃくちゃにされたという──よく女の身の上相談にある〉ような〈貞操ジュウリン的〉な〈めめしい感情〉だといっていた。

やっぱり、オレはめめしいのだナ、とぼくは慨歎する。

最近、日本戦没学生記念会の再発足のことで、随分いろいろな人と逢い、いろいろな意見を聞いたが、わだつみの「世代」は、自分たちの「戦争体験」に固執し過ぎていて、それではもう若い世代を動かすことはできない、という発言をしばしば聞いた。イヤになるほど聞かされた。

鶴見のいうように、〈ペロポネソス戦争だってひどい戦争だった〉。〈人間というのは、いつも本来そういうものじゃなかったかというふうに、視点を変え〉なければ、いけないのかも知れない。

鶴見は、また別のところで、〈戦争体験が生む力となる〉ことを阻んでいるひとつに、戦記もの、真相もののハンランが示しているような、日本人の〈一種の告白癖とそれを支えている素朴リアリズム〉がある、といっている。どうやら鶴見の考えのなかでは、女の身の上相談のようなめめしさと、素朴リアリズムは直通しているものらしい。

ぼくは、「再読きけわだつみのこえ」という「告白」的文章を三度書いたが、最初にそれを書いたのは、敗戦後九年たった一九五四年のことであった。それから六年間に、百五十枚ほど書いた。はじめにもいったように、戦争体験と対決しなければ、何もわからないと気づいたからだ。しかし、心は重かった。「戦争」については何も思い出したくなく、語りたくなかった。戦争体験は、ペラペラと告白しすぎたために、ぼくのなかで雲散霧消してしまったのではなく、それは、却って重苦しい沈黙を、ぼくに強いつづけた。戦争体験は、長い間、ぼくたちに判断、告白の停止を強いつづけたほどに異常で、圧倒的であったから、ぼくは、その体験整理の不当な一般化を、ひたすらにおそれてきたのだ。抽象化され、一般化されることを、どうしても肯んじない部分、その部分の重みに圧倒されつづけてきた。

鶴見は、樋口茂子の『非情の庭』に言及していたことがあるが、なぜ、戦犯学徒（都築）のことを書いたのが、窈子の方であって、都築自身ではないのか、そのなぞを考えてみたことがあるのだろうか。鶴見も、窈子とおなじように、それはただ〈都築の性格が弱い〉からだ、とでも考えているのだろうか。

〈戦争体験が記憶という形で残っているのでは無力で、うるさがられるだけ……予言に切りかえられて行くときに、はじめて人を動かす力になる〉〈戦中派はあきられている〉と鶴見はいう。

しかし、戦後一度だって、戦争が行われていた時と同様の規模とエネルギーをもって、「戦争」が反省されたことがあるか。戦争体験は、戦中派の独占物などではなく、民族総体の体験であるはずだ。極限状況におかれた日本民族の体験は、およそ日本および日本人というものののその精神と体質を、その根源から明らかにするはずのものにちがいないのだ。「ぼくら、戦争を体験しなかった世代は、戦争体験、戦争体験といわれてもピンとこない」という、最近の若い世代の言い分ほど、奇怪で、なげやりなものはない。

ぼくのおやじは、日清・日露戦争を「体験」したが、ぼくはむろんしていない。しかし、日清・日露の戦争体験は、敗戦の日までの日本民族全体を支配し、立派に生きつづけ、ぼくらの仲間の多くはそこで死んでいった。日清・日露の体験は生き、太平洋戦争の体験は、なぜ死滅しそうになっているのか。おしゃべりや告白がハンランしすぎたためであるか。

鶴見も指摘しているとおり、戦争体験から何ものも学ぶまいとする方針が、国家的スケールで、支配層によってたくらまれ、戦争責任論はもうよそうではないか、という一部の言論人、ジャーナリストの動きが活発になり、近ごろの「プラスティック文化」のなかで、スベスベとした顔で、ニコニコした世代が、ゴキゲンになっているとき、戦争体験に固執することをやめ、〈視点を変え〉たり〈予言に切りかえ〉たり、そんな器用な真似は、ぼくにはできない。ひどかったのはヒロシマばかりではない、関ヶ原のときも実にひどかったよ、というふうに、「視点」を変えるわけにはゆかないのだ。

鶴見のいうことは、いちいち正論なのだ。しかし、三十六歳にして既に正論を吐きはじめた鶴見俊輔に、ぼくは失望せざるをえない。「正論」というもののもつ虚偽を知ること、それこそ、ぼくらの戦争体験なのではないか。また、日本人のなかの体質的な執念のなさ、ということも、ぼくは戦争体験を通じて知った。鶴見の発言は「いつまで、クヨクヨしてたってはじまらないよ。」そういって若い妓をシッタしている、芸者置屋のおかみの姿を思い出させる。

ぼくは、いま、ながい生きしたい、としみじみ思う。そして、人々が半年間論じ、一年ばかり論じ、それが〈あきられて〉しまったころ、ぼくは、十年前のこと、二十年昔のことを、「めめしく」言い立てるつもりだ。江藤淳とは反対に、ながい生きをしながら、終生〈宿命の星を見つめつづけ〉るつもりである。そうでなければ〈ペロポネソス戦争〉の恨みは晴れない。

不戦の「信仰」

再軍備下の西ドイツで、ナチス親衛隊長だったヘスのその息子が徴兵を忌避して、いま獄中にある、と外電が伝えている。

日本戦没学生記念会の再発足にあたって、はじめてこの会に参加をしたぼくは、以来、会のあり方について、さまざまな人々から、さまざまな批判をうけた。しかし、この会の再発足に参加を決意した時から、ぼくの考え方はきまっていたし、それは、いまもまったく変化していない。

外電が伝えたヘスの息子に関する短かい報道は、それが短かいだけに、ぼくの自由な解釈をゆるし、ぼくは、この記事に全面的な賛意と同感をおぼえる。〈オヤジが見たようなバカな目に、ムスコのオレは、二度と会いたくない。〉というヘスの伜《せがれ》の言い分は、どのようにイデオロギーとして武装された反戦、非戦の論理よりも、深くぼくの共感をそそる。

「戦争体験」については、同窓会的であるとか、感傷的、回顧的であるとか、めめしい執念に過ぎないとかいう批判を、ウンザリするほど聞かされている。が、過日、ぼくの母親が、女学校卒業後五十年目の同窓会を催して、二十人近い昔の同級生が集まった、と上機嫌で帰宅した時、血縁によらざる日本の組織で、もっとも根づよいものは同窓会である、と痛感した。爾来《じらい》、われわれの会が、「同窓会的」であるというもっともな批判は、すべて、そのままわれわれに与えられた名誉と栄光の讃辞と承ることに、思いきめている。

憎悪とか、怨恨とか、憤怒とか——そうした感情は、われわれの日常世界では、いつも否定的な評価しかうけない。ことに、ぼくたち日本人は、そういう感情の持続を、美徳に反すると思いこみ、躾けこまれている。

爆発的、一時的な昂奮にかられやすいぼくたち日本人は、時の流れによっても消すことのできない、そのように執拗な憎悪や怨恨や憤怒の感情を持続することはニガテである。(ぼくたちは、戦争の責任者に、戦後の再建をゆだねている!)しかし、それでよいのか。怒りは蓄積され、屈辱は晴らされねばならぬのではないだろうか。復讐の行われない社会では、ぼくたちは、限りなく無責任であることができる。

民族全体の屈辱は、民族全体の怒りとなって、復讐は果されねばならぬ。——めめしい執念のないところに、どんな思想エネルギーがあるというか。亡国の民の歎きと執念とは、ただ復讐を期して、暗く燃えつづけることにある。ぼくたちが、生来ニガテとしている執拗な執念をこそ、ぼくたちのなかに育てなければならぬ。変革のエネルギーは、この体質構造の変化作業のなかにのみ生まれるのだ。

第二次大戦が終った後、新潮社の一時間文庫から、『ドイツ戦歿学生の手紙』(高橋健二訳)が発刊された。むろん、ぼくひとりの個人的感慨であるが、これほど胸クソの悪い書物を、ぼくは他に知らない。何故ならば、戦時中、ぼくたちは、第一次大戦で死んでいった『ドイツ戦歿学生の手紙』(ヴィットコップ編、高橋健二訳、岩波書店)を愛読していたから……。わずか二十年ほどの間に、二冊の戦没学生の手記を出したドイツ国民は、いま何を考えているか。(それだけに、あのヘスの息子の話は、ぼくにとって興味深い。)

ぼくたち日本人も、二冊の『きけわだつみのこえ』を編むつもりであるか。二冊の『わだつみのこえ』を出したくないとすれば、おそらく、方法は二つしかない筈である。

ひとつは、あらゆる機会における反戦・非戦のための運動に積極的に参加し、それには、いかなる政治的立場にコミットすることも厭うてはならず、運動のなかで、自己の判断を絶えず賭けなければならぬ。

しかしながら、二つには、どのような状況においても武器は執らぬ、という不戦の信念が必要であろう。国が滅びても武器を執らぬ国民が大勢を制すれば、そもそも、武力的「解決」ということは、自己矛盾に陥らざるをえない。

再建された日本戦没学生記念会では、ぼくは、ここにこの後者の伝承が生まれ、「先輩たちが見たようなバカな目に、後輩であるオレたちが、二度と会わされるわけにはゆかない。」という決意と信仰――あえて信仰という――が、日本のなかの不滅な伝統の母体となって、民族の生命ある限り生きつづけてゆくこと、そのことを願う。

二冊目の『わだつみのこえ』を刊行不能にする方法は、あるいは、この後者の手段が、決定的に有効なのではないだろうか。――いや、むろん有効である。学徒は武器を執らない――のであるから。

すべての伝統は、大きな体験と深い反省に礎石をすえられ、やがて、不磨不動のものとなって「伝統化」される。そして、伝統を守るものは、絶えず原体験に立ち還り、執拗にその意味の不変を確認しつづけることである。

『新版・きけわだつみのこえ』の見本刷が光文社から届けられてきた時、ぼくたち常任委員の多くは、山下肇の宅に集っていた。一同のホッとしたような喜びの顔色を眺めているうち、ぼくは、昨年(一九五九年)の秋いらい、会の再建とこの本の新版発行までに、仲間の誰彼がはらった異常な努力を、ひとつびとつ思いかえさざるをえなかった。何が、この人々のその無償の行動を支えてきたのか、と考えて、ぼくは、埴谷雄高流に、死者のエネルギーこそが――と思いついた。まことに死者のエネルギーは不滅といわなければならない。彼等の不滅のエネルギーが、ぼくたち生きる者をつき動かしてきたのだ。そうでなくては、十年後のこんにち、これを再刊しその意義を顧みようとする人々の不退転の努力は、うまれ出でなかったであろう。

いつか、橋川文三が「出家遁世の志」について語った時、ぼくは、陽あたりのよい隠居所をつくって余生を送りたい、といって二人で大笑いしたことがある。

わだつみの世代が、わだつみの彼方に散華した時、ぼくの生涯の時間は停止し、この断絶した時点において、ぼくの執念がうまれる。死者になりかわって彼等の執念（それは『きけわだつみのこえ』一巻のうちに満ちている。）を述べ立てることより以外、ぼくが余生を生きてゆく道も方法もない。

「同窓会的」な発想しかぼくがもてないのは、すでにぼくの時間が、あの時いらい停っているからである。小ざかしい理屈とまことしやかな大義名分とともに、ぼくの生涯を、ふたたび「戦争」とかかわりあわせるぐらいなら、ぼくは甘んじて、十五年前の歴史の時間に立ちすくんでいたい。

私の時計は笑っている

私の時間は泣いているのに私の時計は笑っている。――『きけわだつみのこえ』

二人の日本兵

南の島のジャングルのなかから、生き残っていた二人の日本兵が、ひょっこりと現われたというニュースほど、近頃、ぼくを驚かせた出来事はない。一年や二年のことならともかくとして、十六年という気の遠くなるような長い歳月を、密林のなかで、いったいどういうふうに生きつづけてきたのか、という誰もが抱くであろう謎に、ぼくの好奇心が動かされたことはいうまでもないが、しかしながら、このニュースで受けたショックは、そのような好奇心とだけはいいきれない、またおのずから別のものがある。

ぼくは、以来、この生き残り兵に関する幾多の記事を、異常な熱意をもって丹念に読みつづけ、記事の伝える彼等の片言半句に、いちいち「尤《もっと》も尤も」と共鳴し、感動し、その共鳴や感動ぶりは、我ながらいよいよ異常なものになっていった。

記事はさまざまの臆測と創作を混じえて書かれているようであったが、しかし、十六年間の密林生活に堪えつづけてゆくためには、何がとりわけ必要であるか、ぼくにはそれがよくわかっていた。——戒律に近いような肉体上のきびしい禁慾と、全注意力を集中したことこまかな生活上の配慮と、そして何かにとり憑かれたようにつきつめた精神とが、絶対に必要である。そのどれひとつが崩れても、死はたやすく彼等を捕えたであろうということが、ぼくには、自分の捕虜生活の体験をとおして、しかと推察できるのである。

死は、実に無造作に、こともなげに、そしてやみくもに人間を捕える。人にとって、死は絶対的意味を持つが、死にとって、彼（または彼女）は意味がないかのごとくである。死の可能性の確率がむやみに高く、死がわがもの顔に彼や彼女の上を振舞っているとき、十六年はおろか、十六時間を生き延びることすら、いかに至難の業であることか。

生の大豆の一握りよりほかに、何一物も配給されぬ日が旬日にわたってつづいた。ぼくたちは、収容所内をさまよい歩いて板きれや木片をひろい、飯盒のふたでその大豆を炒って飢えをしのいでいた。その頃、烈しい下痢におかされたぼくは、一日、幕舎の奥に横たわって断食をしたことがある。しかし、このような状態のとき、わずか一日の「断食」が、いかに堪えがたいか。それは、今日では、もはやぼく自身が想像できぬほどである。ぼくは、栄養失調で骨と皮になって死んでゆく人びとの胃のところだけが、異常に脹れあがっている惨めな死にざまを想い泛《うか》べながら、歯をくいしばって一日の断食に堪えた。たった一日である。しかし、栄養失調の患者が、同時に胃拡張になって死ぬという、あの数百、数千の悲しい死体は、何を告げているのであろうか。人は永劫の死よりも日々の欲望を選ぶのであろうか。

『朝日新聞』の連載（「ジャングルの中の十六年」六〇・六・二～二二）がはじまり、次第に、彼等の密林生活の正確な報告が入りはじめるにつれ、彼等のほとんど超人的な絶え間ない禁慾生活の実態が明らかとなってきたが、ぼくは、そのひとつひとつに、だから「尤も尤も」と相槌をうたざるを得なかったのである。

彼等はおそらく敗戦を知っていただろう。十六年もの間、それを知らずにいた筈はないという想像も、やはりぼくの予想のごとくであった。しかしそれならば、祖国の敗戦を承知しながら、ついに十六年、ジャングルのなかに住みついて、異常な禁慾生活に堪え頑としてそこを立ち出でようとはしなかった彼等の心理（――などというナマやさしいものでは断じてない。）とは、さてどのようなものであったのか。ニュースの第一報が入ったトタン、ぼくを捕えたこの疑問も、それはぼくなりに判る（いや、ぼくならば判る）、判るからこそショックをうけ、そのショックは感動に近いものであったのだ、というぼく自身の気持の経緯も、これも次第に明らかになってきたのであった。

昭和二十一年の秋、ソ連軍の将校が〝ドモイ〟（帰国）だといって、帰国手続に必要な書類の作成を命じた時になっても、ぼくは、それが帰国手続の書類だということを、ほとんど信じなかった。（しかも、ぼくは、その時通訳として他の人びとに較べて、一番情報に通じていたのである。）咸興の収容所に移され、そこで帰国のための編成を終えて、次々と部隊が出発してゆくのを見送っても、彼等が本当に日本へ送り帰されているかどうか、やはり半信半疑であった。この疑いは、ある日、実際に港に導かれ、そこに碇泊している船に日の丸の旗がついているのを見ても、まだすっかりは晴れなかった。船が出港して、乗船していた船医から、間違いなし日本へ帰るのだという確答をうるに至って、だからはじめて船内には、ドッと歓声があがり、それからの混乱状態は、いわば第二の八月十五日というべきものであった。（帰国が、疑いもなく現実化するや否や、それまで部隊を支配していた秩序が、三度、完全にくつがえされてしまったのだから。）

二十二年の正月半ばに、ぼくは東京に着き、空しく街をさまよい、（区役所には戸籍原簿がなかった。従って、家族の現住所などわかりようがない。）やがて、やっとの思いで知人のところへ辿りつくことができたのだが、暮れ方近い渋谷の駅に降り立ったぼくは、高いプラットホームから見える駅前広場の闇市のヘンに熱っぽい雑踏と雰囲気に気押されて、暫く、そのガラスもない窓から、呆然として〝下界〟を眺めていた。何を焼いているのか煮ているのか、しかしとにかく食物、それもかなり下等な食物が、大量に調理されているらしい匂いと、潮騒のような喧騒につつまれている駅前広場を、クタクタでヨレヨレの服装で右往左往している人びと——同胞の姿は、いま、足かけ四年ぶりで東京に帰ってきたぼくには、そのくたびれ果てた恰好にもかかわらず、何かこれまでの「人づきあい」では、とうてい律することのできないような奇妙にウサン臭い生活力に満ちあふれていて、ただオロオロ右顧左眄《うこさべん》するばかりのぼくを圧倒してくるかのように思われた。戦後十五年、ぼくが祖国にたいして抱きつづける違和感——ぼくは、ここに自分の生きる場所を見つけだすことが、とても難しいのではあるまいか、「戦後」日本にうまく適応することは、ぼくにはもはやできないのではないか、という脱落虚脱の意識は、疑いもなく、この時どっしりとぼくの胸の底に根を下してしまったようである。

だが、ぼくは、そうしてたじろぐ心の底の底ではこれとはまた全く別な自信を、ひそかに撫で廻していたようでもある。軍隊、戦場、収容所——そこで体験したものを超える現実なぞ、もはやこの世にありっこない。どんな状況のもとにでも、ぼくは生きてゆかれるし、生き抜いてみせる。とにかく、空しく「棒にふって」しまった人生はとりかえさねばならぬし、恨みはきっとお返しする……。

「奇蹟」の必然性

中岡哲郎という人によれば、〈現在の日本において、歴史におきざりにされた個人の代表のような世代として、戦中派を考えることができる。その戦中派の典型〉（『現代における思想と行動』)みたいな存在として、安田武を考えることができるそうである。(ぼくは、自分にうけたこれほど過分な讃辞に何と答えればいいのか。光栄である!)その中岡が糾弾するところの安田の発言とは、〈わからせよう、伝達しよう、わからせるために誤解をおそれず発言し、説明しようとする思想の積極的な論理的機能はかげをひそめて、「わかってほしい、くれないか、わかってくれないか」という詠嘆のみが残っている〉のだそうである。わかってほしい、くれないか、という〈詠嘆のみ〉が残っているかどうか、もし中岡の指摘が事実であるとすれば、ぼくは生来の悪文が生みだした誤解を悲しむだけだが、およそ、ほしい、くれないか、という慨嘆ほど、ぼく自身の心情から遠いものはないのである。

中岡のいうとおり、ぼくたち(或は、ぼく)は、〈歴史におきざりにされた〉存在であり、このことは、いまも痛いほど胸におぼえて片時も忘れないつもりである。南の島のジャングルに十六年〈おきざり〉にされて生きてきた日本兵の奇蹟譚に、ぼくがぼくの想像力のあらんかぎりをふりしぼって共鳴し、感動するのは、疑いもなく、戦後生活の密林のなかで、息をひそめるように生きていたぼく自からの想いを、それをそのまま、いってみれば手つかずナマのまま生きていた奴がいたという慨歎に発するものである。彼等の十六年の生活が、生活として奇蹟であればあるほど、そのような〈奇蹟〉がありえた必然性——奇蹟の必然性という奇妙な言葉が、ぼく自身の戦後生活の歩みを、逆写しに見せてくれるのである。彼等二人の十六年を支えてきた「精神の支柱」は何か、という質問ほど深刻でありながら、却ってバカげた疑問はない。敗戦を知った彼等は、それでもなおジャングルを出ようとしなかった。ジャーナリズムによれば、それは〈生きていた戦陣訓〉ということになる。「戦陣訓」本訓その二、〈生きて虜囚の辱を受けず、死して罪禍の汚名を残すこと勿れ〉という教誡が、彼等の胸に生きつづけていたため、彼等はついに最後まで降伏を拒否したのだという。が、考えてみればわかることだが、かつての帝国軍隊がいかに軍規厳正であったとはいえ、その軍隊の組織からすでに脱落し、南国の密林で、原始人さながらの生活を送っていた人間に、一片の軍規（戒め）が十六年の戒律となって、その決断と行動を左右しうるものかどうか……。だがまた、〈戦陣訓〉をそのものとしてではなく、ひとつのシンボルとして理解するならば、彼等の精神を支えたものが〈戦陣訓〉であったという説に、反対するいわれはない。〈戦陣訓〉のほかには何もなかったのだから。主食にはパンの木の実と山イモとパパイヤ、おかずには野ネズミ、カタツムリ、ヤドカリを食べ、シカの胃液を太陽にかわかして消化剤を自製し、穴から穴へ三日から一週間目に移動して生きつづけてきた彼等には、〈消費革命〉とかで血眼になったり、〈大衆社会状況〉とやらに溺死するといったふうな心配は、いささかもなかった――というだけの話である。敗戦後の新しい状況に、すばやく適応する方法を、彼等はまったく見失っていたのだ。降伏し、虜囚となり、解放されて祖国に還り、新規まき直し、新しい社会（戦後日本）に生き直すという器用な転身を、彼等は想像してみることすらできなかった。

彼等は、文字どおりの密林のなかで、十六年生きていたが、ぼくの十六年間の生き方のこころのなかにも密林はある。羽田飛行場に到着した彼等二人が、記者団に向って、「あなた方にはわからない」という一言を、泣かぬばかりに繰りかえしていたのは、まことにそのとおりというほかない。ぼくも彼等と同様に、ぼくの体験について、〈わからせよう、伝達しよう〉とは試みないつもりであるし、まして、〈思想の積極的な論理的機能〉などという奇怪でシチ面倒な機能をまったく信用する気はないのである。

皆川、伊藤の二人は、これからの「余生」をどのように生きてゆくであろうか。隣人の話声が、原住民や米軍巡察隊が近寄ったように聞こえ、ハッとなって眼を醒ますという彼等は、おそらく死に至るまで、この悪夢から解放されることはあるまい。十六年の生活が彼等の上に刻印したものは、その「余生」が、たとえあと三十年、四十年許されたとしても、もはや消し難い。彼等は、伝達不能の悪夢に生涯うなされながら生きるより生きる道がないのだ。〈血色のいい〉人びとと親和することは、永遠にできないだろう。また〈血色のいい〉人びとは、彼等のジャングル・フェイスを拒否するにちがいない。皆川文蔵が繰りかえし言っているように、彼等は〈一生を棒にふった〉のであって、十六年を棒にふったのではない。彼等は、まさに生き残った十六年目のその時点に、死ななければならなかった。

伝達は可能か

昨年（一九五九年）の暮れ、『現代の発見』というシリーズの月報に短かい文章を書いて、その終りに〈戦争体験の伝承ということ、これについては、ほとんど絶望的である。ぼくは、戦争体験に固執し、それについて、ブツクサといいつづけるつもりであるが、それを次代の若者たちに、必ず伝えねばならぬとは考えていない。最近どこかの座談会で、「それを受けつぐか受けつがないかは、若いゼネレーションの勝手たるべし」と発言していた竹内好の言葉に、ぼくはぼくなりに、全く感動的に共鳴するのである〉と書いたところが、さっそく村上一郎から、〈かかる思想を敵とする〉という手きびしい宣告を受けた。

村上が、何故〈敵とするのか〉。いきなり〈敵〉にされても、ぼくにはよくわからないけれども、あれこれ考え合せてみると、それは「戦争体験」を、次代に伝えること、それを〈体系〉的、〈歴史〉的、〈思想〉的に正しく伝えることが、戦争体験者の怠《おこ》たることをゆるされない義務であり、責任であるということであるらしい。

村上ばかりではない。日本戦没学生記念会（わだつみ会）の再結成いらい、それが単なる同窓会的センチメンタリズムにすぎず、まったく不生産的なルサンチマンにすぎず、「戦争体験」を伝承可能なものとするために、それを論理化し、思想化し、体系化し、組織化するのでないならば、わだつみ会の存在など爪の垢ほどの値打ちもないという、まことしやかな忠告や批判の絶えたことがない。

しかし果して、戦争体験を伝えることが、ぼくたち世代の義務・責任であるのか、まして、伝えるために思想化したり、組織化したりせねばならぬものか、ぼくには、依然として疑問である。第一、戦争体験の挫折に固執し、挫折点のなかに居すわりつづけることが、どうして不〈生産的〉であり、非〈有効〉なのか、ぼくにはわからぬ。いや、たとえ、それが生産的でもなく、有効でもないとして、だからどうだというのだ。それが、単なるセンチメンタリズムであり、ルサンチマンであるという説に到っては、ぼくはこれとまともな議論をしようという意欲さえ失う。挫折の傷のなかに、いつまでも執着するのではなく、その体験を思想化することで、前向きに正当化しようという試みは、彼等の発言の建設性、積極性にもかかわらず、その発言の表むきの積極性とは、およそウラハラな精神の受動性をひそめているとぼくは思う。そのことが気にかかる。生産的でないかも知れず、有効でないかも知れず、あるいはまったく無意味かも知れず、誰からもどこからも、その存在を正当化されない状況というものは、四角ばった誠実主義者日本インテリの居たたまれぬところにちがいない。明るい積極性や前向きの建設性とともに在ると確認できるときだけ、彼等は安堵するのだ。おのれの外がわから大義名分が付与されない状態、時点のうちで、頑として居すわりつづける根性は、彼等にはない。

ふたたび、村上に戻ってみよう。村上は、戦時中〈軟性の思性や論理や信条をもっていたから、マギー（魔術）にゆられた〉ことを、烈しく後悔するのみならず、〈強靭な論理の媒介なしに、漠たる戦争中の罪ほろぼしというような気分的な、アン・ジッヒな、ほんとうの闘いに欠けたなまくらな思考からスタート〉した戦後についても、深く反省しているという。しかし敗戦まぎわ、一青年士官であった彼は、〈戦後に残る恐ろしいものは、近衛―吉田のラインであろう〉と明察し、〈近衛の終戦まぎわのアジトをつきとめ得て、刀を抜いてその家をうかがった〉といい、〈敗れた年の九月から、かならず生涯をかけてアメリカ資本主義とたたかわねばならぬと思っていた〉というのである。

敗戦まぎわには近衛をたたき斬ってやろうと志し、敗戦直後に、〈生涯をかけて〉アメリカ資本主義と対決しようと誓った彼の「戦争体験」に、ぼくはただただ目を瞠はるばかりであるが、ともあれ、そこに、ぼくは傷つくことを知らず、敗れることを知らず、失意のうちに挫折することを知らず、絶えず指導的立場に自己を置いて落伍することなく、新しい状況に力づよく積極的に対処しうる、徹頭徹尾タフなひとりの男の心意気を望見するものである。しかしながら、挫折もなく失意もなく、目まぐるしい状況の変転に絶えず建設的に参与し、過去の体験に含まれる負の部分は、常に前向きに正当化しうる、正当化されることしかないその「体験」とは、いったい何なのであろうか、それが、ぼくにはもっとも理解のつかぬ点なのである。

〈戦後革命の挫折〉の時期に、〈生き、行動し、挫折した〉自からの体験を、さっそく二百五十枚ほどの書きおろし論文に仕上げ、〈決着のつかない過去〉に決着をつけ、過去の誤謬を「精算」して、新しい意慾に燃えているらしい中岡の、このすばやい体験の正当化と立ち直りのあざやかさも、ぼくから見れば同断である。中岡のこの告白のどこに、自から〈挫折した〉と称する人間の挫折の痛みがあるというのだろうか。〈決着のつかない〉部分に、決着をつけねばならぬのはアタリマエである。しかし、〈決着のつかない〉部分に固執し、〈決着のつかない〉部分の痛みに、うじうじねちねちとこだわりつづけるのが、〈痛み〉を受けた人間の生涯の宿業である。傷とはそういうものであり、挫折とはそういうことである。そうでないならば、決着をつけたまさにその部分から、決着のつけ方のあざやかさとまったくおなじミゴトさで、すべてはふたたび未決着に立ち戻らざるをえないだろう。

だから、それは、傷を受けたことのない人間との絶対的な伝達不能を含むのであり、同時に、傷を受けた者同士における相対的な伝達不能を含んでいるのだ。痛みはただひとり堪えるしかない。

〈私たちは、道具の貸し借りは、お互にいっさいしなかった。なくしたら、かけがえがないし、使えば減る。もし、貸し借りがもとで、お互に気まずくなってはおしまいだ〉という、ジャングルのなかにただ二人孤立した日本人同士の、この非情酷薄な思想の連帯に、ぼくは感動する。言葉の本当の意味で、〈かけがえがない〉ということを、彼等だけが知っている。なまじいの援け合い、連帯意識など生きるためには危険であることを、彼等だけが知っている。これは〈軟性な思想〉であるか。〈強靭な論理〉であるか。

中岡の指摘するとおり、また指摘されるまでもなく、〈歴史におきざりにされた〉ぼくは、伝達不能の原理を前提とし、自己の存在そのものさえ有効なのか無効なのか、皆目見当のつきかねる地点に、しかと立止る以外には、思想をはじめる術を知らぬ。それを語ることもむろんできない。戦後革命運動の挫折から出発し、政治的大衆運動への参加を説く中岡が、いつ変らずコミュニケーション万能の楽天論に終始し、〈思想の積極的な論理的機能〉などというアヤフヤな〈機能〉を信じ、自己の政治参加に一点の疑念なく対処しうるのは、まことにしあわせなことである。強靭な論理を入手することによって、いまや〈正確にいえば、いまもまた、であろうが〉不謬の地点に立ち、かつては近衛、当面はアメリカ資本主義、常に敵は外部にあると確信することのできる村上も、むろん、ぼくから見れば、しあわせな戦中派というほかない。

伝達が可能であり、思想化し、体系化し、組織化することが可能と信じられることだけが、生産的であり、有効性を保証されているといういわれはどこにもないのだ。日本の誠実な思想家たちが、自分の思想の有効性や生産性を、片時も信じて疑わぬ態度ほど、日本の誠実な組織活動家が、自己の運動の敗北を断じて認めようとしない論理と見合い、その精神傾斜の重なり合っているものはないような気がする。何故、伝達不可能かも知れぬ地点、まったく有効でないかも知れぬ方法をもって、はじめてはいけないのだろうか。そもそも、伝達が不能ではないかと断念せざるをえないような体験、存在自体が無効かも知れないと絶望せざるをえないような体験、――〈挫折〉があった筈である。

安保闘争と戦争体験

「樺美智子さんを還せ！」、「樺美智子さんを忘れるな！」というプラカードが、国会周辺を取巻いたデモ隊のなかにたくさん見られた。〈還せ〉といっても、樺美智子はもう還らないし、〈忘れるな〉といっても、間もなく樺美智子は忘れられてしまうにちがいない。若い人が、ぼくに、樺美智子の死をどう思うかと問うから、「犬死だな」と答えたら、その青年は、怒り心頭に発したような表情でぼくを睨めつけ、二の句がつげぬというように口をもがもがさせ、安田という男とは、爾今《じこん》、倶《とも》に天を戴くことはできない、といわぬばかりに去っていった。

しかし、この青年は、〈犬死〉という言葉のなかに、彼がそのとき示したとおなじような激情を、十五年間、いかにして沈静させようかと苦心惨憺してきたぼく自身の、吐きすてたいような憤りが秘められていることを理解しなかったのだ。あらゆる死は無意味であり、意味のある死などというものはこの世に存在しない。うちのおふくろたちは、そのことを、死ぬもの貧乏、とむかしからいっている。あるいは死んで花実が咲くものか、といっている。

心臓がとまり、呼吸がとまり、要するに肉体の機能のいっさいが停止して、硬直した物体に変り果ててしまった「死」に、意味などあり得よう筈がない。樺美智子は生きて、その未来に富む若い人生を、ひとりの美しい女性として、ひとつひとつ夢を実現しながら生きてゆくことだけにしか意味はなかった。生き残ったぼくたちが、死んでしまった彼女自身の死について、何くれない意味を付与しようとこころみるなど、およそ不遜にして傲慢、オコの沙汰の限りというほかはない。

十年経って、いま樺美智子とともに安保闘争を闘い、六月十五日に血を浴びた青年が、若い人たちから、「あなたがたは、何かというと、安保闘争、安保闘争といい、樺美智子の死を忘れるなというが、ぼくらは実際に闘った体験がないから、いくらいわれてもピンとこないですよ。それは、あなたがた世代の、単なるセンチメンタルにすぎず、ルサンチマンにすぎません」といわれた時、あのぼくを睨めつけた若者は何と答えるだろう。しかも、そういわれる時は、おそらく、間もなく、意外に早くやってくるであろうし、やってくるであろうと覚悟をきめておく方がよい。その時、真に怒ることのできるものだけが、樺美智子の惨《いた》ましい死の本当の意味を、正しく理解していたことになるのだとぼくは思う。

ジャングルのなかに、死んだ筈の十六年間を生き残った二人の日本兵は、生き残ったその時点に死ななければならなかったように、人間は死ぬことによってしか生きることができぬという無惨な逆説のなかで生きている。樺美智子の同世代は、彼女の死のなかに生きることよりほか、もはや生きる道はない。それ以外の生きる道を、閉されてしまった。そして、それは何も彼女と同世代ばかりに限られたことではない。——これが結論だが、最後に、誤解のないよう、ぼくにはニガテな仕事だが、少し説明的な蛇足をつけ加えておこう。

堀田善衛が、『朝日ジャーナル』(六〇・七・一〇)に書いた文章に、つぎのような個所がある。

安保闘争を闘った市民たちの胸の裡には、いま矛盾した二つの想いが存在する。〈一つは、アイクの訪日中止。岸の引退という成功感。もう一つはにもかかわらず、これだけやって、一人の死者と、数百人の負傷者を出したにもかかわらず、新安保は成立した、という挫折感である。そこへさらにもう一つの挫折がいま加わろうとしている。つまり、政権のタライ回しである。同じ岸内閣の閣僚である池田があとを継ごうとしている。石井は、ワシントンにおいて新安保に署名をした一人である。それではなんのために、という絶望感である。〉

すでに池田政権は成立した。そして、この秋にはおそらくまたもうひとつの挫折感がつけ加えられるのではなかろうか。すでに三つの知事選に味合わされた絶望感が、総選挙というかなり決定的な型で、ふたたび三度、ぼくたちの上を襲ってくるのではないか。希望はすてたくないが、しかし楽観できる根拠は乏しい。その時、五月いらいほとんど全生活をなげうって、この闘いひとすじにかけてきたたくさんの人びとを捕えるかも知れない挫折感、絶望感に、ぼくたちはどう対処すればよいのか。

その時、ぼくは、あの二人の日本兵を思い出せばいい、といっているのだ。祖国が敗けたのに、彼等は十六年間ついに敗けなかった。ぼくたちは、常に余りにも「勝つこと」を考えることだけに慣らされている。そして、「勝った勝った」といいながら、実際には敗けつづけてきた。ぼくたちは、もう勝つことを諦めるがいい。ただ、あのジャングルの兵隊たちのように、敗けないこと、絶対に敗けないこと、何年たっても敗けないこと、できれば死んでも敗けないこと、敗けない方法を考えるがいいのだ。

死のなかに生きつづける、執念をもって生きつづけるということはそういう意味である。誠実な思想家たちが、常に〈有効〉性において思想を計るクセをやめて、〈無効〉でない方法について考えるべきだというぼくの主張もその意味である。日本戦没学生記念会についても――いやもう繰りかえしになるから「説明」はやめよう。やはりニガテだ。

アンネの死を悼む民族は、十五年の後にその下手人を捕えた。ぼくたちにアイヒマンを捕える覚悟があるか。いまはあると誓うだろう。しかし、実際に捕える日まで誰もその誓いを信用しない。捕えるどころか、まさにその下手人に、戦後の再建をゆだねた民族の、ぼくたちはひとりであるのだから。

転向・挫折・戦争体験

原思想と原体験

高見順が、自からの転向体験を顧みつつ、『文学』(六〇・一二)に「現代の挫折について」書いた。そのおなじ月の『思想の科学』には、渡辺京二が、やはり「挫折について」書いている。

高見順のそれは、部分的には正しい反省と批判を含みながら、全体としては、きわめて安易且つ迎合的な姿勢をもって書かれた文章であって、嘗ての転向事実から出発し、今日の高見文学を築き上げたこの人の発言とも思われぬものであったのに反し、渡辺京二というこの無名の人の投稿原稿は、暗く拒否的なエネルギーを内深く秘めていて、この二つの文章自体が、およそ「挫折」ということの意味を、――その俗流的ハンランと、それが俗流化してハンランする現代の底流に、まさしくその名をもって呼ばねばならぬような深い傷痕のあることを物語っていた。

高見順は、中岡哲郎の『現代における思想と行動』に、〈非常に強い感動を受けた〉という。この書物を読んだことで、〈初めて現代における挫折というものの内面的ないたましさというものに触れることができ〉たという。これは『故旧忘れ得べき』の作者らしからぬ感想というほかない。ぼくは、おなじ書物を読んで、それがわざわざ「挫折の内面をとおして見た……」と麗々しく銘うたれながら、その挫折の内面のあまりにもアッケラカンとした無傷に驚いたものである。〈敗戦が私達の胸の中に焼きつけた否定的な世界〉と中岡はいう、それは〈価値の崩壊〉などというなまやさしいものではなかった。〈価値の崩壊〉は、〈世の中が連続しているという感じ〉を前提としている。〈私達の場合、世の中は断絶していた〉のだと彼はいうのだ。〈こうして私達の心の底に、否定的日本人の原像とでもいったものが出来上っていた。〉そして〈そのような否定的な契機〉は、たとえば、最近の〈勤務評定反対の闘争〉に到るまで、〈私達の行動のエネルギーを深部でささえている〉いわば〈原思想〉であると語る。

ぼくが、まず第一に驚くのは、このような烈しい言葉で語られる彼の敗戦体験のなかに、彼自身は不在であるという事実なのだ。〈否定的日本人の原像〉とは、彼の引照する例に従っていえば、勤労動員の空腹に中学四年生の彼等が堪えかねている時、そうした生徒にかくれて、すき焼を食っている教師であり、敗戦と同時に、〈スポーツ精神を平然と説く教練の教師〉であり、真先に髪をのばしはじめた教師であり、〈満員列車の窓からわれがちにのりこむ人々〉その他その他なのである。しかし、そうした〈否定的日本人の原像〉のなかに、彼自身は、ついに登場してこない。〈その時十七歳であり海軍兵学校の生徒であった〉中岡の内面には、〈否定的日本人像〉は、まったく投影されていなかったのだろうか。〈断絶〉の彼方へ、彼が放逐した〈否定的日本人像〉は、十七歳であった彼の誇らかで無傷の魂には、存在しなかったのであろうか。

ぼくは、ここで「十七歳の海軍士官」を同人雑誌『山脈《やまなみ》』(17号)に書いた白鳥邦夫のことを思いうかべる。いや、おそらく、それよりももっと若かったのであろう渡辺清が、『思想の科学』に書いた文章(「少年兵における戦後史の落丁」六〇・八)を思い出す。

十五歳で海軍少年兵を志願した渡辺清は〈そこではじめて、メンチカツを食べ、毛のズボンをはき、皮靴というものに足を入れた。〉彼は尽忠報国の至誠に燃えていたのである。しかし、現実の海軍は、そんな彼をどう扱っただろうか。毎夜のような私的制裁の嵐である。〈曰く、キサマラはたるんでいる。やる気がサラにない、そんなことで内地の親兄弟に顔むけが出来ると思うのか〉。〈「尻を出して足を開け、手を上に上げろ!」僕らはこの姿勢を拒むことは出来ない。(上官の命令は直に朕の命令なのだ。)僕らはそれにこたえて慄《ふる》え声で叫ぶ。「一、軍人は忠節を尽すを本分とすべし。」「その通り!」途端に棍棒が尻めがけて打ちこまれる。〉

敗戦がきた。渡辺の考えでは、〈天皇はそうされる前（戦争裁判で死刑になるまえ）に潔く自決されるだろう。〉ところが、〈命からがら復員してみれば、当の御本人はチャッカリ敵の司令官と握手している。ねんごろになっている。〉少年渡辺は激怒した。〈お濠の松に天皇をさかさにぶら下げて、僕らが棍棒でやられたときのように滅茶苦茶に殴ってやりたかった。〉

彼はこのように書いている。しかし、彼のこの文章が、ぼくにとって一層感動的であるのは、この烈しい憤りの文章が、次のような言葉を含んでいるからだ。

〈しかし裏切られたのは、天皇をそのように信じていた自分自身に対してである。自分が自分の内部に蟠居《ばんきょ》していた天皇に裏切られたのである。〉更に次のようにもいう。〈そして僕は死なずに生きてきた。しかし「幸い」という言葉は差控えたい。生きるべくして生きたのではないからである。僕の手はたくさんの「人間の血」で穢れている。〉と。

おなじような烈しい言葉で語られる中岡の敗戦体験が、彼自から〈原思想〉と呼ぶものが、その〈否定的日本人像〉を自身のうちに発見して、憤怒し、憎悪していないのは不思議である。が、これが、彼の思考のパターンなのだ。自からの内なる〈否定的日本人像〉は、ついに対自化されて自覚されることがない。

中岡の戦後運動における「挫折」の跡をあとづけることは、もうやめたい。それは〈同時代の大衆的政治運動の中に生き、行動し、挫折した〉という、おそろしく気ぜわしげなものである。そして〈今は静かに何故挫折したかの原因を、私たちの方針について検討すべき〉（傍点安田）ような「挫折」である。この時も、彼にとって〈静かに〉反省すべきものは、「方針」であって、「私」自身ではないのだ。〈堪えようもない人間関係の混乱〉と中岡はいっている。〈泥沼のような相互不信〉とも書いている。混乱と不信の泥沼に陥った人間関係のなかに、何故彼はおのれ自身を含めた人間一般の否定的原像を見ようとしないのであろう。けだし、敗戦の混乱のなかで、己を除外した日本人の否定像を設定した彼にとって、それは当然のことであったというほかない。まさしくそれは、彼にとって〈原思想〉であった。しかしながら〈文弱の徒〉高見順の場合には、そうではなかった筈である。

青春のゲロを吐き散らして『故旧忘れ得べき』を書き、爾来、くそリアリズムなどと嘲けられつつ、〈醜悪な現実のなかにうごめく醜悪な人間と醜悪な生活への憎悪〉を書きつづけ、市井に庶民の哀歓を探り、〈もともと女性問題をやっていればよかった人間〉と、おのれを限定した高見順の「転向」及びその後の作家的態度に深く共感してきたぼくは、その高見が、〈私どもの場合は、大雑把にいってしまえば原因を弾圧に転嫁し、敗北を外的な理由でいわば合理化できたのですが、現代の挫折という場合には、自分自身、転向とか挫折の問題を、自分の問題として処置しなければならないという、なんともいえないいたましさ〉などとへりくだるのを見る時、痛憤にたえぬ想いがあるのである。

〈だが『人民文庫』のなかの転向作家は、ひとりとして、右翼的日本主義者にまで転向した者はないのである。これは「くそリアリズム」と罵られたその作家的態度――その「文学的転向」と強いつながりのある事柄である。〉と、高見自身、少し誇らしげに『昭和文学盛衰史』のなかに書いている。まことにそのとおりだったとぼくは思うのだ。

安保デモに参加した高見は、〈息子たちが私たちのために一生懸命になってやってくれているという感じ〉をとおして、〈拷問一つもうけないで、挫折したの、なんのと大きな口をきいている〉若い世代との〈断絶感〉を克服し、〈一種の共通の立場があそこに設定されたというような喜び〉を感じたという。〈〈連帯感の成立〉があったなどという。〉自ら積極的にデモに参加したという高見は、その〈実感〉のなかで昂奮し、それに惑溺したりしているから、〈現代における挫折というものの内面的ないたましさ〉が、中岡の論文を読んでわかったなどと、ヌケヌケとして語る。いささか大袈裟なセリフを使って、それこそ「ブルータス、汝もか！」ぐらいのことはいいたいところである。〈ああ、連帯感！〉

驚くべき記録

山田清三郎に『転向記』という全三巻の自叙伝がある。一九三八年、山田が仮釈放で出獄してから、一九五〇年、ソヴェトでの収容所生活を終えて日本へ帰ってくるまで、およそ十五年に近い間の詳細な自伝であるが、「転向記」と正面から謳ったこの本は、驚くべき記録である。山田清三郎は、弾圧下の作家同盟では最後の中央委員であった。獄に入っては模範囚として仮釈放を許され、満州に渡ってからは、満州芸文協会の委員長となる。敗戦になるや、在長春日本人民主主義者同盟の運動の組織者のひとりとなり、ソ連軍の収容所では民主化運動のリーダーとなり、また『日本新聞』編集長となる。中央委員であり、模範囚であり、委員長であり、組織者であり、リーダーである山田清三郎は、いついかなる時でも、自分がおかれた条件下において、最善の努力をつくし、懸命に働き、無類の善人だ。

それにしても、彼のこのような(傍目からは)目まぐるしいばかりの鮮かな自己転身は、彼自身の心情のうちでは、いかにして可能であったのだろうか。ぼくなどにはとても理解することができないのだが、それはともかく、山田は自分の転向について、次のように書いている。

〈マルクス・レーニン主義にたいするふかい勉強を欠いていたこと、過去の闘争のほこりの忘却、支配階級と天皇制ファッシズムの権力に対する憎しみの足りなさ、これらが、わたしを、恥ずべき敗北的転向にみちびいたのである。〉と。

あるいは、山田の反省するとおりかも知れない。マルクス・レーニン主義を、もっと深く勉強していれば、あんなことにはならなかったかも知れない。が、だとすれば、ひとり山田のみでなく、当時の日本の革命的インテリゲンチャの不勉強は、かなり一般的なものであったというよりほかないことになる。しかし、これは悪意あるいい方だ。そうではない。それは「不勉強」というようなものではなく、従って「勉強」さえしておけば、という性質のものではなかったのだろう。ぼくはいま、鹿地亘が、徳永直を評した言葉を思い出した。徳永には〈手のひらをかえすようなところがあると林〔房雄〕がいっているとおりだった。私はそれを天皇制下に養われた日本の庶民の悲しい気質と思っている。〉（『自伝的な文学史』）

天皇制下に養われた〈悲しい気質〉、実にそのとおりであると思う。ソヴェトにおける長い収容所生活を終えて帰国することになった山田清三郎は、〈もうそろそろ自分を転向の十字架から解放しても、けっして寛容すぎるということはないのではないか。けれども人はどうだろう。……〉（傍点安田）と感慨にふけっている。若しも山田が、転向というおのれの過去の事実を、マルクス・レーニン主義の不勉強などということではなく、自からの「気質」そのもののなかに見出すことを知っていたならば、〈もうそろそろ……解放しても〉などと考えることはなかった筈である。まして〈人はどうだろう〉と右顧左眄《うこさべん》することも、まったく要らぬ心配であった筈だ。ぼくが山田清三郎の『転向記』を、〈驚くべき記録〉といったのは、そういう意味である。そこには徳永直の場合と同様、〈手のひらをかえすようなところ〉だけがあって、転向というわが心の踏絵を経験した人間の挫折、がないのである。山田清三郎の挫折は、常に外部からやってきた。彼自身の善意と努力と働きにも拘らず、状況の断絶が、彼を挫折せしめたのである。（その上に「勉強」が足りなかった！）

ここに『きけわだつみのこえ』という本がある。そのなかに佐々木八郎という人の手記がある。彼は昭和十八年二月九日に、次のように記した。〈『資本論』第二巻にはいってから遅々として進まない。〉六月十一日には次のように書いている。〈戦の性格が反動であるか否かは知らぬ。ただ義務や責任は課せられるものであり、それを果たすことのみがわれわれの目標なのである。全力を尽したいと思う。反動であろうとなかろうと、人として最も美しく崇高な努力の中に死にたいと思う。〉

佐々木八郎のこの心境あるいは覚悟は、『わだつみ』に書かれた遺書に一貫したものであり、いや、当時の学生（いうまでもなく、ぼく自身を含めて）共通のものであったと思う。ただ驚くのは、佐々木が『資本論』を読んでいたことであり、あの戦さの「反動的性格」を、その視野のうちにもち得ていたという点である。だからこそ、『資本論』を読み、おそらくは「大東亜戦争」を帝国主義侵略戦争として論じていたであろう彼が、やはりその最後には、ぼくらとおなじように〈崇高な努力の中に死にたいと思う〉と決意していることについて、驚駭《きょうがい》するのである。ああ、彼は、何故〈全力を尽したい〉などと考えたのか。

佐々木八郎が、当時のぼくたちから思えば、及びもつかぬ破格の「勉強」をしておりながら、しかも、ぼくらとおなじこの時点で挫折していった後で、生き残ったぼくには何がわかればよいのであろう。山田清三郎を引照したのは、あまり適切ではなかったかも知れない。しかし、よくとも悪くとも、山田清三郎は、嘗ての日本の革命運動の〈しかも思想面での〉重要ポストにいた者であり、彼の運動への参加のし方とその「転向」は、多かれ少かれ、日本の革新運動とその挫折のあり方を示しているものだと思う。

高見順は、『昭和文学盛衰史』のなかでも、とくに丹念に島木健作についてふれているし、またこの『文学』誌上においても、島木のことを語っているが、例を島木健作の場合にとってみてもいい。〈一歩一歩後退を余儀なくさせられながら、島木健作は「たたかい破れた自分」の「その限界内において」、彼流の「良心をまもり、生きて行こう」とした。〉と、高見は『盛衰史』のなかに書いている。そのとおりであったと思う。だが、〈人生いかに生くべきか〉という問題から出発した島木が、状況の変化〈悪化〉に従って、一歩ずつ後退し、それでもなお、その与えられた〈限界内〉で、自分流の〈良心〉を守ってゆこうと考えた生き方は、細かな詮索を抜きにしていえば、山田清三郎の場合にもほぼ同様にいえるのである。高見自身を含む『人民文庫』の作家たちは、くそリアリズムという〈文学的転向〉のなかに踏みとどまることによって〈右翼的日本主義にまで転向〉することをまぬがれた。しかし、〈人生いかに生くべきか〉という、このまことに特殊に日本的な倫理的発想をたてまえとして、誠実に、努力的に、「良心」的に生きることを考えた作家たちは、〈やがて続々と右翼的日本主義者へ〉あるいは、それに近いところへ転向していったのである。〈崇高な努力〉に〈全力〉を尽したいと冀《こいねが》った「わだつみ」学徒の線まで、そこには、一すじの糸がつながれていないであろうか。それは、もはや山田清三郎や徳永直の〈悲しい気質〉ではなく、われわれが等しく共有している「気質」なのではないだろうか。

高見は、嘗てのプロレタリア文学運動を概括し、その末期における政治的偏向にふれて、あのような弾圧が烈《はげ》しくなり、追いつめられてくれば、〈宗教団体であろうと、何団体であろうと全部固まって、政治的偏向とあとからいわれなければならないような運動をせざるを得ないような、一種の必然性〉があったのではないかという。ぼくもそうだと思う。〈人生いかに生くべきか〉という倫理主義をそもそもの発想としている思想運動が、追いつめられた弾圧下で、いよいよヒステリックに一種の政治主義に、激しく傾斜してゆくことには、まさしく〈必然性〉があった。〈大衆運動であるべき運動〉が、〈精神運動みたい〉なものになったのは、組織が孤立していたからではなくて、運動の推進者自身が、「政治主義」という名の格別な「精神主義」の信奉者であったからのような気がする。

組織が大衆から「孤立」しているということと、その組織のオルガナイザーが、組織そのものから「孤立」した地点に立っているということとは、むろん別の次元の問題である。組織が孤立したことによって、その内部に孤立「感」が生まれるのは避けられまいが、それは孤立感というより、むしろ焦燥感と呼ぶべきである。しかしながら、これとは別に、組織がまさに大衆と共にあり、いよいよその勢いを増大しつつある時にさえ、組織のオルガナイザーは、決定的、最後的な「孤立」を自覚していなくてよいものかどうか。いるべきであると思う。いや、いてよい筈である。大衆の一喜一憂とともに一喜一憂する「組織者」とは何であろうか。運動の昂揚とともに昂揚し、運動の沈滞とともに沈滞し、孤立「感」に焦燥するがごとき組織者とは何ものか。「孤立」感を媒介しない、連帯「感」のなかで、べったりと大衆に身を寄せ、誠実主義的に努力的なのは、日本の革命的インテリゲンチャの「精神」の顕著な特質である。彼等によって「指導」される大衆運動は、当初から精神運動的であり、大衆から孤立すればするほど、いよいよラジカルに精神運動的となってゆくことには、〈一種の必然性〉がある。山田清三郎や徳永直は、判沢弘が『転向』中巻で一括したように労働者出身の作家であったから、従って彼等だけが、鹿地亘のいうような〈日本の庶民の悲しい気質〉の持主であったというわけではない。この庶民の悲しい気質は、却って日本の庶民出身のインテリゲンチャに著しいのである。〈歴史を担っているのは、口舌の徒や、インテリゲンチャじゃない〉と高見は喋って、〈拍手〉などされている。なるほど歴史を〈担って〉は、むろんいないだろう。が、口舌の徒にもインテリゲンチャにも、それなりの歴史に対する責任がある筈である。総括の季節とかいわれる安保問題の昨今で、文化人や学生インテリゲンチャの指導的役割が反省されたり批判されたりしているのもそのためにちがいない。

運動と挫折を説く中岡のあの書物は、あの書物に書かれている限り、「挫折」の原因を、おのれの「気質」のうちに探る方法がまるで欠けていること、そして「挫折」の本当の「内面」的意味とは、彼とほぼ同年輩の白鳥邦夫や渡辺清や、あとで最後にふれようと思うもう一人の渡辺の場合に見られるごとく、必ず自己に立還るものである筈のこと、従って、それを欠いている中岡哲郎は、「挫折」からすばやく立直り、静かに〈方針について〉反省した後、ふたたび政治的大衆運動のなかに、きわめて誠実な、全力的な姿勢で〈参加〉することが可能であったということ、それはひとり「現代の挫折」者中岡の場合だけではなくて、嘗ての日本の「転向」者のかなりの部分と共通であること——。〈私の戦後をきめた経験は二つある。戦争に参加し敗戦を目撃したことと、中国革命の成功を目撃したこととと。敗戦はマイナス、人民中国はプラス。〉中岡の「体験」とは、収支決済がちゃんとついているていのものである。これは、およそ「高見順」的ではないとぼくは思う。〈健康を回復し、気力の衰へから立ち直ると〉、ふたたび〈運動へ戻って行〉き、また逮《とら》えられて今度は〈刑務所《ホンケ》〉へ廻され、〈転向を誓って〉裁判所の臨時雇となり、〈千葉県にある有名な競馬場〉に勤めらしい勤めを見出したと思ったら自殺してしまう、〈どうして自殺したのか遺書がないので分らない。〉（傍点安田）ような、おそらく当人でさえ、おのれの死の理由を、はっきりと〈遺書〉なぞに書き残しえないような、そのような時代の挫折を描いた『故旧忘れ得べき』の作者高見順が、〈現代における挫折というものの内面のいたましさ〉などと、何故殊更らしくいうのであろう。

沈黙と憤怒の時間

渡辺京二の「挫折について」という文章は、この文だけでは、ぼくには少しわかりにくいところがあって、だからいま、その思想の全体をあげつらうことは控えなければならないけれども、しかし、中岡哲郎の挫折の内面史――従って、それに共感して書かれた高見の挫折論などよりも、鋭く「挫折」の内面の真実の痛みにふれている点ですぐれていると思うし、そしてまた、この原稿が「投稿」によるものである点にも注目したいのである。（前にも引用した渡辺清の文章も、投稿原稿である。）更に、高見の挫折論と比較して、見逃し得ない点は、高見が、〈思い上った指導者意識のインテリが組織の外で批判的指導をすることは、つまり挫折を語る人間をふやすこと〉であるといい、〈挫折したとか、転向ということが土台初めからあり得ない、そういう労働者階級〉といっている時、渡辺京二は逆に、映画『橋』の少年ハンスや『灰とダイヤモンド』のマチェクを援用しつつ、挫折は、常に〈現場でのみ起る〉といい、〈それは実行者、それも一兵卒としての、巨大な歴史の進行の中の名もない一分子としての実行者にしか起りえない問題〉(傍点安田)であるとしている点であろう。この場合、高見のいう労働者階級という言葉は、きわめて曖昧であって、だからそれが直ちに渡辺のいう一兵卒や名もない一分子と範疇を一つにしているかどうかわからないけれども、いずれにせよ、高見が挫折の問題を指導者意識のインテリの問題としてとらえている時、渡辺がそれを一兵卒の問題として扱い、〈挫折というできごとは、決して指導者や権力者に起るのではない〉としていること、更に敷衍して、〈転回し進展する歴史とともに滑り滑って行くもの、時代の名分を掲げて常に前進を号するもの、心情の論理を軽蔑し現実の戦術に就くと称するもの〉には、すべて挫折はあり得ないと断定していることである。

　高見が、インテリの指導者意識の過剰をいましめている点は、それはそれでそのとおりであって、特に中岡(を含めた現代の挫折論者)のなかに、その意識過剰を指摘したことは正しく肯綮《こうけい》に当っていると思うが、そのことは要するに、高見が「現代の挫折」問題を、たかだかインテリ層の指導者意識の問題としてしか捉えていないことの証拠でもある。が、ぼくたちが、現代史の流れの底で、まさしく「挫折」の問題として取扱わねばならぬ問題は、渡辺京二が指摘したような、そのような挫折についてではないだろうか。挫折という言葉のハンランとその俗流化は、こうした点の自覚を欠いて、文字どおりハンランしているのである。

〈彼〔ハンス〕はおそらくこの十五年を黙々として生きたであろうが、同様にわれわれのまわりにも、この少年のように言語に絶する体験をうちに秘めて十五年の戦後史を沈黙のうちに過したものがいるだろうことは、疑いをいれない〉と、渡辺が書く時、ぼくはこの無名の投稿者自身の痛苦にみちた挫折の体験と心情について、ほぼ察し得られるような気がするのである。五〇年問題のさなかにスパイの嫌疑をうけ、三カ月に近い監禁、査問をうけた男、彼はいま一出版社の編集者として黙々と仕事をしているし、学生時代に百種に余るアルバイトに従事し、いまは山深い片田舎の高校教師になった男は、余りにも酷烈であった青春の日々の怒りを、これからの生涯をかけてゆっくりと復讐しつづけてゆく、とぼくに語っていたことがある。敗戦の日から十五年の歳月が流れた後、一少年兵の怒りを、投稿原稿にこめて叩きつけずにはおられなかった渡辺清は、彼のその胸の底に、十五年のあいだ、暗くたぎりつづけていた憤怒を、ミゴトな文章に表現していた。

〈星の降る暗い夜の甲板で、両足を開いて突っぱり、両手を上げ、歯をくいしばり、目を閉じて棍棒に尻をさらしながら、軍人五カ条を叫んでいるあの殴打の姿勢、生涯消えることのない焼印をおされたあの侮辱的な姿勢を決して忘れることは出来ない。それは決して人間の姿勢ではない。〉（傍点安田）彼は幼なかった日のおのれのみじめな姿の記憶のなかに、生涯消すことの出来ない怒りを記憶する。原爆の日の体験を凝視しつづけて十余年、その驚駭と怒りを綴った竹西寛子の文章をおなじ意味で、ぼくはこの際是非引用しておきたい。

〈彼等や彼女たちの無残なさいごの姿にたいする哀惜が、やがてそれを強いた非人間的な魔力にむかって憤りとかわり、さらにまた、彼等や彼女たちの死によって、豊かさを失った自分自身の青春を歎いても、人間の〝消滅〟という事実だけは、いかようにも変らないのだ。美化することも、卑下することもできぬ〝消滅〟。その寸前まで、ユニークな生命力をもった活動体であったとは、思うこともかなわぬ〝物〟同然の焼屍体。彼等や彼女たちは、ある瞬間から、完全に〝物〟になってしまったのだ。だから、もっとも重要なのは、権力の犠牲としての〝死〟も、生命の消滅としての〝死〟も、あの瞬間に、すでに〝死〟の事実のなかにおしつつまれてあったということである。〉(「記録と文学の間」)

夥しい無慙な死をみつめつづけたひとりの少女の憤りは、それから十余年を経た日に、詩のように美しい散文に綴られる。およそ人が深く傷つき、深く憤り、そしてその憤怒の時間のながいながい経過の後に、どのように、その事実について語るものであるか、ぼくは、渡辺清やこの竹西寛子の文章に、まざまざと見る思いがするのである。

指導者意識の挫折とは何ごとであろう。学校時代に習い覚え、考えたことなぞ、世の中ではあまり役には立たない、というほどのことである。挫折という言葉が、その言葉のとおり挫折であるならば、彼はその挫折の手ひどい体験のなかに、自己自身を含めた「否定の原像」を見なければならぬ。だからこそ、それは長い沈黙の時間を強いられるのだ。白鳥邦夫は、それを共犯者の意識と呼んだ。彼は「十七歳の海軍士官」の戦争体験のなかに、共犯者の意識を自覚しつづけることで、やがて、わが父「日本保守主義者の肖像」（『思想の科学』六〇・八）を理解し批判する地点に、ゆっくりとおのれを進めることができた。渡辺清は、あの烈しい〈侮辱的〉な憤りのなかで、しかも〈自分の内部に蟠居した天皇〉像を凝視してきたのである。挫折とは、このようなものであろう。何故挫折したかを、「正しく自己批判する」ていの挫折ならば、何もこと更めて「挫折」と呼ぶほどのこともない。山田清三郎の「転向」と同断なのである。

人間には死なないように生きるより以外、まったく生きてゆくテがないようなそんな時も、生涯にはあるものである、ということを指導者意識の過剰で、気ぜわしげな現代挫折論者に覚えておいてもらいたい。そして、死なないように生きるような生活では、なまじの連帯感など不用であるばかりか、却って生命の危険に関することがある、ということも言い添えておきたい。そのことについて、ぼく自身の「戦争体験」を語るつもりでいたが、既に紙幅を失った。しかし、グァム島のジャングルに十六年間、たった二人きりで生き抜いてきた日本兵は、「私たちは、道具の貸し借りは、お互にいっさいしなかった」と語っている。密林の明け暮れに、さぞかしお互に助け合い、励まし合って生きてきたのであろう、というぼくたちの常識は、ここではまるで通用していない。が、これが、十六年間、祖国から文字どおり「孤立」して生きつづけ、十六年間、人の眼を「欺き」つづけて生き残った、孤立した二人の男の「連帯」であり、そのエネルギーの秘密であったのだとぼくは思う。

断絶を確認し、孤立に堪え〈ゆめ孤立「感」などにとらわれず〉、むやみな大義名分にやすやすと使命「感」など覚えぬように――連帯感などというおぞましい「感」じのなかに、つねに身をひたしていなければ、たちまち天地神明に申訳ないような感じになってしまう〈天皇制下に養われた悲しい気質〉を、「挫折」と「断絶」の体験のなかで、きれいサッパリふりすててしまうように――、ぼくらは、自己問答の方法をもっと学んだほうがいい。

生者の傲岸な頽廃

戦争体験のさまざまな意味

昭和二十年八月十五日を、どんな状況のもとに迎えたか。そのことについて、私は既に書いたことがある。

清津港に上陸したソ連軍を迎撃するため、夜蔭にまぎれて羅北川を渡河した私たち中隊は、払暁を期して、敵の陣地へ攻撃をかける筈であったが、中隊長が作戦を誤った。私たちが、河原をこえて散兵戦に移るまえに、夜が明けてしまったのだ。一本の木、一塊の石ころもない河原の、綺麗に刈り込まれた芝生の上で、私たち中隊は、明けやすい真夏の太陽の下に曝されてしまったわけである。もはや作戦もヘチマもあったものではない。ヤミクモな突撃戦で、壕内からこれもヤミクモに自動小銃をうちまくってくる〝ソ連軍陣地〟へ殺到したのだが、中隊長以下将校は全滅し、三分の一ほどの兵員が、辛うじて橋梁にたどりつくことができただけである。

しかも、橋梁にたどりつき、ホッと一息ついた瞬間に、私の耳朶をかすめたソ連軍狙撃兵の一発が、私の肩に倚りかかって、応戦していた戦友の鉄兜の星章をぶち抜き、彼は声もたてずに即死した、と、そのことを書いた。そして、さらにつづけて、私は次のように書いている。

〈ぼくは、いま、毎日好き勝手な本を読み、好きな酒を呑んで暮している。ぼくの生活は、人目には、きっと不しあわせではないだろう。いや、人目どころか、ぼく自身、われとわが身を不幸だなぞと思ってはいない。

ところで、ぼくが、いま不しあわせでないのは、あの時、ホンの十糎ほど左の方に位置していたからなのだろうか。ソ連軍の狙撃兵が、ぼくではなく、Bを狙ったからであろうか。それとも、八月十五日に、敗戦がきまったからであろうか。

では、あの時、十糎ばかり、右の方にいた奴のしあわせは、どうなったのだろう。もし、「終戦の詔勅」が、昭和二十年八月十四日だったらどうなるのか、八月十六日だったら、それはどうなっていたのか。〉

私は、わずか十糎の「任意」の空間、あるいは見知らぬ異国の狙撃兵による「恣意」の選択がもたらした、まさに言葉そのままの意味での、致命的な偶然の上に、それから今日までの、そしてこれから私が生きている限りの、私自身の「生の意味」を托さねばならぬ、自からの体験を歎いたのであった。

この短かい文章については、予期せぬほど多くの人びとが、さまざまの批判、感想を書いた。それらのいちいちについて、ここでは触れない。しかし、私のこの時の文章は、紙数に制約があって、ただひとつの問題提出に終っているから、さらに、この後につづく三日ないし四日の体験を追補して、もう一つ別の問題を提出しておく必要がある。

終戦の詔勅が八月十五日に下ったから、と私は書いているが、私が属していた羅南師団（正確には、その時、羅南支管区と呼ばれていた。）に関する限り、実は八月十五日の「終戦の詔勅」は意味をなさなかった。それは無視された。

『週刊読売』（六二・二・二五）の「日本終戦史」は、その第二十八回で、〈北鮮の羅南師団の羅津地区部隊は、海上から攻め込んできたソ連軍を、八月十八日まで防ぎ止めていた。停戦命令が、その日まで到着しなかったからである。〉（傍点安田）と書いているが、これはおかしい。師団司令部の情報関係に勤務していた私の戦友は、十五日、終戦の「玉音」を傍受して、その日のうちに自害して果てた。師団の陸軍病院は、病院をあげて南下している。陸軍病院に見捨てられてしまった私たち部隊には、下腹部そのほか致命的重傷を負った者は「自害せよ」という命令が下されたほどである。司令官以下師団参謀が、「玉音」放送を、米英側の謀略放送として、敢えて信じようとしなかったというのが真相であると思う。こうして、私たちは、八月十八日（私の記憶では十九日）深更まで、敗走に敗走をつづける絶望的な戦闘をつづけた。やがて、「停戦協定が成立」して、武装解除ということになる。兵隊たちの間では、張鼓峯やノモンハン事件の例がまことしやかに語りつがれ、誰ひとり「敗戦」を知らぬまま、古茂山に急造された収容所の鉄条網のなかに送り込まれてしまったのである。このころから、ようやく事実の真相が、兵隊たちにわかりはじめてきた。そして「皇軍」の「厳正なる軍規」は、麻のごとく乱れはじめる。私たちの中隊のように、既に十五日に壊滅的な打撃を受け、その後も絶えず第一線に立って戦いつづけてきた部隊は、早速、糧食に困り、やがて急速に近づく北朝鮮の寒さを、戦闘でボロボロになった衣服で堪えねばならなかった。

この間のこまかな経緯、ことにこのような状態のなかで発生し、伝播し、修正され、消滅してゆくさまざまの流言飛語の形態とその流通のし方、流言飛語に托された人間の願望と絶望の表現、それらはそれ自体として、別の興味ある考察の対象であるが、いまは触れない。また、情報と作戦の中枢にありながら、三日にわたって、「敗戦」を信じようとしなかった司令官以下参謀たちの無能と狂信も、むろん批判の対象となるテーマであろう。しかし、それも、いまは触れない。ここで、私がいいたいことは、もっぱらつぎのような問題に関する。つまり「戦争」は八月十五日の正午に、既に終熄していたのに、「戦争」は、実際に、八月十八日の深更まで戦われた。この三日間の戦闘に、私を含む北朝鮮日本軍将兵の壮烈な「敢闘精神」を支えていたものは何か、病院（軍医）不在の戦闘で、「自害」と「玉砕」の覚悟を支えていたものは何か、ということである。私たちが、真実生きて、信じて、行動し対応している環境と、事実としての歴史の状況とのズレが、三日余、約百時間というまぎれもない「時間」を、はっきりと呈示しているだけに、「忠勇無双」の皇軍将兵として、この三日間を敢闘しつづけた兵士（私を含む）あるいはこの間に戦死した兵士たちの姿は、まことに哀れにも無慙に思われる。

私たちの知覚が、直接に、確かにそれを見、それを聞き、それを信じている状況は、実は既にまったく虚妄の現実でしかなかった。しかも、人はこのような虚妄の現実の「イメージ」に、おのれの身命を賭し、その生存を自から抹殺することがあるという認識は、これ以後、今日に到るまでの私の深層に、決定的な何かを刻印している筈である。

ところで、昭和二十年八月十五日から三日間、北朝鮮の戦野で、私たち同胞の血と痛苦をかけて演じられたこの象徴的なドラマを、さらに翻って、今日の現実に引き戻して考えるとき、私をとらえる疑問はこうである。あの八月十五日以後の北朝鮮の戦線で、大日本帝国を信じて戦い、死んでいった兵士たちに引きくらべ、現在の私がどれほど自由に、自分を取囲む現実の情報について明らかであるだろうか。いや、おそらくそれは、単に「情報」の明不明に、本質的にはかかわりのないことにちがいない。いずれにせよ、事実としての「現実」と、イメージとしての「現実」の誤差を、私たちは、何によって測定すればよいのか、そもそも測定することが可能であるのか。

私は、前に、私の今日の生存そのものが、私の生涯におけるある瞬間の「任意」の空間、あるいは見知らぬ異国兵の「恣意」の選択の結果であって、したがって、多少の誇張をもっていえば、おのれの存在自体、何やら「つくりごと」めいて見えると書いた。

さらに、私はもう一つ別の報告をつけ加えて、私が遭遇したあの象徴的なドラマを、今日の現実に置き換えて、その本質的な意味を探れば、自分を囲繞《いにょう》する現実自体が、これもどうやら「つくりごと」めいて見えると書く。

戦争体験の思想化ということが、よくいわれるのだが、私自身に関して、戦争の体験をまさに、「思想」化するかぎり、この体験を通じて、私の深層に培われた「思想」的部分とは、虚構の現実に生きる（らしい）虚妄の存在、という自覚だけがあるのである。この自覚だけが、私の生命を賭した体験を、最も抽象化して捕えた場合のいわば結論なのである。

不毛なる政治主義

この自覚は、いささか懶《ものう》い。必ずしも懐疑主義とは直結しないが、いや、懐疑主義とは絶対に相容れないが、しかし、状況に密着（むしろ埋没）して、おのれの存在と共に、「正義」があるといったふうな発想とも、また相容れない。だから、戦争体験の意味が問われ、再評価され、その思想化などということがいわれるごとに、そうした行為の目的のすべてが、直ちに反戦・平和のための直接的な「行動」に組織されなければならぬ、あるいは、組織化のための理論にならねばならぬようにいわれてきた、そういう発想の性急さに、私はたじろがざるを得ない。

だが、断っておこう。私が「たじろぐ」というのは、反戦・平和の行動に組織されねばならぬ、あるいは組織化のための理論として有効でなければならぬという「結論」部分についていうのではない。直ちに、直接的に組織されねばならぬという「発想」について、とくに、その発想から結語への「性急」さについていうのである。体験の意味を考える、体験から学ぶという。私自身の体験に則していえば、いささか「つくりごと」めいたこの懶い実感から考える、学ぶという作業が、人びとにとっては、常に性急なイデオロギー化を意味し、目指しているらしい、そういう「考え方」、「学び方」の直線的な素速さに、「たじろがざるを得ない」というのだ。

言葉を換えていえば、私たちインテリの思考の構造そのものに、骨がらみになっている「政治主義」的評価の気ぜわしさを、どうすればよいか、ということでもある。竹内好が、「思想というものは、現実には、イデオロギーとして機能せざるを得ない」というふうな発言をしていたことがあると思うが、正しくそのとおりであって、現実には、イデオロギーとして機能するからこそ、人びとの体験からの思想化という手続の過程では、私たちは性急なイデオロギー化に、もっと自覚的でなければならぬのだと思う。日本民族の原爆体験は、それを政治的な量として組織することに成功し、そして昨年（一九六一年）、みじめな分裂を経験したが、分裂の遠因は実はその成功の裡にあり、この組織を指導した人びとの思考のなかの過剰な「政治主義」とその心情における誠実一途な「勤勉主義」が、成功と同時に分裂を結果した。が、いずれにせよ、この体験を民族の思想のなかに伝統として定着するということでは、まだどれ程の試みもなされてはいない。

　私は、再建いらいの「わだつみ会」の常任理事として、かつて、自から提唱した「不戦の誓い」を、原理として、会の伝統のなかに定着させたいと考えてきたが、それは、たとえば「正義」のための戦い、あるいは「階級」のための戦いのときにも、やはり飽くまで「銃を執らない」つもりであるか、というような質問――むしろ詰問に曝されつづける。原理の確立と、政治状況下における個人の決断とが、なぜ、いっしょくたに問題になるのだろう。普遍原理の定立、それへの忠誠の誓いと主体的決断の緊張関係が、個人の内面に不在であるようなところには、おそらく真の意味での決断さえありはしないだろう。

　わだつみ会は、再出発いらい、次第にその活動範囲を拡げ、それは、徐々に成果を挙げつつあるが、しかし、当の遺族たちの結集、広く戦没者遺族の戦争「体験」の結集ということに関しては、必ずしも成功していない。遺族ばかりではない。わだつみ世代そのものの場合すら、今日、多方面の実社会で活躍する人びとの結集という点では、満足な実績をあげ得ないでいる。おなじ戦争「体験」を共通項としてもつ世代におけるこのような実情を、彼らの「政治的無関心」という側面で論断しようとする、私たちの「政治主義」過剰な発想が、彼らの戦争「体験」を結集して、民族の思想伝統のなかに定着させる道を阻んでいるのではあるまいか。

極限状況における体験は、私が、自からの体験において、縷々《るる》語ってきたとおり、人間の生命、生存そのものへの根源的な問いを含んでいる。このような問いを、思想として「一般化」し、それを私たちの思想伝統として定着させるためには、「戦争につながる××」式の呼びかけを繰りかえし、人びとの危機感だけに、その場当りに訴えるような運動だけでは駄目である。

六〇年の安保闘争の体験を、戦争体験につなげて考える、あるいは、戦争体験の広汎な蓄積を、あの運動の盛り上りの「原動力」として見る、という方法は、とくに竹内好などによって強調されている。

『文学』（六一・一二）および『現代の眼』（六二・六）の両誌によって、竹内の所説を聞くと、〈国家、政府、人民が癒合している……国家というものが対象化されないような何ものか〉（天皇制）と、それと見合う型で存在した〈国家を被造物としてでなしに、所与として自然として受け取る思想および心的傾向〉の、その両者が、六〇年の体験のなかで、かなり大幅に揺らいだ。そして、これを揺り動かした原動力を探ってゆくと、やはり〈日本人の戦争体験以外に源泉を求めえない〉というのだ。竹内のこの所論は、日本人の戦争体験のどのような部分が、竹内のいう「国民形成」の原動力となって働いたのか、その点で、私にはまだよく理解がつかない。〈おそらく、『文学』誌上で開高健の発言を踏まえて、竹内がいっている〈自然主義の認識方法と美意識〉の変革というところにかなりの問題があり、この点での竹内の考えをもう少し明らかにしてくれると、いっそう理解しやすくなると思う。〉

私もまた、安保の体験のなかに、戦争体験を再評価する可能と絶望の二途を見る。樺美智子が死んだとき、私は「犬死」だといい、そのことを書いた。また別の機会には、樺美智子の死を差挾むことで、戦中派と戦後派の間に、共通の理解がうまれるかも知れないという発言もした。私が、樺美智子の死を「犬死」と呼んだのは、若者の物理的な死は、「死者」に立っていえば、すべて空しい犬死であると考えるからであるが、若者の政治「死」は、英雄化することも、無視することもできないものであり、その「死」は、生者の評価を拒絶するものだということ、それは死者への冒瀆だということを、戦争中のおびただしい死のなかに見てきたからである。

たとえば、〈母上様、幸光の戦死の報を知って決して泣いてはなりません。靖国で待っています。きっと来て下さるでしょうね。本日恩賜のお酒を戴き感激の極みです。敵がすぐ前に来ました。私がやらなければ、父様母様死んでしまう、否日本国が大変な事になる。

幸光は誰にも負けずきっとやります。〉(『雲ながるる果てに』より)という若者の手記は、戦争中と戦後と、おそらくその評価を逆にしながら、しかも専ら「政治主義」の文脈でのみ、あげつらわれてきたにちがいない。もし、この若者の死を、あらゆる解釈の意図から自由に、まさに「死」そのものとして観じた者があるとすれば、それは、ただその「母様」ひとりであったろう。

樺美智子の死が、一方では、あたかも解放戦士の死のように讃えられたとき、他方では共産党によって、その死が黙殺されようとした。このような過剰な「政治主義」的死への讃歌と黙殺の評価(意味づけ)の渦中で、若し、樺美智子の死を、「死」そのものとしてみつめ、問いつめる者があったなら、その時戦争体験は甦り、それは、私たちの思想のなかに何かをつけ加え得た筈である。私たちの認識構造そのもののなかの性急な政治主義を追放し得た筈である。

広汎な国民層のなかに埋没しかけている戦争体験を組織し、それを思想化する方法は、まず、全国に埋没した無数の死を掘りおこし、そのおびただしい死を、「死」そのものの側から考え直し、私たちの内部にそれを蓄えることだと思う。戦後十七年の経過のなかで、私たちはまだ一度も、あの戦争で失なわれた生命そのものについて、深く考えたことがなかった。戦没者や犠牲者の遺書や手記の刊行は尠《すく》なくない数にのぼったが、それらは多かれ少かれ、編者たちの性急な政治的意図に着色され、読者たちの性急な政治的解釈に着色され、死者と、その死者の囲りに取り残された人びとの深い歎きは、ひとりびとりの歎きのなかに押しとどめられたままである。この未発の歎きを掘りおこし、怒りに転化し、平和へ組織する唯一の道は、死者の死そのものを問いつめること、そこから、まずはじめられなければならぬ、と私は思う。ハンス・W・ベーア編『人間の声』の書評を『京都大学新聞』（六二・五・七）に発表した白鳥邦夫は『他人の死から深い感銘をうける』というのは、生者の傲岸な頽廃」であると書いた。私は、この白鳥の言葉に、深く共感するのである。

戦争体験について、私は、いろいろな機会に、少しずつ書いてきたが、それでも私自身の体験については、思ったほど書いていない。与えられている紙数に、まだ少し余猶があるので、冒頭に書いたあの絶望的な戦闘の渦中に、私が巻き込まれてしまうまでの経緯を、いわばフロクとして書いておきたい。それも、「戦争体験のさまざまな意味」の一つであり、死への誘いは、いかに些細な動機によって促がされるか、そのいい例であると思う。

八月八日ソ連の対日宣戦布告と同時に、鮮満ソ国境近い私たちの部隊には、当然、出動命令が下った。その時、私は、中隊の事務室で、転属や、功績その他もろもろの中隊事務をあずかっていたのだが、前線へ出発の日、中隊長に呼ばれて、私は留守部隊に残留し、それら事務名簿保管の任に当るよう命ぜられた。私は、ホッとした。第一線へ出ないで済んだからである。中隊には、十五、六人が残留したであろうか。事務室関係では、私ともう一人、召集兵の年輩の兵長が残された。ところが、部隊が前線へ出動してしまった後、ソ連軍の空襲はある、砲弾の音は絶え間がない。夜は、完全武装で銃をかかえて横になるのだが、そのすさまじい砲声は、いまにも敵部隊が、このガランとした兵舎へ押し寄せてくるかと思われる有様である。

八月十四日の朝、一緒に残留していた兵長が、オレは、中隊を追って前線へ行く。これ程、戦況が逼迫してきたのに、アンカンと留守部隊に居残っていることはできない。安田はどうするか、といい出した。私は、中隊長命令をタテにとって、いったんは残るといい張ったが、そういう私を、老兵長は、いかにも蔑んだ様子で、第一線に出ることを恐れている卑怯者といわぬばかりの言葉で非難した。

こうして、とうとう、私はその老兵長と共に、約二里ばかり先に陣地をはっているらしい中隊を追跡し、やっと夕刻近く、中隊本部を探し当てたが、ちょうどその時、私たちの中隊に出撃命令が下った。そして、その夜半から翌日にかけ冒頭に書いた戦闘に、私は参加することになるのである。

いまにして思えば、私を卑怯者、臆病者とののしった老兵長自身、戦場を間近にした留守部隊のたよりなさに不安をおぼえ、むしろ、中隊全員のなかに身をおくことを望んだ、それ故の追跡行であったのだ。生命の危機が身近に迫ると、人は、ひとりで守るよりも、より危険度が高くても、大勢の仲間と共に進みたいものらしい。そして、私自身のその時についていえば、卑怯者とか臆病者とか、いずれにせよ、他人の蔑みの眼のなかで、自分ひとりの判断を守りとおすことの、如何にむずかしいかを考えるのである。「臆病者」に甘んずる「勇気」について思うのである。

なお老兵長は、その夜の戦闘で、大腿部に盲貫銃創を受けて斃れた。その後のことはわからない。

Ⅱ

戦争体験の「伝承」について

戦争体験を、現代にどう生かすか、ということについて、それを一般的な問題に還元し、たとえば、それを生かし得るとか、生かし得ないとかいう争点で、論争することに、ぼくはまったく興味がない。というのも、それが一般論として、どういう結論になろうとも、ぼく自身にとっては、現在のぼくの全存在が、戦争体験を抜きにしては成立しないような、そのような体験として、ぼく自身にぬきさしならぬものであって、早い話が、いまここに、このような文章を書いているぼくの思索のすべて、行為の全体が、戦争体験抜きにはありえようもないからである。

そのようなぼくにとって、戦争体験を、現代にどう生かすか、という設問ほど無意味でバカげたものはなく、どう生かすか、というよりは、いっそのこと、どう殺すか、といった方が、あるいは、ぼくにとって、重大な公案であるかも知れない。何故ならば、ぼくがまだ呼吸のあるうちに、自分のなかの戦争体験を抹殺することに成功すれば、その時こそ、ぼくは大悟《たいご》、解脱の妙境《みようきよう》に参入できるのではないか、と考えることもあるというわけである。

事柄が、しかし抜きさしならぬ形で、何よりもぼく自身の、内面の問題であるかぎり、一般論あるいは抽象論としての論争に、ぼくの関心がとどかぬのは、やむを得ないことなのではあるまいか。人びとにとって、それがどうであろうとも、ぼくにとっては重大なのだから、人びとがどういう仕方で、それを重大と考えるか、ないし考えないか、ということは、窮極のところ、ぼくにはどうでもよいのである。

従って、戦争体験の伝承というテーマも、ぼくには、あまり興味のないことである。まして、伝承することが、あたかも義務であり、責任であるかのごとき言い方にたいしては、それが同世代からの発言であれ、また若い世代からの要請であれ、まったく無視して差支えないものと思っている。ぼくは、押しつけがましい啓蒙主義者が大嫌いである。説得ということは、それが成立するためには、いくつかの前提条件が必要であるし、その上、説得ということ自体に、ある限界がつきまとう。所詮、人は誰からも説得されぬし、誰をも説得しえないものではないか、とぼくは思っている。

思想の科学研究会の「転向」研究グループのメンバーになって、かれこれ五、六年たったと思うが、近く、この研究の下巻が刊行されて、グループとしての研究は、一おう終止符をうつことになろうが、たとえグループ研究が終っても、ぼく自身は、転向問題に関する勉強をやめないつもりである。戦時中、ぼく自身が、もの心ついて、文学だとか思想だとかいうことに、稚ないなりの関心をもちはじめたのは、昭和十二、三年のころであったから、いわゆる、「転向」時代は、一段落ついていたわけであったが、当時、そういう時代——ぼくが、もの心つく一つまえの時代の状況がわかっていなかったということが、昭和十八年の学徒出陣に到るまでのぼくの思索や思想を、どんなに貧しいものにしていたか、ということが、戦後になって、はじめてわかった。

すでに述べたように、戦争体験ということが、ぼくの存在にとって、ぬきさしのならぬ意味と重さをもっている以上、ぼくが、この問題を考えつめる過程で、昭和八年に始まる大量「転向」時代の全状況は、これもまた、ぬきさしのならぬ課題として、ぼくの前にある。ぼく自身は、戦前の転向問題から、まったく自由な立場にあるが、それだからこそ、一時代まえの日本の知識人たちの思想と行動を、何らかの形で拘束した、その問題の全貌と秘密を知りたい。つまり、ぼくは「転向」体験を継承したいのである。それを継承しないかぎり、ぼく自身の課題である戦争体験の処理が、どうしてもうまくゆかないらしい——そう考えるのである。およそ歴史の状況に断絶などありえず、まして、一国、一民族の体質化した精神構造や思考の型が、突如として断絶することなど、あり得よう筈もないのである。

何を継承するかが緊急の課題であって、何を伝承するかは、二の次のことである。それに、伝承ということが可能になるためには、継承したいと身構えている人びとの姿勢が前提であろう。継承したくない、と思っている者に、是が非でも伝承しなければならぬ、と意気ごむような過剰な使命感からは、ぼくの心はおよそ遠いところにある。戦争体験を現代に生かすも生かさぬも、それはまったく、それぞれ各自の問題であって、余人の立入るところではない。戦争体験から何も学びたくないと思う者、あるいは何も学ぶことはないと考える者は、学ばぬがよいのである。書かれ、伝説化された歴史の裡には、書かれず、伝説化もされなかった無数の書かれたかも知れない事実の可能性が死んでいる。死んでしまった筈のそのような可能性から、やがて復讐される、その亡霊に悩まされることもあり得る、ということをおそれぬものは、戦争体験にかぎらず、およそ歴史のすべてから、何も学ばぬがよい。若い世代は、いつの時にも、記憶をもたぬものだ。人類の最大の愚劣は、この事実のうちにあるが、また人類の未来が、いつもバラ色の夢を描いていられるのも、おなじ事実、つまり記憶をもたぬからであり、そして忘れられていくからであろう。祝福された人類のこの愚劣な栄光のまえに、ひとりの人間の善意と説得など、はじめから無意味なのである。無意味な努力にかかずらうことは、もうゴメンだと思う。それこそ、戦争体験からぼくが学んだ教訓のひとつにほかならないからである。

追跡者の執念

アイヒマンがアルゼンチンの街上で逮捕されたのは一九六〇年五月十一日、その公式発表があったのは、五月二十三日のことであったそうな。ぼくが、このことを知ったのは、『朝日ジャーナル』（六〇・六・一九）の「特派員からの手紙」によってであった。時あたかも「安保闘争」は、ひとつの、そしてかなり最後的なヤマにさしかかりつつあった頃のことである。

グァム島のジャングルに生きのびた二人の日本兵が、羽田に帰ってきたのは五月二十八日、そしてこの二人の奇蹟の生還記録が、『朝日新聞』に連載されはじめたのは六月二日。この報告を、息を呑む思いでどんなに愛読したか、その経験はすでに書いた。文字どおりの孤立と無援のなかで、よく十六年間、ジャングルのなかに生きとおした二人の日本兵の執念と忍耐は、「安保闘争」の渦中で、次第に心虚しくなってきていたぼくに、烈しいショックであった。

アイヒマン逮捕を報道したわずか一頁の「手紙」欄で、むろんその詳細な経過を知るべくもない。が、だからこそ、それはぼくにさまざまな臆測と感慨をゆるすのだった。ひとりの戦犯宰相をいただく「永田町のペテン師たち」に、十五年目の日本が、ふたたび三度欺かれて、ようやくそれとの闘いに立上り、闘い疲れてきた頃、おなじ歳月を、ひとりの戦争犯罪人の追跡にかけ、ついに逮捕に成功した民族の執念と悲憤は、早くも「闘争は勝利か敗北か」論議に、口角泡をとばしはじめたらしいぼくたちにとって、これも痛烈なショックでない筈はない。

一九六〇年の五月、奇妙に生々しく「戦争」が甦ってきた。ぼくは、アイヒマン事件の詳報を待ちこがれた。そしていま、フリードマンの著『追跡者』に、その渇を癒やされるおもいである。

著者フリードマンの父親は印刷業者、母親は腕の達者な洋裁師で、十七歳の著者とその姉・弟妹を含むこの一家は、ポーランドのラドムの町で、かなり裕福に暮していた。一九三九年九月、ドイツ、ポーランドに侵入――それから何がはじまったか、それは、もういまでは誰ひとり知らぬ者はない。

父フリードマンは、あのユダヤ人区《ゲットー》の酸鼻を極めた生活のなかで、栄養失調に斃れる。彼が死んだ翌一九四二年、ラドムのゲットーに住む三万五千のユダヤ人には「不吉な予感」があった。「予感」は的中した。「集団移送」が開始されたのだ。〈キャンプで生活している人たちもいるんです。なんとか働いてやっていきますわ。おまえも神様を信じてね。〉家畜車のなかにつめ込まれながら、そういい残した母は、幼い妹イトカとともに、ふたたび還ってはこなかった。弟のヘルシェルも、この「集団移送」のドサクサのうちに消える。どこで、どのような生活をし、どのようにして死んでいったのか。いずれにせよ、「世界無比」のガス室を用意した、どこかの強制収容所で殺されたことだけはまちがいない。

強制労働、勤労道場と「虐殺の職場」から幾たびも脱走したフリードマンは、一九四四年の早春、下水渠をくぐって、キャンプからの最後の脱出に成功する。ソ連軍が侵入しラドムの町は解放された。ポーランド国防軍に加わったフリードマンの〝ナチ〟にたいする復讐の時がきたのだ。彼は数人の部下を引きつれて戦争犯罪人の摘発と検挙に活躍する。

〈ナチスと疑いのあるものは残らず逮捕し、尋問しろ。〉

一九四六年、フリードマンはパレスチナにおけるユダヤ人の秘密機関「ハガナー」の一員となる。この時から、彼のアイヒマン「追跡」行がはじまるのだ。一枚の写真、一葉のサイン入り文書の発見に、超人的な努力と忍耐がかけられる。間もなく、彼の調べ上げたアイヒマン関係の記録は、大きなトランクいっぱいほどにもなる。しかしながら、アイヒマンの行方は、杳として知れない。歳月が流れていった。

〈戦争中のことは忘れよう、過ぎたことはすぎたことだという考え方が強まってきた。〉

一九五〇年、ハガナー機関もアイヒマン捜査に見切りをつけた。独立したイスラエルにはドイツからの賠償物資が、ぞくぞくと入ってくる。〈新しい、りっぱなドイツ製品……目をそむけていやなことは忘れ去り、こうしたすばらしい新製品を楽しむことは容易だった。〉

いまや、アイヒマンを追いつづける彼を、街の人びとはあざ笑う。いや、街の人びとばかりではなかった。彼の最愛の妻でさえ、もう我慢がならないといい出すのだ。〈朝から晩まで、アイヒマン！　アイヒマン！〉〈すべてのひとが忘れ去ろうとしている人間〉にいつまでかかずらっているつもりか、と妻はいう。無理もなかった。もう三年この方、フリードマンには一文の収入もなく、一家の生計はすべて妻の上に負わされていたのだから……。〈私は三十七歳に達した一介の敗北者だった。私の半生は世人の嘲笑の的で、まったくの道化芝居にすぎなかったような気さえした〉と一九五九年のある日、フリードマンは感慨に沈むのだった。

——この執念と追及に、六百万人の大虐殺者アイヒマンも、ついに捕えられる日がきた。一九三九年、世界におけるユダヤ人の総人口は約千八百万、その半数がヨーロッパ大陸に居住していた。アイヒマンは、実にその三分の二のユダヤ人を虐殺し去ったのである。『追跡者』の書評を求められて、ぼくは改めてレイノルズの『捕えた』や、一九五五年に刊行されたフランクルの『夜と霧——ドイツ強制収容所の体験記録』を読みかえしてみた。観る機会のなかった映画『わが闘争』を観に池袋までいってきた。いまこの原稿を書く机上には、写真記録集『決して忘れはしない』がひろげられてある。そして、これらの書物や映画に語られているすべについて語ることの、あまりにも至難であることに痛歎している。

フリードマンの姉ベラは、生きてアウシュヴィッツの収容所から還ってきた！　収容所での彼女は、乏しい配給のパンを節約してタオルと交換し、つねに体を清潔にしておいた。火葬場行の選別の日には、ひそかにおのれの頬をつねって、顔色よく見せる注意を怠らなかった。生き抜くためのベラのこの周到な知恵と精神力の持続はグァム島兵士に似ている。

反ナチのポーランド・ゲリラ隊は、おなじナチによって死に追いつめられていたユダヤ人と、進んで手を組もうとはしなかった。どころか、しばしばユダヤ人たちは、このポーランドのゲリラのために生命をおとした。いや、同胞が死の収容所に追い立てられている時、ユダヤ人自治委員会《ユーデンラット》は、ナチの機嫌をとりむすぶために、要求された以上のユダヤ人を差出したりした。母と妹を救ってくれと狂気のごとく歎願するベラに、ユダヤ人医師は、彼女の肉体を要求した。同胞の窮状につけこんで、ヤミ商売に私腹をこやすユダヤ人もおり、かねて「世界的情勢」に無関心であることをののしられてきた正統派ユダヤ教徒が、却って最後までその節を屈しようとしなかった。

『捕えた』が伝える逃亡中のアイヒマンは、まことに善良で用心ぶかく、小心翼々たる男であった。誰もが、この人類史上最大の虐殺者を、勤勉で実直な男として愛した。捕えられた親衛隊員は、みんな臆病でオドオドしていた。彼等は、私はただ「命令」でそうしたのだ、と一様に答えた。

戦争とは何か、政治とは何か、民族とは何か、人間とは何か、そもそも人生とは何か、ひとりの狂信者を信ずることの罪とは何か、『追跡者』《(ママ)》一冊の書物は、われわれが生きながら考えてゆかねばならぬすべてのことについて考えさせる。ぼくは、いま、それらさまざまの問いに答えることができない。

しかし「アイヒマン事件」の真相にふれて、とりわけてつよく心を動かされた事柄がある。多くの人びと、実に多くの人が「過去を忘れよう」としたことであり、そしてしかもフリードマンに象徴される少数一群の執念が、決して「過去を忘れなかった」ということである。近く行われるアイヒマン裁判には、全世界から証人台に立つことを希望する者が集まるはずであるというし、それどころか、彼の処刑が確定されたら〈多くの人々がアイヒマンの首にかけたロープをひっぱりたいと念願している〉という。

この記事を読んだぼくは、市ケ谷の法廷でA級戦犯が裁かれた日のことをゆくりなくも思い出した。鎌倉駅ちかくの喫茶店で、偶然にその放送を耳にした日のことを思い出す。暗いボックスの片隅でコーヒーを啜っていたぼくは、ラジオから流れてくるDeath by hangingという宣告を、奇妙にうつろな気持で聞いていた。彼ら戦争犯罪人が、異国の人びとによって構成された軍事法廷で、異国の言葉によって処刑されてゆくことの歯痒さであった。

十五年の追跡によって、アイヒマンを捕えた民族の執念に心うたれる。ぼくらは、「水に落ちた犬」を打とうとはしなかった。その代償は、一九六〇年代のいま支払わねばならぬ。ただしかし、ぼくたちは、ユダヤの民族のように、フリードマンのように、ひたすらに「戦争犯罪人」を追いつめることはできない。ぼくたちは彼等への加害者とその頃同盟していた国の一員であり、さらにまた中国大陸では、みずから直接に惨虐な加害者であった国の一員であるからだ。

アイヒマンを捕えることは、ぼくたちにとって、二重の作業（追跡）になるだろう。決して「忘れて」ならぬのは、このことである。

農民と知識人のあいだ

『戦没農民兵士の手紙』を読んで

『戦没農民兵士の手紙』を読んで、複雑な感慨をおぼえる。ここに収録された兵士たちの手紙が、感動をさそう美しい思いやりと言葉に充ちていればいるほど、感慨はいよいよ複雑になる。

それは、この書物を編んだ岩手県の農村文化懇談会の人たちが、〈手紙をどのように読みとったか〉という読みとり方とちがう。『日本読書新聞』(六一・七・一四)の荒瀬豊の読みとり方ともちがう。そのちがいといまぼくの胸の裡にある感慨とを、ぼくもまた〈戦争体験をもつ者としての立場で〉明らかにしておかねばならぬと思う。

この書物の編集上で、致命的な欠陥は、個々の兵士の略歴欄に入隊年月日が記されていないことである。それは、手紙の発信された年が明らかでないことと共に、あの十五年戦争の全体の状況と対応させながら読むことを困難にしている。また入隊年月日の記載がないことからおこる不都合は、軍隊では一等兵と上等兵と、彼の生きる条件がまったくちがっているという、〈戦争体験をもつ者〉なら誰でも知っている事実が、曖昧にされていることだ。やむなく、ぼくは、ひとりひとりの兵士の戦死時における階級と年齢を、しっかりと心に止めてから読んだが、何故そのような読み方をしたかといえば、前記の理由のほかに、彼の「進級」ぶりが、最もよく兵士としての彼を物語ってくれる筈だからだ。

たとえば、「戦線にて」の章の扉の口絵には、〈農民兵たちはつたない筆をとって……〉と註してあるが、しかし、この手紙の主は、戦死した二十六歳のとき准尉である。わずか六、七年に准尉まで進級し得た兵士が、〈つたない〉兵士であろう筈がないことは、これも〈戦争体験をもつ者〉ならば、誰も知っている。一先抜で上等兵や兵長になった兵士が、どんな具合に「軍務に精励」したか、容易に想像がつくのである。

〈それは初年兵の彼にとっては敵に対する闘いではなかった。それは日本兵に対する闘いであった〉と野間宏は『顔の中の赤い月』で書いている。学業半ばで、軍隊という「実社会」に突如抛りこまれたぼくが、内務班という「死の家」のなかで見たものは、猿のごとく猥雑で悪がしこく、惨虐なまでに非人間的な人々の群であった。たとえば南京虐殺事件という事があったから、日本兵が惨虐であったのではない。それは、兵営のなかの、内務班のなかの、日々の生活のくりかえしのなかで、日々そうだったのである。

ぼくと一緒に入隊した京大のSは、十一人の学徒兵のうちでいちばん小柄、体重も軽く、みるからに弱々しい男であったが、突然操縦見習士官を志願して出た。ぼくたちは、翻意をすすめて、ひそかに説得したが、彼は頑として肯《うべ》なわず、次のようなことをいった。内務班の生活というものにもう我慢ができない。ぼくは学生時代の気持のまま国のために死にたい。ここに一日いればいるほど、自分がけがされてゆくような気がする、と。内務生活の我執に充ちた猥雑さは、すでにこれも野間宏が『真空地帯』のなかに克明に描いているところである。——だからぼくは、この『手紙』を読んで複雑な感慨を禁じ得ないというのだ。家郷に向って、これほどに思いやり深く、人間味あふれる彼等が、他方では、どうしてあれほどまでに非人間的であり得たのか。〈最も残忍で無恥な奴隷は、他人の自由の最も無慈悲且つ有力な略奪者となる〉(ノーマン『日本における兵士と農民』)などという言葉を思い出して、わかったような顔をしているわけにはゆかない。

なるほど彼等の筆はつたない。彼等は多く物言わぬ。語彙は乏しい。が、だから彼等が物言わぬ純朴な兵士であったと考えるのは、言語によるコミュニケーションだけを頼り信じているインテリの独断にすぎぬ。彼等は、四六時中、肉体のすべてをぶつけて発言し、全存在をかけて執拗にただおのれのことだけを主張する。一先抜の上等兵や兵長は、実はまことに〝雄弁〟であった。

〈二十年後の八・一五に、四半世紀後の十二月八日に、この書をつうじて私は私をテストしなければならない〉という荒瀬の結語に同感である。しかし、この書物の編者たちのような、〈善良で健康な村の若者たち〉という人間認識のなかからは、何ひとつ学ぶことはできまい。憲兵曹長が、獄舎で童謡のような詩を書いている。「憲兵」であった彼が彼なのか、詩など作る彼が彼なのか。このような詩を作ることと、憲兵であり得ることが、一人の人間の感受性のなかで可能であったという、その精神の構造のおどろくべき非人間的な歪み方を、全体として確認すること以外、この書物がもつ不気味な教訓を読みとる方法はないとぼくは思う。

知識人の善意主義

『思想の科学』(六一・一二)の『戦没農民兵士の手紙』をめぐる特集を読んだ。牧瀬菊枝が報告した話、岩手県では、母親たちが石を洗って戦地の息子の無事を祈ったという話、これには感動した。しかし、感動したのはその話であって、牧瀬自身の文章ではない。〈ものいわぬ〉といわれる岩手の農民のなかでも、ことに口の重い年老いた母たち〉とその文章の冒頭に、彼女自から規定した母たちが、〈誠実な人たち〉に励まされて、たった三回の会合で、〈いよいよ「農村婦人の平和運動のための学習と実践」〉に立上ったという報告、ああ、こういうすばらしい報告を、ぼくたちは、戦後、何べん聞かされ、何度読まされたことだろう。それにもかかわらず、ぼくたちの現実は、少しもよくならないどころか、かえって悪くなってゆくのだ。

牧瀬の文章は、やっと十枚たらずのものであるが、その短かい文章の最初には、ものいわぬ、しかし内に悲憤の〈エネルギー〉を秘めた人びとの群があって、それが、誠実なオルグに励まされ、現実の不合理にめざめ、いまこそ立上りつつあるという結構、まことに起承転結のあきらかな、情けないほど簡単明瞭な文章、ぼくらがもうウンザリするほど読まされてきた一連の文章の雛型、好個の模範文である。そして、結論はといえば、いうまでもない、〈話しあいを深める〉である。〈日清、日露から五代つづけて〉石を洗いつめてきた女たちの、どこから手をつけてよいかわからぬ、始末におえぬアホさ加減に対置して、〈誠実〉と〈話しあい〉で何かがはじまる、何かが変化するという、この単純でいじらしいほど善意な報告の結論を置いてみる——この両者の関係ほど不生産的で、せっかくの〈エネルギー〉とやらを、磨りへらしてしまう関係がまたとあるだろうか。

〈話しあいを深める〉ことなど、いっそさっぱりと断念して、自分もせっせと石を洗ってみることの方がまだしもだ。われわれの誠実な闘いや組織運動や、署名や請願や、その他もろもろの抵抗が、石を洗うのに似ている。いや、それ以上に愚かな祈りに似ている、ということを、イヤというほど悟らされている昨今のことである。

しかしながら、石を洗う女たちに「何か」ある、と思いこむ性癖、あるものがあるような姿であるという、何の奇もない即物的な事実に動顚するのは、決して、牧瀬ひとりのことではない。『戦没農民兵士の手紙』の編纂者自身がそうであるし、これについて、さまざまな「書評」を書いたその書き手たちが、やはりそうである。

〈ぼく自身いなかの人間で、軍隊の経験もあるせいか、これら一通一通が痛いほどの身近さでよく分かる。……ここにはずしりとした生活の手ごたえが感じられる〉と、まるで御当人には「生活」がないようなことを書いた佐伯彰一もそうである。〈戦争や軍隊に対する批判がなくて物足りぬなどという、したりげな口をきけるのは、よほどのんきな読者だけであろう〉(『週刊朝日』六一・八・二二)などという〈したりげな口〉をきいて世を渡る佐伯には、あるいは、〈ずしりとした生活〉がないのかも知れぬが、庶民が生きてゆく、生きてゆく事実のなかには、必ず〈ずしりとした生活の手ごたえ〉があるものであり、だからといって、それでどうというわけのものでもない。およそ「思想」を云々する者が、いまさら「生活」のごときにうろたえることはあるまい。現場主義——これもうウンザリするほど見聞きした、感傷的な現場主義だけが、生活の手ごたえなどというものに感動するのだ、現場主義なら、それらしく、現場に徹し、げんにその現場で何が行われつつあるか、しっかりと見定めるがよい。オロオロ感動していて、現場の見えるはずがないのである。

〈巻末にジャワ島の刑務所で死刑になった、三十二歳の陸軍曹長の手記が収められている。引用紹介する余裕のないのが残念だが、最後まで自分をごまかすことのなかった冷静な理性は、「きけわだつみのこえ」には見られなかったもののように思われる〉(『朝日新聞』六一・七・二八)という書評子は、いったい何が〈残念〉であったか知らぬが、獄舎で詩だか童謡だか変テコなうた(臼井吉見も、これを引用していた。)を作って、〈心に何一つ疚しい所はない〉とウソぶいている憲兵曹長。彼については、すでに書いたから重複は避けるが、〈最後まで自分をごまかすことのなかった冷静な理性〉が、三十二歳で憲兵曹長という位人臣をきわめるまでの最短コースを、どのように辿っていったか、——位人臣というのは冗談ではない。兵としての最高の階級は准尉(特務曹長)であり、しかも憲兵志願に合格して曹長にいたるのは、士官学校を卒業して、退役までに陸軍大将になるよりはるかに困難なことだ——どのように、その〈冷静な理性〉を働かせたことであろうか、想像するだけで、鳥肌だつ思いである。いったい「憲兵」というものが敵国人に対してのみならず、国民同胞にとってさえかつてどんな存在であったか、十五年後のこんにち、もう忘れたとでもいうのだろうか。彼らこそ、恐怖政治下の死刑執行人であり、その下手人であったはずである。それが獄窓で、〈僕は唱歌が下手でした〉などという詩をつくったからといって感動するくらいなら、ワケのわからぬ歌を詠んでくびれ死んだ山口二矢に感動している方が罪がない。

「手紙」に感動すべき美しさがないというのではないのである。が、かといって、あれを〈無名の国民の共通の心情〉などと何か美しげに悲壮らしくいい、〈よみびとしらずの遺書〉などと大袈裟らしくもったいづける荒瀬豊の発言に、野添憲治や鈴木元彦が、「現場」から反撥したのは、まこと当然のことと思う。ましてや、〈筆者不詳〉〈無名の国民〉に掠奪され、放火され、凌辱され、虐殺されたおびただしい無名の人びとが、〈「よみ人しらず」の表現の伝統のなかに、二十世紀の日本人はまた「筆者不詳」のページを加えた〉などという得手勝手な美辞麗句を、黙って聞きいれるだろうか。聞きいれるべきだ、と荒瀬はいうつもりなのだろうか。それだけではない。日々、四六時中――寝具のなかに短かい夢を結ぶ間も、厠で糞をたれている間も、〈無名の国民〉にいじめぬかれ、小づきまわされ、「陛下」の銃床で殴られ、馬グソを喰わされ、鉄鋲のついた編上靴ではり倒され、血を流し、歯を折られ、耳を聾され、発狂し、自殺した同胞の、無名の人びとも黙っておれというのだろうか。あるいは、それをしも、それを強いたものへの〈告発〉として読め、というのであるか。

卑しさだけがあって、屈辱ということを知らぬ人びと、ごまかしの名人、盗みのベテラン、勝てる喧嘩では、徹底的に傲慢であり、敗ける喧嘩には、徹頭徹尾、卑屈になる人びと――彼らがそうである、むかしも、おそらく今もそうである。そういう姿で生活している、まさにずしりと手ごたえのある生活をしている、という認識を避けて、そうした怯懦《きょうだ》な認識者が、彼らとの間に〈話しあいを深める〉！　それで、いったい何がはじまるというのであろう。

よみびとしらずの遺書を書く農民たち、その息子たちを産んで、育てて、石を洗う女たちに、「何か」あるとすれば、そのような全体認識のなかでだけ、「何か」があるかも知れない。〈少年時代の憶い出を語り母を憶うその小詩には、真しな人間性があるのである。歪められた人間性があるわけではない。しかしたしかにこの人は憲兵であったのであり、問われた罪状の当否は別としてそのことには責任が問われるべきかもしれない〉（平井啓之『東京大学新聞』六一・一一・一五）などという〈責任〉を、幾たび問うてみたところで無意味である。否、無意味なのではない。そのような〈責任〉を問いつめることから、ぼくらは何がわかればいいのか、そのことが問題なのである。六百万人の大虐殺者アイヒマンは、小心翼々たる律義者であった、という事実から、ぼくらが学ばねばならぬものは、いまイスラエルの法廷で問われているアイヒマンの罪状とは別個のこと、不即不離にして別個の問題ではないだろうか。

昭和三十五年の五月、南の島グァム島のジャングルから、二人の日本兵が生きて還ってきた。文字どおり孤立無援、絶え間ない生命の危機に抗して、十六年間、この二人の兵士がいかに生きてきたか、その事情は、いち早く、『朝日新聞』が報告し、また皆川文蔵著

『南溟の果てに』及び伊藤正著『グァム島』に詳しい。

『戦没農民兵士の手紙』をめぐる知識人たちの間の異常な反響と、教訓過剰な読後感の氾濫を見るにつけ、いまさらのごとく、ぼくに不思議でならないのは、あの生き残り兵士の生還記を、週刊誌向けの奇譚として聞き捨て、〈生きていた戦陣訓〉などというジャーナリズムの見出しそのままの認識以外にも以上にも出でようとしなかった彼らの反応ぶりとの、その見事な対比のことである。

皆川、伊藤の両名は、生還後は東映本社に守衛として勤務しているから、いまはサラリーマンと呼ばねばならぬが、もともと、皆川は新潟、伊藤は山梨県出身の「農民兵士」であった。生き残りの農民兵士の、ジャングルでの生活がどんなものであったか、これこそ、まさに〈ずしりとした生活〉の重みとともに、生き抜いてゆく日々の彼らの生活力は、まこと呆気にとられるほどすさまじく、「教訓」的なはずである。しかも、それは、ただ生活の知恵について、彼らの逞しさを告げ示しているのみではない。荒瀬流にいえば、まさしく〈知性に立って自分の行動をコントロールする人間〉の逞しい姿が、そこにあるのである。皆川は書いている。

〈わたしたちのことを日本のロビンソン・クルーソーと、人はいうが、そのロビンソン・クルーソーの生活を、わたしたちは、どれだけ羨しく思ったことだろう。長いわたしたちの青春を通じて、わたしたちの頭と神経の八分がたを占領し、支配していたものは、見え

ざる追手の手に光る銃口であった。〉（傍点安田）

飢餓と炎暑と豪雨と疫病が、ジャングルのなかの二人を、おびやかしただけではなかった。彼らの頭を〈八分がた〉支配していたものは、〈見えざる追手〉の絶えざる追跡であったのである。事実、彼らは、まったくの一足ちがいで、終戦時にはまだたくさん生き残っていた仲間の、アッという惨死の現場から逃れている。このような、いきもつけぬ生命の危機の、四六時中、たえまない恐怖下に、十六年の歳月を生きつづけるということ、生きつづけることが可能であった、という人間の判断力は、もはや決して単に生命の原始本能や、頑健な生活力などのみによって、説明できる事柄ではない。

〈実際、わたしたちは、二三、四歳の、あの、はちきれるような青春時代から、四十になろうという今日までの、十数年間を、ついど一度も、道の真中を、まっすぐに、立って歩いたことがなかった〉（傍点安田）。これは、比喩ではない。形容や文学的表現ではない。彼らが生きてきた実際の現実ありのままなのである。そういう状況のなかに、彼らは生き抜いた。生き残るということが、どういうことか――おそらく、彼らは、骨身にこたえて知ったであろう。だから、たとえば、皆川は、〈ジャングルの生活について聞きたがっている人たちは、十何年という短からぬ歳月を、生死を共にしてきたわたしたちの生活〉に、さぞかし〈美しい友愛〉の物語を期待されるであろうが、お生憎さま、そんなロマンチックな友情物語などありはしなかった、とはっきり書いているのだ。

いささかの失意に、たちまち挫折感などといい、いささかの共感に、たちまち連帯感なぞというわが知識人には、皆川、伊藤両名、二人の「農民兵士」が直面した状況のすさまじさなぞ、所詮、想像も及ばぬのであろうし、したがって、両名の生還記のなかにこそ「教訓」を読みとるべきことも、思い及ばぬことであったにちがいない。そのような心の姿勢も、思索の方法も、彼らには無縁であった。彼らは、たかだか〈母さん恋しと／歌ったら／皆が／泣いて／聞きました〉などという憲兵曹長のグロテスクなセンチメンタリズムに感動し、そのなかに帝国主義侵略戦争の痛ましい犠牲者の姿を読みとり、善良で健康な村の若者の上に強いられた権力の暴圧を、告発せねばならぬ、というがごとき紋切型のセリフをくりかえすだけのことである。彼らが、『戦没農民兵士の手紙』から、どんな教訓を読みとろうと自由、人はさまざまの体験から、さまざまの教訓を学ぶものである。しかし、〈よみびとしらずの遺書〉とか、〈ずしりとした生活〉の重みとか、それこそ〈したりげな口〉で、過剰教訓をたれる〈よほどのんきな〉知識人を、〈知性人〉などという、〈宇宙人〉もどきの存在としてわかれといわれても、わかるわけにはゆかぬではないか。

16年と2年のあいだ

昭和三十七年五月十七日に皆川文蔵さんと逢い、伊藤正さんとは二十二日に逢った。場所はともに早稲田大学正門前の「茶房」という喫茶店のはなれ座敷。ホールにも庭にも、男女の学生たちがいっぱいに詰めていて、彼等の傍若無人な話声、笑い声が、たえず、開け放した私たちの部屋を筒抜ける。それが、ドモリがちの伊藤さんの話を、いっそう聞きとりにくくした。

夕刊が、〈最高気温二十八・三度、七月上旬の暑さ〉とつたえた日のことである。前夜の呑みすぎがたたって、いささか宿酔気味だった私は、その暑さと、昼間から呑んだビールのために、もはやほとんどアタマがきかない。『日本読書新聞』編集部の巌さんや伊藤和子さんが、こもごも、伊藤さんに話しかける会話を、聞くともなく聞いていた。庭先のテーブルにいる学生が、二人で議論している。芥川がどうの、ニーチェがどうの、と怒鳴るように喋っている。芥川の文学を敗北の文学ときめつけることはやさしい。しかし、芥川以後の日本の作家が、芥川をのり超えられたか、われわれは芥川をのりこえているか、と叫んでいる。乱れたアタマに、突然『ブルースをうたえ』の舞台面が泛んでくる。さすがに、巌さんも伊藤和子さんも、庭先の話が耳に入ってうるさいらしく、辟易したようなニガ笑いをしている。私は、もう伊藤さんから聞くことは何もないと思った。三時半から五時少し過ぎまで、会見は二時間足らずで終った。

皆川さんも伊藤さんも、シャキッとした背広姿で、二年を過ぎた新しい生活に、すっかり慣れきった様子に見えた。昭和三十五年の五月、十六年間のジャングル生活に訣別して帰国してから、三カ月後の九月東映本社総務課に入社、昨年、伊藤さんは一月、皆川さんは四月に結婚して、二人とも、それぞれ生後六カ月、三カ月の娘の父親になっている。伊藤さんの健康も最近は良好だし、皆川さんは入社いらい欠勤なしという記録。今年の九月には、伊藤さんの新しい家も着工するし、皆川さんは、すでに三十六年十一月、大泉学園に新居をかまえた。『中部日本新聞』が、三十六年の八月「平和に暮す〝最後の日本兵〟」という見出しで、二人のその後を報道していたが、それから更に一年近く「最後の日本兵」の生活は、いよいよ「平和」におだやかに過ぎている。

皆川さんは、新潟地方のナマリがまじる言葉で、ゆっくりと、しかしよく喋った。伊藤さんは、どもりがちで、言葉すくない方であったが、二人ともに、どこか剽軽な感じがあった。性格そのものにユーモラスな味があって、十六年のジャングル生活をしのばせるような暗さは、微塵もない。頑健な身体と、この何か剽逸な性格が、想像を絶する逆境にたえて、彼らの生命を支えたのではないか。あたら青春を……などということをいいますが、青春ではない、一生を棒にふってしまったようなものですよ、と語りながら、そう語る二人の表情には、悲壮感も怨恨の影も見えないのだ。

グァム島のジャングルに、生き残りの日本兵がいた、という記事が、社会面の最下段に小さく報道されたのは、ちょうど二年まえの五月二十二日。「岸さんの暗い土曜日」という写真入りの記事が、その日の『朝日新聞』社会面のトップであった。そして、先につかまった皆川さんの後を追って、伊藤さんがつかまり、二人のことが、今度は、朝刊社会面のトップを、四段ヌキ大見出しで飾った二十四日は、「学者・研究者グループ」が、首相官邸前に坐りこみ、岸信介に面会を申込んで拒絶された日であった。私も、その坐りこみの群れのなかにいた。

安保闘争の、刻々の盛りあがりを伝える日々の新聞報道を追いながら、そのおなじ紙面に、次第に大きな取扱いを受けて報道される、二人の生残り「日本兵」の話を、私が、どんなに深い関心と、つきぬ興味とをもって、むさぼり読みつづけたか、そのことは、すでに幾たびか書いた。パンの木の実と山イモとパパイヤを主食とし、野ネズミ、カタツムリ、ヤドカリを副食にして、シカの胃液やウナギのキモを太陽にかわかして、消化剤や栄養剤を自製し、海水から食塩を作って、十六年間、頑固に、ジャングルのなかに生きとおした日本兵の話が、それほど私を魅了し、烈しく感動させたのは、生きるよりも、むしろ死ぬ方がラクだな、と、ふと思われるような状況のなかで、しかも、執拗に生き残ることを考えつづけることが、いかに困難であるか、人間の精神というものは、そういう長い緊張状態にたいして、いかに脆いか、そのことを、私自身の戦争体験が、イヤというほど知っていたからである。

堪えがたい飢餓に迫られた人間は、みすみす毒とわかりきったものを食っても、その飢えをしのごうとするし、緊迫した危険に曝された人間は、行動をおこすことが、いっそう危険度を高め、早めると承知しながら行動をおこす。「決断」といえば言葉は美しいが、危機の緊張した守勢のなかで、ただひたすらに耐え、忍び、耐え忍ぶことによってのみ、危機の過ぎ去る時を「待つ」ということが、どんなに出来難いか。たとえば、飢餓と寒気と砲煙弾雨の塹壕のなかに、ただじっと時の経過を待っているよりも、人は、決死の「突撃」を選ぶものである。手榴弾をふりかざし、獣のような叫びをあげて、敵陣に殺到する兵士たちが、次の瞬間、確実に死んでゆく姿を、私は見てきた。壕のなかに待避しつづけることが、生き残る道でないとしても、しかも、生き残るかも知れない道は、それしかない、そのような緊張に、人間の精神は、長時間堪えられるものではないのだ。

十六年間。――十六年間にもわたる長年月を、この二人の日本兵は、どうやって、そのような状態に堪えたのであろう。昼夜をわかたず、「ジャングル狩り」にやってくる米軍、原住民の銃口を逃れながら、無一物の生活を十六年。それは、文字どおり「気の遠くなる」ような話であった。六月二日から二十日間、『朝日新聞』が、彼等二人の生活の、詳しい、そしてかなり正確な報告を伝えた。間もなく、伊藤さんの『グァム島』という単行本が出版され、遅れて皆川さんも『南溟の果てに』という本を出した。事実は、次第に明らかにされていったが、しかし、ジャーナリズム一般は、十六年間も敗戦を信じなかった、時代ばなれのした二人の愚か者の話という、多分にヤユ的な視角でしか、このことを取り扱おうとしなかったし、そのうちに、問題についての関心はうすれ、忘れ去られてしまった。

昭和二十年八月十五日、私は、北朝鮮羅南支管区の一兵士として、ソ連軍と交戦していたが、この戦闘は八月十八日までつづいた。『週刊読売』の「日本終戦史」は、この時のことを、〈北鮮の羅南師団の羅津地区部隊は、海上から攻め込んできたソ連軍を、八月十八日まで防ぎ止めていた。停戦命令がその日まで到着しなかったからである。〉（六二・二・二五）と、こともなげに書いているが、停戦「命令」が、到着しなかったでは済まされぬほど沢山の人命が、この間に失われた。私の属する中隊など、兵員が三分の一に減り、中隊長以下将校は全滅した。師団の司令官だの参謀だのという作戦・情報の中枢部にいた最高指揮官たちが、三日も、「敗戦を信じなかった」のである。ジャングルのなかへ迷いこんでしまった一兵卒にとって、情報の杜絶した孤島で、新しい状況にたいする、どんな判断が可能であったろうか。それは、「生きている戦陣訓」などという滑稽話では断じてない。

しかし、ジャーナリズムの取扱いが、たとえどうあろうと、そうしたジャーナリズムに翻弄されたまま、二人の兵士の生き残り話に問題をすえて発言しようとした言論人が、（谷川雁を除いて）ひとりもいなかったというのは、不思議なことである。（更に、この事実を、最近の『戦没農民兵士の手紙』をめぐる、異常なまでの讃辞、教訓過多と対比すれば、いよいよ不思議なことになるわけだが、それについては、すでにふれた。）

ふたたびはあり得ない状況のなかに生き抜いた二人の同胞の貴重な体験から、正確な知識と教訓を学びとろうとしたのは、皮肉ないい方をすれば、彼等二人を三週間にわたって収容し、その「肉体」と「精神」の精密な検査を行った慶応病院の人間ドックの医師たちだけであったといえるかも知れない。

体験に学ぶといい、体験の思想化などということを気軽くいってのける日本の「思想」家たちは、この貴重な体験から、何も学ぼうとしなかったし、その意味を探る姿勢をもってはいなかった。他方では、その貴重な体験者自身が、日常的な「平和」な生活のなかで、自からの体験を、日ごとに忘れ去ってゆく。

五月二十八日、それは彼等二人が、十九年ぶりに故国の土を踏んでから、ちょうど二周年目に当る日であったが、伊藤和子さんと二人、私は皆川さんのお宅を尋ね、奥さんの日世美さんに逢った。生後三カ月の文世ちゃんが、睡《ねむ》っている四畳半の一室。

西武池袋線、大泉学園で下車して、バスで約十分、それから徒歩で約十五分、ここに、皆川さんは、四畳半ばかり七室の家を建て、その六室を人に貸している。止宿者は、全部東映の人たちばかり、というから、これなら部屋代のとりはぐれもないだろう。

結婚して、赤ちゃんが出来るまで、日世美さんは、知人の店で働いていた。その収入で家計いっさいをまかない、皆川さんの月給は手つかずに貯金していたという。下宿屋をやることは、当初からの計画だったのだ。年内には、まだ余裕のある敷地に、夫婦だけの別棟を増築するといっていたし、車を買うことも、近い将来の計画のなかに含まれている。日世美さんは、目黒のドレメの出身だが、経理の仕事も出来るし、自動車の運転免許ももっている。朝の九時半から翌日の同時刻まで、二十四時間勤務（守衛）が終ると、皆川さんは自転車で帰って来て、庭に作った菜園の手入れやテレビを観たりして休日を過ごす。結婚してから、二人で映画を観にいったことが三回ほどあったきりだそうだ。

辞去してからの帰り路、伊藤さんと私は、どちらからともなく顔を見合せて、思わずニヤリと笑った。伊藤さんは、溜息をついて感嘆している。帰国して、たった二年であんなに立直ったとすると、十年先はどうかしら、戦後十七年、ずっと日本にいた私たちの生活の方が、よっぽどアヤフヤだ、と慨嘆している。が、庶民の生き方とは、所詮あのようなものではないか。ガメツクがっちりしているからこそ、十六年間のジャングル生活に堪えられたのかも知れない。生きることに、余計な感慨などないのだ。平和な日常生活がはじまれば、平和な日常の場で、着実に、平和な生活がはじまる。過去の体験への固執も詠嘆もありはしない。体験は、彼ひとりの底ふかく沈澱して、それと、現在の生活との繋がりは断たれる。いや、実は、断たれていないのかも知れない。断たれていると見るのは、ただ私たちのようなインテリだけが、自分たちだけに固有な思考の文脈を辿って、断たれている、と考えているのかも知れない。おそらく、そうであろう。

皆川さん、伊藤さんに逢った時も、私たちが予め用意した設問は、ほとんど失敗であった。軍隊が間違っていた、という。戦争はもうマッピラだ、という。そういう彼等の体験的な実感が、だからといって、たとえば核実験反対運動とストレートに結びつくと考えたり、参院選挙の候補者の選択基準につながると考える方が、おかしいのかも知れない。

皆川さんと伊藤さんは、帰国後、おなじ東映に勤務していて、ほとんど口をきいたことがない。その間は絶交状態に近い。考えてみれば、当然のことかも知れない。極限状況のなかで、十数年を共に暮してきた男同士が、そういう状態になる、ということの方が真実なのだろう。しかし、そのことを逆にいえば、二人だけで生きねばならぬ状態がつづく限り、二人はどこまでも協力して生きたであろう。いまは、その必要がないのだ。

彼等の世に処する生き方は、徹底的にリアリスティックであって、心情的な感傷などが介入する余地は、まったくない。インテリが、ことごとに動機論的な潔癖感から発想して、その故に温情主義的なヒューマニズム（人間認識）から一歩も出られぬテイタラクでは、彼等の生き方そのものに踏み込むことなど出来るはずがないのだ。私は、彼等に逢いたいと思い、逢えたことを喜んでいるが、彼等は、私と逢ったことに、格別の意味も共感も発見しないだろう。彼等はそういう生き方をしているし、彼等がそういう生き方をしている、ということを私たちがキモに銘じない限り、彼等の体験は、つねに彼等自身のなかだけに埋没して、私たちの論理のなかに組み込まれる時はないし、私たちの論理が、彼等の体験のなかに食い入る時も、また来ないだろう。

昭和三十五年八月号の『朝日ソノラマ』には、皆川さんと伊藤さんが、立川基地へ到着したときと、その前日の国際電話の模様が録音してある。おなじ号にはまた「怒りと悲しみの一カ月」というシートがあって、「六・一五」の歌が流れるなかに、〈国民は忘れないだろう、この屈辱と六・一五のあの悲惨な思い出を〉というナレーションが、最後に入っている。

それから二年経った。いま、その録音を聞きながら、私たちは、何を「忘れなかった」ろうか、と考える。皆川さんや伊藤さんが、平和な二年間の暮しのなかで、次第にジャングルでの「悪夢」を忘れ果ててゆくのは、彼等の当然の権利である。彼等から、私たちが、何も学ぼうとしなかったのだから。

戦没学生の知性の構造

再評価『雲ながるる果てに』

かなり前から『雲ながるる果てに』(以下、『雲』と略記)を評価し直さねばいけない、ということを気にかけていた。それには、勿論、改めて読みかえすことが必要なわけだが、なかなかその機会がなかった。

昭和三十七年八月のわだつみ会のシンポジウムで、『きけわだつみのこえ』(以下『わだつみ』と略記)や、『戦没農民兵士の手紙』(『農民兵士』と略記)や、『人間の声』を取上げるというので、この機会にと思って『雲』を読み返し、読み直してみて、ぼくが薄々考えていた以上に、この本のもつ意味の大きさがわかった。正直な感想を先にいえば、今まで『わだつみ』だけが、問題にされすぎた。——いや、そうではなく、この本が、余りに無視されすぎた。少くとも、『わだつみ』が問題にされる場合には、必ずこの『雲』がワン・セットで問題にされなければならない。そうでなければ片手落ちになるし、少し誇張していえば、『わだつみ』だけが、とり立てて常に問題にされ、『雲』が無視されてきたというところに、戦後のぼくたちの平和運動の発想の根本的な欠陥があったとさえ思う。――そう敢えていう理由を、書きとめておくからシンポジュームの討議にかけてもらいたい。

日本へ来たリースマンが、その報告書を『ニュース・レター』に書き、その翻訳が『朝日ジャーナル』(六二・七・八)に載っていた。リースマンは、駒場寮に臨んだ感想その他として、日本では〈みずからを非政治的とみなしている学生〉でも、アメリカのもっとも「政治的」な学生より、〈ずっと政治的である〉と書いている。

日本の学生(を含む知識階級)がなぜそのように「政治的」であるか、ということには、相応の理由もまた積極的な意味もあり、(たとえば清水幾太郎「ある社会学者への手紙」(『思想』五二・一、二、三)などが、戦後比較的早い時期に書かれた一つの卓《すぐ》れた回答であると思う。)したがって、それは別の論議を要するが、いずれにせよ、リースマンのこの報告は、事実認識としては正しいと思う。

そして、いま、ぼくが『雲』をめぐっていいたいことは、まさに、この過度な「政治主義」こそ『雲』一巻の公正な評価を、これまで誤まらしめてきたのではないかということだ。

『雲』巻頭の「発刊の言葉」は、次のように書かれている。〈戦後、戦没学生の手記として『きけわだつみのこえ』という本が刊行され、そしてそれが当時の日本の青年の気持の全部であったかのような感じで迎えられ、多大の反響を呼んだのであります。確かにああした気持の者も、数多い中には相当居ったことと思います。しかしながら、それが一つの時代の風潮におもねるが如き一面からのみの戦争観、人生観のみを画き、そしてまた思想的に或は政治的に利用されたかの風聞をきくに及んでは、「必死」の境地に肉親を失われた遺家族の方々にとっては、同題名の映画の場合と同様に、余りにも悲惨なそれのみを真実とするには、余りにも呪われた気持の中に放り出されたのではないかと思います。〉

この文章は、正直にいって余りうまくない。表現も誤解をまねきやすいし、事実「誤解」の部分もある。しかし、この「発刊の言葉」は、もう少し親切に立入って、最後まで読むと、この本の刊行をくわだてた人びとの真意が奈辺にあったか、よくわかるのである。敗戦の直後、十三期海軍飛行予備学生の遺族会として出発した白鷗会は、昭和二十七年現在では、〈全国に唯一つの社団法人〉の遺族会であったが、会について、「発刊の言葉」は、次のように書いているのだ。〈従来の遺族団体というものは、遺族自身のみの手によって形成されていましたので、殆んど力弱い存在となり、或はまた政治的に利用されたりすることが多かったのですが……〉(傍点安田)。

『雲』の刊行者たちが、細心をこめて拒否していたものは、「死者」の政治的な「利用」

のすべてであって、それは、いわゆる「左」からの利用を拒否すると同時に、「右」からの利用も拒絶していた。いわば「死者」のイデオロギー的利用を、頑なに拒んでいたのである。その心底を貫く思想を一言に概括すれば、「死者は手厚く葬れ」という言葉につきるのではないか。「手厚く」というこの姿勢に守られて、『雲』一巻が刊行され、その意図が貫かれたことによって、今日『雲』は、ひとつの古典としての価値を保証された。

『農民兵士』について判沢弘が書いた感想(『思想の科学』六二・四)は同書にふれて書かれたさまざまの文章のうち、ぼくが感動した数少ない文章の一つ(ぼく自身についての若干の誤解はある)であるが、そこで、判沢は、〈戦争指導勢力の提供する戦争理念とは一応別に、国民の心奥には、東亜の未来にかけるそれぞれの夢もあったという事実も疑えない〉といい、〈極論すれば、国民のそれぞれはあの戦争を各自のイメージの中に嵌めこむことでたたかっていた〉と書いている。ぼくは、この判沢の〈極論〉にかなり同感するわけである。そして、戦後の「大東亜戦争」批判がその無謀さへの「批判」に性急でありすぎたために、またその性急さ故に生じた直線的なイデオロギー化のために、〈各自のイメージ〉で戦っていたその個別のイメージの根源を、丹念な、周到な手続によって辛抱づよく分析し、更にそれを集大成することに失敗してきたと思う。

『雲』の巻末に添えられた「海軍飛行予備学生戦没者名簿」の壮烈な死者の夥しい数を繰ってゆくとき、これほど沢山の若者を、壮烈というより、むしろガムシャラな死に追い立ていった〈イメージ〉の根源となったものは何であったのか、当時、ほぼおなじ事情のもとにおかれていたぼく自身、今日顧りみて、それは容易に回答のでぬ問いである。そして、当時の学生の量に直していえば、圧倒的少数であった『わだつみ』のなかの学生と、圧倒的多数であった『雲』のなかの学生（これも、内容に細かく立入れば、そう簡単に断定できない。たとえば、『雲』のなかの宅島徳光の手記のごとき、『わだつみ』にも見られぬすぐれた知性の高さと、若々しい情感にあふれていて、当時の学生一般のなかでは、「孤高」とでもいうべき存在である。しかし、それについては別の機会にふれるよりほかない）が、戦後の評価のうちで、いつか、量的にさえ逆であったかのように印象づけられ、その少数者の基準に立って、一方的に、多数の若者の決意及び死が、バカ者扱いの評価を受けるという逆転が常識化されてきた。

紙数もつきてきた。『雲』一巻の編集意図が、結果として、ぼくたちに遺してくれることになった、その「死者にたいする手厚い埋葬の姿勢」にこたえて、『雲』一巻の内容を（くりかえすが、『わだつみ』とワン・セットで）当時の状況の親切な理解と、現在点における問題とのかかわりで、再認識、再評価すべきであると思う。そして、そのためには、ぼくたちの性急な「政治的」解釈及び判断に、ある種の「禁欲」・ストップを命ずることが、不可欠の手続であると考える。

個々の手記や手紙にふれて書くことが、まったくできなかったが、今後多くの人びとの手によって、その意味が掘りかえされ、問い直されてゆく過程で、機会をえて、ぼくなりの感想を述べてゆくことにしよう。

ただ、一つ、どうしても触れておきたい衝動を抑えかねるのは、本書のなかで、四人の学生(盛岡高工、米沢高工、東京薬専、日本大学)が合作している川柳のことである。哀切な抒情や悲壮な決意を托した和歌、俳句、あるいは辞世の歌など、それは『わだつみ』にも『雲』にも少なくない。それはそれで、むろん当然だが、死を直前にした日々を、川柳の合作で、シャレのめしているこの四人の学生の、やや斜めに構えた「死」との対決の仕方が、他に類例がないだけに、ぼくの心をつよくひく。そして、四人が四人とも、専門学校あるいは私大の学生である点でも、ぼくの気にかかるのだ。というのも、『わだつみ』その他に散見する抵抗派学生(仮りにそう呼ぶ)の手記の、その「秀才」的発想、抵抗ぶりに、かねがね、ぼくは肯ききれないものを感じていたからであり、そのような読みとり方、つまり戦後的評価のなかで抵抗的発言と評価できる発言を綴り合せてゆく読み方が、戦後、戦争体験を継承して、そこに意味と教訓を読みとろうとする誠実な人びとに、余りにも支配的な読み方でありすぎたように思うからである。

生きるのは良いものと気がつく三日前
体当りさぞ痛かろうと友は征き

アメリカと戦う奴がジャズを聞き（戦争中、ジャズを聞くことは一般に禁じられていた。）
ジャズ恋し早く平和が来れば良い
必勝論、必敗論と手を握り
童貞のままで行ったか損な奴

などというひとつびとつに、ぼくは、百パーセントの死を数日の後に控えた若者たちの絶体絶命、ギリギリの憤怒を、かえってまざまざと見せつけられるような気がする。それは、判沢のいう〈戦争指導勢力の提供する戦争理念〉からまったく別個の「死」であり、死に方であったのではないか。

宅島徳光の場合

宅島徳光は、第十三期海軍予備学生、敗戦の年の四月九日、松島航空隊で「殉職」した。『雲ながるる果てに』に収載されたその手記は、昭和十九年三月十九日から、その年の十一月十五日まで、二十九頁に及ぶ。

第十三期予備学生は、昭和十八年九月の繰り上げ卒業組で編成されていた。戦線の拡大と戦況の悪化にともない、軍では下級幹部将校の不足に悩み出し、学生の卒業期を繰り上げることで、これを補おうと企てた。第一回の繰り上げ卒業は、昭和十六年十二月に行われ、次が十七年の九月（十八年三月卒業予定者）、最後が、宅島たちの十八年九月（十九年三月予定者）組で、更にこの年の十二月には、全面的に徴兵猶予の取消し、いわゆる学徒出陣があって、法文科系の大学、高専生が根こそぎ軍籍に加えられた。宅島は、だから、敗戦前における最後の「卒業生」ということになる。慶大出身。

殉職時における二十四歳というのは、数え年か満年齢か、生年月日の記入がないため明らかではないが、いずれにせよ、大正六、七、八年ごろ生まれの世代で、学徒兵であると否とを問わず、今次大戦中、最も「消耗」率の烈しかった世代に属する。

前述したごとく、収録された宅島の手記は、母親の訃音に接して創られたと思われる小詩「くちなしの花」を巻頭に添えて、三月十九日にはじまる。〈訪れた天草の一日に私共に与えられた島民の心からなる敬意と、厚遇と、温情とは、少なからず私に深い感動を覚えさせた。（中略）母を失って未だ日浅い私の心に、このような情の慈雨は云う方なく有難くなつかしいものであった〉と記され、翌二十日、自分の誕生日を〈すっかり忘れていた〉宅島は、昨年の誕生日を思い出して、未だ健在であった母の上を思い〈年々歳々花相似たり、年々歳々人同じからず〉と書いている。

長男であったらしい彼は、〈可愛い弟達〉に宛てた手紙の中でも、〈男尊女卑の思想から、食事すら一緒に食べる事は稀であった〉母親の生前を追憶し、多忙な家事に追われながら、〈お前達に破れた着物や、靴下など、一日すら着せられた事〉ない母の遺徳をたたえて、弟たちへの戒めとしている。

『雲ながるる果てに』は、全篇にわたって、それぞれの母親に対する敬慕、情愛、感謝を書き残した手記、手紙が非常に多く、そしてこのことは『きけわだつみのこえ』においても、ほとんど例外ではない。ハンス・W・ベーアが編纂した『人間の声』の邦訳が公刊され、二百二人、三十一カ国の戦没者の手記を読む機会が与えられたが、それとの比較において、私がまず第一に考えさせられたことは、日本戦没学生の手記に見られる、「母親」の、敢えて「異常な」という形容をもってしたいその登場の頻度数ということであった。日本の母親、オフクロは、神を知らぬ私たち日本人の「神」であり、それは「絶対者」の仮象ですらあるのではないか。死を直前にした絶対状況のなかで、最後に思い浮かべ、それに祈り、そこにおいて死を甘受しうる祈りは、ひとり「母」にささげられる。この事実が、私たちの認識や思考や決断の構造に、どのようにかかわりあってくるのか、むろん私に手もちの回答があるわけではない。ただ事実を指摘して、話を宅島自身の手記に戻す。

宅島には、深く相愛した恋人があった。三月二十一日の手記には、〈愛人よりの便りに接して〉と注があって、〈昨夕、君の元気な便り落手した。やはりうれしい。たくましい大樹も、小さなわくら葉の時代に受けた小さな傷は、何時迄も失う事がないだろう。青春の日に心を射た小さな優しい心の傷も、同様に忘れ難いものである〉とある。幼ななじみでもあったのだろうか。この日の手記は、次の言葉をもっておわる。〈君に会える日はもう当分ないだろう。或は永久にないかも知れない。手向の花にくちなしを約束しておいてよかったと思っている。あの花は母も好きだった……〉

しかし、それから約三カ月の後、六月十一日の手記には、〈父宛にお前のことを許して貰うため手紙を書いた。何と返信してくるだろうか。どのような返信が来るだろうか。俺は待っている〉と記されている。宅島は、彼女の求愛に動かされ、父親に宛てて、二人の結婚を願い出た。が、おなじ手紙にはまた、次のような言葉も見える。〈俺が還らざる日あれども、お前は俺の魂を守り続ける墓守りたり得るか。俺は楽しかるべき一度の現世の生活を、そのような形で終らせたくない。冷静な現実的判断はお前にそのように囁かないか。〉

それは、彼女の決意をあらためて確かめているようにも読める。と同時に、彼女の至純な愛情に歓喜しながらも、「死」を約束された自身の前途にたいする苦がい反省を含んでいる。百年戦争を呼号した当時の権力は、「人的資源」の消耗をおそれ、一方で、若い学徒を戦場にかり立てながら、彼がその死へ赴くまえに、結婚し、「子種」を残すことを奨励し、督励し、そのための若干の特典さえ用意していた。宅島の手記は、権力の御都合によって奨励された道徳と、人間の深い内心から発するモラルとの緊張に苦悩する彼の姿をよくうつしている。

そして彼は、それからわずか三日の後、だから、おそらく父親の返事も待たずに、彼女の求愛を感謝しつつ、それを拒絶しているのである。彼は、彼女からの求愛を諦め、断念を決意するに至るまでを次のように書く。〈俺は、昨日、静かな黄昏の田畑の中で、まだ顔もよく見えない遠くから俺達に頭を下げてくれた子供達のいじらしさに強く胸を打たれたのである。もしそれがお前に対する愛よりも遙かに強いものと云うなら、お前は怒るだろうか。否、俺の心を理解してくれるだろう。本当にあのように可愛い子供等のためなら、生命も決して惜しくはない。自我の強い俺のような男は、信仰というものが持てない。だから、このような感動を行為の源泉として持ち続けて行かねば生きて行けないことも、お前は解ってくれるだろう。俺の心にあるこの宝を持って俺は死にたい。俺は確信する。俺達にとって、死は疑いもなく確実な身近の事実である。〉（傍点安田）

六月三十日。〈八重子、極めて孤独な魂を暖めてくれ。俺はお前のことを考えると心が明るくなる。そして寂しさを失うことが出来る。それで良いのだ。お前の凡てを独占しようと云うのは悪い夢だ。お前にはお前の幸福がきっと待っている。俺は俺達の運命を知っている。俺達の運命は一つの悲劇であった。然し、俺達は悲劇に対してそれほど悲観もしていないし、寂しがってもいない。俺達の寂しさは祖国に向けられた寂しさだ。たとえどの様に見苦しくあがいても、俺達は宿命を離れることは出来ない。〉（傍点安田）

宅島は、当時の学生として、若いインテリとして、ほとんど期待しえない的確な情勢判断をもっていた。たとえば、六月十一日、あの父親に宛てて、彼女との結婚を願い出たおなじ日の手記には、〈英国軍の仏国侵入に就いては、独逸は、仏国の全面的支援を得ることは絶対に困難であろう〉と書き、また独逸の崩壊は〈多分それは時間の問題であるかも知れない〉と書いているのである。昭和十九年六月の時点における、二十二、三歳の一知識人の見通しとして、これは驚くべきことである。

六月十六日、北九州地区初空襲の報に接しては、アメリカを物質文化と罵る、わが「精神」主義の、弁明し糊塗することをえない「敗北」と断ずる。六月三十日、政府声明に憤激した宅島は、〈閉塞された輿論の中で、国民は忍耐と諦念のみを強制され続けて来たのであるから、真相を把握するだけのデータを有しない。(中略)国民の輿論の核心となるべきジャーナリズムの罪であり、更にジャーナリズムの言論を制約せしめた一つのある強権力の罪である。〉と書く。そして、七月十八日、「サイパン島玉砕」の報をえて書かれた手記は、〈私は今日内閣総辞職の発表を聞いた。そして重臣会議が催された。近衛、広田、米内、平沼、若槻、その他の重臣達、かつては親英派と目された人達である事は極めて皮肉な事実だが……日本は何処へ行くのか。(中略)恐らくこれよりは複雑な外交上の政策が日に夜をついで開始されることであろう。ああ、私達は何の為に戦うのか……。〉

宅島が、〈俺達は宿命を離れることは出来ない〉という時、彼の〈宿命〉観は、上述の如き状況認識に裏うちされていた。別の個所で、〈殊にこの国では、社会の変化は寧ろ宿命観に依って支配されている不自由な制約の下にあるらしい。〉と、ややシニカルに書き残している宅島にとって、その宿命観は、決して単にいわゆる「無常」観ではなかった。〈俺は確信する。俺達にとって、死は疑いもなく確実な身近の事実である。〉という彼の「確認」には、従ってヒロイックな気負い、受身な諦念、被虐的な自己陶酔など微塵もない。終始、冷理な知性の裁断による状況把握と、そのなかでの自己認識に貫かれている。おなじような局面のもとで、おなじような判断と決意を語った同世代と、宅島の認識は、レベルをやや異にしていた。くりかえすが、昭和十九年という暗黒な時点で、彼の「知性」は群を抜いていたのである。

その彼が、かく水の如く冷哲に、歴史の状況とおのれの位置を測定しえていた彼が、そうした認識を決断として表白する時、それを媒介するものが、黄昏の田畑の遠景に叩頭する〈子供達〉、その子供達の〈いじらしさ〉であったという手記の報告を前にして、私はほとんど言葉を失う。〈このような感動を行為の源泉〉として、最後の決断を賭ける知性の構造を、何と理解すればよいのか。さかしらの批判をいいたてることはやさしい。私の意図は、批判にはない、極限状況における私たち日本人の決断のし方、コミットメント一般にたいする私たちの姿勢、その〈行為の源泉〉のありようを考えるというのだ。

宅島が、母について、多くを語ったことはすでに述べた。彼の感性は、その理性とともに鋭く豊かであって、引用できなかったが、手記のなかには、自然の風物にふれての感想、その描写がふんだんに書かれている。そして、そうした風物の美しさにふれるごとに、彼の心が、窮極に還ってゆくところは、「母」であった。彼が、彼の「宿命」を甘受しうる、静かな怒りとともに、そのすぐれた知性の洞察とともに、おのれの「宿命」を、敢えて正当化しうるところは、そこにしかなかった。心情のなかの祖国の自然と「たらちね」の母——〈行為の源泉〉はここにあり、それが信仰をもてぬ宅島の「信仰」であった。

W・ベーアが、世界の戦没者の手記を集めて公刊した時、それはまさしく「人間」の声と銘うたれた。わが国のそれが、「はるかなる山河に」であり、「雲ながるる果てに」であり、「わだつみのこえ」であること、そのことから、私たちは何をもう一度、考え直さねばならぬのであろうか。

〔付記〕この小文を発表して後、宅島氏御遺族の方から、遺稿集「くちなしの花」をいただき、それにより、宅島氏の生年が、大正十年であることがわかった。なお、宅島氏のこの遺稿集の大部分は、新しく刊行された『戦没学生の遺書にみる15年戦争』に収録されている。

死者の声・生者の声

『人間の声』を読んで

手記は、一九三九年九月一日、ヒトラー・ナチスがポーランドに侵入したという噂に、無気味な動揺をおおいかくせないパリのリヨン駅頭からはじまる。不安と緊張におしつつまれたパリの、歴史的な第一日が、短かい手記のなかに、あざやかに描かれる。これを残した青年は一九一五年の生れ。そして、彼の手記に登場するアパートの管理人は、〈前の大戦に出征し、たくみで勇気ある戦略のために勲章をもらった男〉である。第一次大戦のさなかに産まれた青年も、第一次大戦の勇士も、根こそぎに動員されて、いままた新しい「戦争」がはじまるのだ。

編者ハンス・W・ベーアが、足かけ五年の歳月を費して、世界各国から蒐集した戦没者の数万通に及ぶ手記・手紙を編んだこの本は、開巻第一頁で、すでに戦争が人びとにもたらす悲惨と、そのとてつもない規模を暗示する。おなじように、第二部は、ドイツ軍が、ソ連に進撃を開始した一九四一年六月二十二日の、ミンスク地区中央委員の手記ではじまり、第三部は、一九四一年十二月七日、日本真珠湾攻撃の朝の、マニラ駐在アメリカ将校(?)の手記にはじまる。それは、劇的なまでに、歴史的な時間をとらえた心にくい編集ぶりである。

しかし、二段組二五〇頁の全巻をうずめたあらゆる国、あらゆる階級、女性、非戦闘員を含む人びとの、おびただしい手紙や手記が告げているものは、決して劇的な感動などではない。もし、それが「劇」であるならば、あまりにも痛苦にみちた死の上に、ぼくたちの同時代が、いかほどの教訓をつけ加えたかと考えるとき、犠牲のあまりに高価なことに、ただただおどろくほかないのである。

〈ぬれて、凍えて、両手をくるんで、吹きさらしで、幾時間も幾時間も、狂気のあらゆる鬼神にむち打たれて、立っていた。長ぐつの底が地面にすっかり凍りついてしまった。皮膚までぬれて、ぼくたちは立って立って立ちつくし、待ち、少し前進し、また立った〉と書くドイツの戦没学生は、〈雪と雨で、底なし〉の泥濘をゆく行軍のさなか、〈この戦争をひき起こした犯罪者たちの法外な犯罪にだまされること自体が、犯罪だ〉と絶叫する。そして、〈自明なことはもう何一つない。頭の上に屋根があり、食物があり、郵便物があるというのは、もう自明なことではない。冬の夜をあたためられた家で過ごすということは、もう自明なことではない〉と書き遺している。〈人類はなにものからも教訓をひきださない。あらゆることが反復され、あらゆることが同じ輪のなかをまわる〉というフィンランド兵士の絶望が、よくわかるのである。〈存在と無とを決定する運命に、小さく無力に立ち向う〉この絶え間ない体験のなかで、正義と人道の名において戦われる戦争が、〈いかなる「犯罪」ではなく、これまでは予想もしなかった「悪自体」である〉ことを、厭でも知らねばならなかった。

『きけわだつみのこえ』の刊行いらい、戦後、ぼくたちはどれほどたくさんの戦没者の手記を読まされてきたことだろう。日本戦没学生記念会（わだつみ会）によって、いま新しく企てられている全日本的な戦没者の手記蒐集の仕事に関係して、ぼくは、またあらためて痛感するのだが、夢を抱き、希望に燃え、暖かく、豊かに暮しつつある若者の生命を「戦争」という物理的殺戮によって葬り去る「悪自体」にたいし、その怒りをどのような言葉で現わせばよいのか、術を知らぬのである。

たとえば、本書のイー・サン・ホウ（朝鮮）の詩のすばらしさはどうであろう。それは『きけわだつみのこえ』の田辺利宏の詩に匹敵する。すばらしい若者がたくさんいて、たくさん死んだのだ。人のいのちとは、これほど無意味なものなのであろうか。無意味であって、いいのだろうか。

『アーロン収容所』について

一九四三年の夏、教育召集を受けて、そのままビルマ戦線へ送り出された著者(会田雄次)は、敗戦後二年間を、ラングーンの「日本降伏軍人収容所」で過ごすことになる。本書はその間の体験の記録である。

ジャリまじりの粉米に閉口して、食糧の改善を要求する日本人に、〈支給している米は、当ビルマにおいて、家畜飼料として使用し、なんら害なきもの〉と、平然と答える英軍。ズロースの洗濯を命じ、タバコを床に投げ与える英女兵、便所の使用を誤ったといって、小便を頭から浴びせかける濠州兵。著者が、英軍管理下の収容所で体験したことのすべては、書物によって与えられた先進ヨーロッパ諸国の理念と、どんなにかけちがったものであったことか。

〈英軍は、なぐったりけったりはあまりしないし、殺すにも滅多切り、というようないわゆる〝残虐行為〟はほとんどしなかったようだ。しかし、それではヒューマニズムと合理主義に貫かれた態度で私たちに臨んだであろうか〉という〈反感と憎しみ〉が、戦後十七年もたってから、この書を、この著者に書かせた主動機である。しかしながら、インド人やビルマ人、また英軍に屈従するグルカ兵などにたいする著者の観察も鋭く、その描写も巧みであって、全体の印象では、副題が示す「西欧ヒューマニズムの限界」という主題だけの記録にとどまらない。むしろ、極限状況において人間を観てきたものの貴重なドキュメント、人間そのものの観察記録というにふさわしいものだ。

おなじころ、北朝鮮で、一年半の捕虜生活を体験した私にとって、これはつきない興味をそそる本であった。敗戦前夜の惨めな日本軍の模様、内地送還というデマに幾たびもヌカ喜びをさせられたあげくの収容所ゆき、そこで始まる強制労働の日々、粗末な食糧と飢えに耐えかねての盗み、日本人兵士の〈天才的〉泥棒ぶりと〈無から有をうみ出すような日本兵の能力〉、それらはすべてみな、所こそちがえ、私自身が、北朝鮮の収容所で、目のあたりに見、聞きしてきた経験と、あまりにも酷似している。

敗走を重ねる困難な後退戦のさなかで、戦友の遺体収容を断乎として主張し、たとえ小指一本でも、遺家族に届けることが〈生き残っているもののつとめだ〉と、砲煙弾雨の下を、おそれ気もなく飛び廻った兵長が、捕虜収容所にはいると、まったく処置なしのモノグサになって仲間を困らせる話や、半日がかりで砂糖キビから作ったしる粉を、気前よく戦友たちに分けてやったり、持続的な危機のなかで、よく兵隊たちの士気を鼓舞していた班長が、これも収容所生活では、役立たずの能なしになってしまう話などを伝えて、しかし、これは〈捕虜生活によってその性格が変った〉のではない、〈人間には種々の型があり、万能の型というものはない〉のだ。ある状況下で有能な人間が、他の条件の下ではまったく無能となり、その逆の場合もある、という著者の人間認識は大切である。それは単に「能力」の問題だけにとどまらないだろう。

西洋史を専攻する一学究としての著者が、〈この戦争や捕虜〉生活を通じての〈基礎体験〉を放置したままでは、自分の研究をすすめることができない、とした態度は、現実体験を切り捨てることで、その上に「研究」を築きあげてきた日本の学問伝統と、きびしく対決しているのであって、この点も、本書の貴重な価値として強調しておかねばならぬ。その意味で、これは「西欧ヒューマニズム」の限界ではなくて、西欧ヒューマニズムを美しいベールにつつんで鵜呑みにしてきた日本ヒューマニズムの「限界」に挑戦するものということができる。

『戦没学生の遺書にみる15年戦争』のために

私には、この本について、批判めいた感想や書評を書く資格がない。それは、私が、この本の編者の一人であるから「ない」というのではなくて、そもそも私に、編者たるの資格がなかったのである。

本書の「エピローグ」に、一戦没学生は〈生あらばいつの日か、長い長い夜であった。星の見にくい夜ばかりであった、といい交わしうる日もあろうか……〉と書いている。そうだった。本当に〈長い長い夜〉であった。〈星の見にくい夜ばかり〉だった。

しかし、私はいま、こう書き残して死んでいった彼と、その〈長い長い、星の見にくい夜〉について〈いい交わ〉すことができない。私は生き残ったが、彼が死んでしまったからだ。

本書は、日本戦没学生記念会（わだつみ会）のひとつの「事業」として編纂され、刊行された。さき（一九五九年）に『新版きけわだつみのこえ』を復刊して再出発したわだつみ会は、その『きけわだつみのこえ』募集の際に収集した厖大な手記・遺稿の残余を、なんらかのかたちで、世に問いたい、とかねてからの念願にしてきた。

一九六一年、会は、新たに編集委員を選出し、またあらためて、広く全国に、戦没者遺稿の再募集を呼びかけた。かくして寄せられた手記は実に三百余編、うち四十七人の手記・書簡が選ばれて本書となったのである。

新たな刊行の企図と経過については「あとがき」が委曲をつくしているが、戦中世代五人、戦後世代六人によって構成された編集委員が、会の内外の要望にしたがって、もっとも苦心したところは、つぎの点であろう。すなわち〈戦前・戦中とは全く異質な――少なくとも表面的には――社会生活を当然の所与としてなんの疑問もなく享受〉している現在の若い人たちに、〈ふたたび戦争の惨禍を許さぬよう戦争体験を伝承し継承していく〉ためには、どうすればよいのか、ということであった。

そこから、本書はまず〈巧妙な統治組織と苛酷な軍隊制度とを今一度白日の下にさらす〉ことを目的の一つとし、そのために〈強さも弱さも含めて戦争下日本人の生活と感情と思想〉の総体〈戦争体験〉を、虚飾なしに提出すること、〈戦争の拡大激化に伴う学生の生き方や思想の変容〉の経過を、いつわらずに提示すること、であった。

本書が、導入部ともいうべきプロローグのあとを三章にわかって、第一章が昭和六年いわゆる満州事変の突発から太平洋戦争の開始まで、第二章が開戦から学徒出陣まで、第三章が学徒出陣以後、敗戦までとなって、各章にそれぞれの年譜が付せられているのも、若い読者の理解をたすける編集上の配慮にもとづくものである。また「学徒出陣」を章の切れ目としたことも戦没学生の遺稿集であるかぎり当然の措置であったろう。

ムッソリーニのエチオピア侵略に、ファシズムの無気味な擡頭を予言する一学徒の焦慮にはじまり、奉天野戦病院の一室で〈おもゆ 8°5′〉と、腸出血に病み疲れた手をもって記し、こと切れた慶大出身学徒の、敗戦後十一月の最後の日記にいたるまで、すべて、まさに苛酷な戦況の推移のなかを〈ひとりひとりの国民〉がたどっていった、打ちくだかれた青春のむざんな姿でないものはない。

本書の編集にあたって、私がみずからその資格なし、と痛嘆したのは、死を賭して書かれ、死を直前にして書き残されたこれら同世代の遺稿を、生きて帰った私が「選別」するなどという、その行為自体、すでにゆるしがたく僭越、傲慢のふるまいではあるまいか、という自責にせめられつづけたからである。〈思うていることを日誌に書いては「しかられ」はがきをたまたま書けばその間に勉強せよとしかられ自分の考えを表現する機会のなかった〉軍隊生活のそのわずかな相間を盗んで綴られた、これらおびただしい青春の叫び、精神の自由のギリギリの表現を、現代の、いまの青年たちは、なんと読むであろうか。

『わたしにはロシアがある』について

「戦争」で死んだ――正しくは殺された――人びとの遺稿・手記は既にたくさん出版されている。しかし、本書はまた、本書かぎりの独自な意味と価値をもって、既刊の類書の上に、新しく加えられるべきものである。

理由の第一は、本書が、正規の兵の戦場での苦しみよりも、多くパルチザンや地下工作者等のその非業の最期について、おびただしい報告を伝えている点であろう。しかも、そのうちには、実にたくさんの女性が含まれているのだ。このことは、ソ独戦を闘ったソヴエトの、言葉どおり「祖国防衛戦」的性格を裏づけているし、また社会主義国家としての新生ロシアの偉大と若々しさを、よく物語っている筈である。

〈明日、わたくしは死んでゆきます、ママ。ママは五十年も生きてきたのに、わたしはわずかに二十四年です。――憎いファシストたちを粉砕するために、もっと生きていたい〉と書いているのはパルチザンの娘である。〈ああ、もっと生きていたい！　だってわたし若いんです。まだやっと二十歳だというのに、もう死を目前にするなんて……〉と書いたのはナチス占領下で情報活動をしていた娘だった。

〈ひとり、宣告を待つ。銃殺と思う。ああ、まだ生きていたい〉と牢の壁に書いているのは三歳の幼児をかかえたパルチザンの母親。〈ソーヤというわたしの名はギリシャ語では生命ということだ。ああ、生きたい、生きたい、生きたい……〉とおなじように獄舎の壁に書き遺した娘は野戦看護婦から情報部員に転じ、パルチザンに加わろうとして虜《とら》えられたのだ。〈わたしは自分の責務をはたしました。愛するわたしのみんな、わたしがあなたがたの家名をよごさなかったことを誇りと思って下さい。わたしは死んでゆきますが、でもなんのためであるかよく知っています〉と彼女は書き遺す。

訳者（西郷竹彦）もいうとおり、〈第二次世界大戦の歴史は、日独伊ファッシズムの暗黒の力にたいして、世界の平和と民主主義をまもる人たちが、おびただしい血と涙を流して闘った歴史であり、その勝利によって新しい世紀をひらいた歴史である。〉

本書に収録されている戦没者たちは、祖国の栄光と人類の未来を信じて、「生きたい！」という切実なうめきと絶叫のうちに、しかも敢えて自からの若い生命を捧げた。彼等の死は尊く人類の栄光につつまれる。

しかし「戦争」の真の惨酷と悪虐を告げるものは、実は、これらおびただしい若者の「死」それ自体のうちにある、ということを考えねばならぬ。「祖国防衛」という必死の信念は、一国の戦争を闘う若い兵士のレベルにおいていえば、実に敵も味方もない筈だからである。その意味で、私は、一九〇一年生まれハンガリーの占領下に斃れたチェコ国会議員の、妻と娘に宛てた遺書に、もっとも深くうたれた。〈私たちのすばらしい家庭生活をつづけてゆきたいと、かぎりない願いをいだいていました。――しかし、救いの道はありません。死なねばならないのです〉という彼は、〈私は、あなたが再婚されるよう望んでいます。そして、将来の夫にたいしてもおなじような妻であってほしいとねがっています〉という。〈戦争――それは人間にとって最大の不幸です。この戦争が終ったら平和が訪れ、永く、いや、あるいは永遠にこのような不幸は起り得なくなることを願いましょう〉という、この人の遺書ほど「戦争」それ自身の悪と悲惨を静かに烈しく訴えている文章はない。

最後に、本書を読んで感動に誘われた、とくに若い読者があったならば、あなたは、是非あわせて『人間の声』を読むように、そして、世界的な視野で、「戦争」というものの現実をもう一度考え直してみるように、という忠告を、書き添えておかねばならない。本書は、それ自体感動的である。しかし、訳者の解説に、私は、必ずしも同じえないからである。

「召集令状」について

昨年（一九六二年）の暮れ、ある週刊雑誌が、「もしもあなたに召集令状がきたら」というアンケートを出して、各界知名人の回答を求めていた。さまざまの人たちが、それぞれの回答を寄せていたが、二、三の例外を除けば、すべてバカバカしくて話にもならぬような応答ぶりである。ムキになってキ真面目に回答していればいたで、あるいは、多少ヤユ的なレトリックを弄すれば弄したで、いずれも何か肚立しいほど陳腐で間が抜けている。しかし、よくよく考えてみれば、陳腐で間が抜けているのは、回答者たちではなく、おそらく、このような企画を思いついた編集部自体の側であろう。

これもやはり週刊誌のことであるが、昨年の八・一五記念特集に「この十七年の無戦争」というアンケートを出題していた。戦後の十七年間を、「平和」とは呼ばず、敢えて「無戦争」と規定した編集部の、巧みで皮肉な表現の仕方を、私はおもしろいとみていたが、まさに、平和ではなくて、「無戦争」という、何処かしらじらしく漂白された泰平ムードのなかでなくては、「もしも召集令状がきたら」というような、こんなフザけたアンケートを、仮りにも思いつきはしなかったにちがいない。

兵役が、国家にたいする国民の義務となってから、それこそ十七年まえの敗戦のあの時まで、召集令状――一片の赤紙が、私たち国民の全生活を、禍福のいっさいを、どれほど底ふかく支配していたか、その譬えようもないズッシリとした重量感は、十七年の「無戦争」状態のなかで、国民の実感から、もはやすっかり薄れてしまったようである。

数年まえから、ある雑誌の「戦時下における文学・芸術」という特集企画の研究メンバーのひとりとなった私は、戦時中の文学作品・記録等を、否応なく読みあさらねばならぬハメとなった。いまでは、もうほとんどの人が、読みもせず、顧みもしないような、それら戦時中の作品・記録には、しかしながら、極く稀にではあるが、なかなか捨てがたい貴重な記録も含まれている、ということを、このごろ私は知った。

戦時中に、多少とももてはやされた作品・記録類は、それが戦時中にもてはやされた、というまさにその一事において、かえって、戦後、不当に無視され、黙殺されているようである。軍国主義日本に、痛ましいまでの犠牲を強いられた私たちとしては、戦後の一時期、そこにまつわるすべての記憶を、いまわしい、呪わしいものとして、意識的あるいは無意識裡に、葬り去ろうとしたのは、蓋し、やむをえないことであったと思う。しかし、そのことが、まさに十七年の「無戦争」のなかで、国民のついに忘るべからざることまでも、いっしょくたに忘れ果ててしまうかに見える、昨今の状況をつくり出したのではあるまいか。私は、いまこそ、この時点で、正確に思いおこすべきは思いおこし、記憶さるべきことは、正しく国民の記憶にとどめねばならぬものと考える。

前述した「召集令状がきたら」などというアンケートも、召集令状というものが、われわれ日本人の過去の生活のなかで、どれほどに重い比重をもって、それを支配していたかという事実を忘却し、ふたしかで無責任な記憶のなかにスリかえることによってしか、思いつくことのできぬ編集プランである、と私は思う。

一枚の赤紙が、ひとりの男の上に訪れることによって、当の本人はむろんのこと、彼の家族、あるいは恋人、友人、彼をとりまくいっさいの人間関係が、どのように微妙で重大な変化と影響と打撃をこうむらねばならなかったか、当事者たちのそのころの悲痛な覚悟と決意に思いをこらすならば、かりそめにも、クイズふうなアンケートに、おもしろおかしく仕立上げることなぞ、くわだてできうることではない。

ところで、火野葦平のことは、戦争中の『麦と兵隊』以下のいわゆる兵隊三部作をはじめとし、戦後における華やかな文学活動を含めて、その名を知らぬ者はないだろう。が、火野葦平の兵隊三部作が騒がれていたとおなじ時期に、おなじように兵隊作家、戦記ものの作者として、火野とともにその名を数えられていた上田広、日比野士朗については、今日、もはや、彼等を知らぬ人も少なくない。上田や日比野が、戦時中のその一時の盛名にもかかわらず、なぜ戦後いち早く文学的没落の憂目にあわねばならなかったのか、ここはいま、そのような文学上の議論を争う場所ではないので、それにはふれない。

私が、ここに埋もれてしまった作家の名を引合に出したのは、日比野士朗に「召集令状」という一篇の作品があり、「呉淞クリーク」をもって喧伝された当時を含めて、日比野のこの作品が、一度も正当に評価されていないのを残念に思うからである。私は、この短篇を、日比野の作品中、もっともすぐれたものと見る。概して凡庸であったと思うこの作家において「呉淞クリーク」ではなくて、かえって、「召集令状」が、作品らしい彼の唯一の作品であったとさえ思うのである。

日比野士朗は、昭和十二年九月応召して、上海戦線に出陣し、有名な加納部隊の呉淞クリーク渡河戦に、一伍長として参加、負傷して帰還した。この時の体験を素材として、「呉淞クリーク」一篇を世に問うた彼は、たちまちにして、兵隊作家としての声望をほしいままにするにいたるが、しかし彼の文学的な資性は、むしろやや感傷的で、地道な私小説作家ふうであったと思う。その技法も、伝統的な私小説固有のものである。

ひとりのサラリーマンに、突如、召集令状が舞い込んでくるところからはじまる作品「召集令状」は、およそ、当時の日本人が、一枚の赤紙によって、どんなに激しくその運命を、かえねばならぬか、かえることを余儀なくされたかという事実の克明な記録として読むこともできる。彼および彼の妻、その幼ない子どもたち、カリエスを患って不治の床にふす母親、また彼の兄、彼の姉、そのそれぞれに、一枚の赤紙が、どのような仕方でかかわりあってくるのか。戦前の日本の家族制度を中核にした人間関係の隠微なあるいは顕わな錯綜が、召集令状をめぐって、息苦しいほどに描かれている。この場合、彼の私小説作家としての技法が、却ってミゴトに生かされて、作者の抑制された諦観的な心境が、静かな筆運びのなかに、いいようない決意と悲しみを表白しているのである。

夫が明日出征という前夜、にわかに高熱を発し、出征の当の朝、息をひきとってしまう乳呑子を抱いて、真夜中の病院に車を走らせる彼の妻、白い夏服の肩に出征軍人の赤襷をかけ、畳に手をついて「では行ってまいります。どうぞ、元気でいて下さい」というわが子に、「気をつけてね。しっかりやっておいでなさい」と、病み疲れた手を床からさしのべて、厳しい顔つきで別れをいう彼の母、——何よりも、愛児の死を胸にかくし、町内の床屋やら自転車屋などの人びとの万歳の声に送られて、伯父の肩車の上で日の丸の旗をふっている長男を遠い視野のうちに捕えながら出征してゆく彼、主人公の姿——それらいっさいの姿は、かつて、日本ならびに日本人がおかれていた生活の赤裸なありようを、まざまざと描き出している。ここでは、人としての禍福のすべては、所詮かりそめのものであって、ひとたび国家が命ずる時、未来への夢も、断ちがたい愛憐の絆も、一切合財を捨て去らねばならぬ人間たちの「生活」が語られているのである。

「無戦争」の平和のなかでは、つい十年まえまでの、われわれの現実を思いおこし、その記憶さるべきことを記憶することさえ、もはや困難なことだとでもいうのであろうか。しかし、もしそれを困難というならば、私たちの国に、「歴史」は永遠に存在しないだろう。

「原爆の子」らよ立上れ

〈近所のTさんのお婆さんが、石臼を借りにいらっしゃった。母は上石を抱えて縁側に出たまま、お婆さんと話し込んでいた。私は座敷の柱によりかかって、三つになる弟に折り紙をやっていた。弟は、私が朝煎ってやった豆を、茶碗の中からつまんで、ポツリポツリと食べていたが、お婆さんが縁側に腰をおかけになったのを見ると、立ち上って自分も縁側に出て茶碗をさし出し、「お婆ちゃん、食べんちゃい」といった。その瞬間、あの爆弾は投下されたのであった。〉(『原爆の子』)

そう、まさに〈その瞬間〉――老婆と母親と子供たちの、さりげない、ありふれた日常の一瞬に、〈あの爆弾は投下された〉のだった。二十五万の生命が、あすこでもここでも、〈その瞬間〉に消し飛んだ。いや、長い苦悩が、〈その瞬間〉からはじまったのだ。広島の原爆記念館には、五日五晩苦しみつづけた中学生の生爪が、いまも在る。戦後十八年、原爆症による死者は、いまも絶えない。

昨年(一九六二年)第八回世界大会の〝電報〟論争で紛糾した原水協は、本年三・一ビキニデーにおける安井理事長を含む常任理事以下の総辞職で、ついに完全に息の根を止めたようである。この間の経緯と、「活動家」たちの論争ほど、愚劣でバカバカしいものはなかった。それは活字によって仔細を辿ることさえ不愉快であり面倒であった。〈問題を再び国民の手に返し〉新らしく〈国民運動としての原水爆禁止運動の論理と倫理を確立〉するために辞任した安井郁の論文（『中央公論』六三・五）を読んで、痛憤やるかたないのは私ひとりであろうか。

いわゆる「基本原則」の是非を論ずるわけではない。またいわゆる二・二一声明が現段階において〈広汎な国民運動としての原水爆禁止運動の統一と強化をはかる基礎として、常識的な線〉であるかどうか、それも私は問いたくない。当然、それは〈右寄りムードといわれるこんにちの情勢〉（黒田秀俊『現代の眼』六三・五）という、ある種の知識人の思考構造から切り離すことのできない「情勢」論によって反駁されるだろうからであって、この論議は涯しない。

問題は、安井氏が念願していられるらしい〈広汎な国民運動としての原水爆禁止運動〉が、果してそのような涯《はて》しない論争の「場」であってよいのかどうか、という問いだけにあるのではないか。問題を国民の手に返すという。杉並の〈主婦〉たちの〈献身〉によってはじまったころを安井氏は回想する。〈素朴ではあるが清純であり、明るさがみちあふれていた〉と。しかし、原水協の今日を招いた政党も組織団体も、ひとしく〈国民〉によって構成されているのであって、それならば、彼らもまた杉並の〈主婦〉たちのように〈素朴〉で、〈清純〉で、熱意に満ちているにちがいない。素朴と熱意にあふれる人びとによって「運営」される「運動」が、「組織」が、〈運動方針や組織方針の対立〉となって、現実に〈国民運動としての原水禁運動〉をつぶしてしまったのである。

発足いらい今日まで、その全期間「理事長」であった安井氏にたいし、いま私が責任を問いたいのは、〈運動方針や組織方針〉の個々についての是非善悪ではなくて、くりかえすが、原水禁運動を「方針」をめぐる論争の「場」にしてしまったという事実についてである。

〈国民運動としての原水禁運動〉とは、くりかえしくりかえし〈あの瞬間〉に立戻る運動であるべき筈である。〈あの瞬間〉私たち「国民」の上を襲ったやけるような痛みに、絶えず回帰することである筈である。

私が、いま思いうかべているのは、縫田清二氏が報告した「ユダヤ人の執念」（『朝日ジャーナル』六三・三・三）についてだ。そこには〈記憶することは道徳である〉と書かれている。彼らが子孫に伝えようとする伝承は、〈正しい過去の記憶〉〈民族受難〉の歴史からはじまると書いてある。彼らは、ナチスの暴虐に斃《たお》れた者たちのために六百万本の松の木を植え、二千五百万点の資料を蒐集し、記念館のメダルには、ただ四文字ザクール（忘れない）と彫っている、という。「方針」をめぐって論争するうちに、〈忘れて〉しまうことが、〈運動を効果的にすすめる方法〉であったかどうか。

〈三歳の弟は手足に繃帯をまいたまま、飛行機が来る度に表に飛び出して、「姉ちゃんを返せ！」「姉ちゃんを返せ！」と叫ぶ。〉

被爆者たちよ、立上れ、「原爆の子」らよ、立上れ。被爆者意識でモノをいうな、などという愚劣な「組織や運動」から手をきって、〈あの瞬間〉から十八年、そして君たちが作文を発表してから十二年、いまこそ原水禁「運動」を自分たちの手に奪いかえせ、エネルギーとは、当事者の憤怒のことである。

サークル『山脈』と持続

東北のあるオルガナイザー

青森行急行「津軽」は、約四十分延着して東能代駅に着いた。ぼくは、三等寝台のてっぺんで、その分だけゆっくりと眠ることができたが、迎えに来てくれた白鳥邦夫は、ゴム長の先から冷え込んで来る足をヤケ糞に踏みかわし、ブツブツいっていたに相違ない。本線が延着したため、東能代駅と能代市とをつなぐローカル線が出てしまった。やむなくバスに乗る。

〈能代市は、米代川河口に開けた県下第二の都会、阿部比羅夫の水軍が遠征した渟代《ぬしろ》はこの地である。早くから米代川流域の物資の積出港として栄えた。〉（岩波写真文庫『秋田県』）

県下第二の大都市を、本線は、「石のごとく黙殺して」過ぎるのである。これには、むろんワケがあった。――奥羽本線開通の頃、それまで能代港をつかって木材の積出しをやっていた回漕問屋が、列車の開通に猛反対した。てまえたちの飯の食いあげになるからだ。スッタモンダの挙句のはて、地元側の「絶対反対」が通って、本線は東能代を発着所とした。いうまでもなく、そのうち地元側がネをあげ出した。鉄道の便を欠いた「県第二」の都市は、現代文明のテンポにあわなくなってきたのだ。街の中心は、じりじりと東へにじり出す。能代市のボスどもにとって、今や、この「不都合」は悩みの種だ。市民は、半ばあきらめ、半ば焦れている。――佐竹藩の林政に育てられ、年間四五万石の木材を消費すると号する、秋田県第二の都会能代市のこんにちの表情は、ざっと以上のようなものである。――とバスに揺られながら、白鳥邦夫が説明してくれた。皚々《がいがい》たる車窓の外には、米代川が大きく、ゆったりと流れている。

やがて、二〇号を出そうとしている同人雑誌『山脈《やまなみ》』は、秋田、長野、東京を中心に、現在会員二百数十名をかかえながら、会規約もなければ、綱領といったものもないという。会費も格別きめてはいない。誌代は一部百円だが、それも〈事情によって必ずしも定価通りお払い下さらなくても結構です。今後はみなさん自身で適当な定価をお決め下さい〉(15号)といったあんばいなのだ。

『山脈』が出たのは、一九四七年四月のことだから、もう十余年の歳月が経過している。当時、松本高校に在学していた白鳥邦夫が、長野中学時代の同窓生数名と語らって創刊した。綱領、目的などと謳うほどのものはその頃もなかったが、それでも、小さな、しかし烈しい希いはあった。〈自分達を肉弾にする戦争は断じて嫌だ。この叫びを今日の知性の共通の基盤にしよう〉――それだけだ。それだけで、何かが「通じ合う」時代であった。「十七歳の海軍士官」だった白鳥邦夫、及びその友人たちの胸のなかには、癒しがたい傷痕がいまだ疼き、おれたちの過去を徹底的にたたき直さねばならぬ、という苛立しい焦燥が、じりじりと、身うちをこがしていた。〈林、左治木、鈴木は予科練、池田と私（白鳥）は海軍経理学校。和田は陸軍航空隊――『山脈』の仲間はみな「兵隊」の、つまり棍棒と爆弾の破片の傷を背負っている……。戦争の落し子の変種〉なのだ。

〈二十四年の大量首切り、インフレ、三鷹・下山・松川事件、二十五年の組合や共産党の追放、朝鮮戦争、警察予備隊（自衛隊）の創設等々の中で、必死に自分と青春と祖国の平和や生活を守りたいと願った私達の、しかも過去に兵隊に行き「生き残った」私達の願い……。〉

一九五〇年、第九号を出した頃の『山脈』は、会員数三百余、ガリ版刷五〇頁、定価二十五円で「飛ぶように」売れた。飛ぶように――というのは決して誇張ではない。長野市の周辺には、『山脈』読書会が処々に作られ、その七〇パーセントが若い女性たちだった。週刊誌が大衆読者に浸透する以前であったし、いわゆる人生雑誌もなかった。少女雑誌を卒業して、『婦人公論』にまで行き着けない年齢層が、『山脈』の熱心な支持者だった、と白鳥邦夫は当時の読者層を分析している。

月刊になった『山脈』は、快調で号を重ねた。しかし、ちょうどその頃、「白線浪人」を救済するため、一年に限って、高校浪人を大量に大学入学させるという方針が、文部省から発表された。松本高校を卒業して以来、小学校の教師をやったり、農林省に暫く勤めたりしていた白鳥邦夫も、「白線浪人」である。戦時中、小学校長を勤め、戦後公職を追われていた父親が、もちまえの頑固で、この際大学へ入れと強硬にすすめる。反抗してみたが糧道《りょうどう》を断たれた。やむなく大学を受験し、東大倫理学科に入学した。『山脈』は、自然休刊ということになってしまった。

「今から考えて、残念でならない」と、白鳥邦夫は述懐する。「大学での三年間、――いったい何をしていたのか、自分でも訳がわからない。まったくムダに過した三年間だった。」

万葉のゼミナールで、某助教授が学生と論争した際、「君、ぼくは、小さい時から平民の子どもとは遊ぶな、と母親にきびしく言われて育って来たのだよ。」豪然と言い放った。ケッタクソがわるくて――大学の講義には、それ以来ほとんど出席しなかった。

『山脈』の復刊第一四号が出たのは一九五六年。――五四年に東大を卒業した白鳥邦夫が、能代高校に国語教師として赴任してから三年目の秋のことだった。はじめて活版刷となり、九〇頁前後、定価百円。長野時代の会員に、今度は、能代を中心とする秋田県下の会員が増えた。

十七歳だった白鳥邦夫も、やがて三十歳になろうとしている。彼の上にも時間が流れ、戦後日本の現実にも「時間」が流れた。

〈僕は一人のサラリーマン。県の財政が好転しないかぎり――する見込はない――十年間は昇給昇格の、つまり「月給が上る」見込がないのに、それでもハンガリア国民の暴動の情熱も持たないで、毎日通勤している。朝、六時半に起きる。いや時計に「起こされる」――こうして初鼻から受身だ。そして汽車の時間にせきたてられて――再び受身の行為だ――駅に行く。受身の行為というものは、文字通り能動的な行為でなく、従って自分の主体的な生き方（意欲や決断）ではない。惰性であり、習慣化されることによって、苦にならなくなる以外に手がない。檻の中を一日中歩き廻る白熊みたいに、或は、ベルの音だけでよだれを垂らす条件反射の犬のように、つまり行き着くところ、人間放棄が一等いいことになる。だがこんな理屈を云っていたのでは、汽車に乗り遅れてしまう……。

十五分かかって駅に着く。汽車に乗る。四十分間――大方ぼんやりしているか或はいつもぼんやりのくせに、こんな時だけえらく時間が惜しい気がして、雑誌を読む。雑誌は堅いものがいい。まるで歯が痛む時鉄棒を嚙む逆療法と一緒で、汽車通いの辛さ眠さを、難解な本で紛らしている……。

学校へ着く。寒い。まるで納涼林間学校である。「家の造りようは夏をむねとすべし。冬はいかなるところにも住まる」（徒然草）というわけでこの辺りは、中世風の粋人が多いのだろう。

……僕が洗濯していると、きっと生徒達が冷やかした。女生徒も楽しそうに云う。

「先生、早く貰うんだな。」

「いやあ、私は割に好きだからね。」

この「好き」というのは、半分ホントで半分ウソだ。それは洗濯している時、なるほど「頭を使わない」で済むし、外の事は忘れて大概鼻唄を歌っている。ウソだというのは、もう十年以上もしているのに、少しも楽にも、上手にもならないからだ。

この繰返しの部分。まるで無意味な習性のように十余年を過ごして来た。若し御飯炊きを含めて、これだけが女の仕事だとすると、一体女とは何なのか。……単なる繰返しの部分……盲目の習性の部分。胃液を反芻する鈍牛のようにやりきれない日常性のリアリズム(生活自然主義)である。そして、それだけが女の仕事だと決めてしまうとき、彼女の人生とは何だ。

夜、生徒の家でお酒を貰ったあげく、その生徒と(彼は飲酒しないから念の為)二時間、マンボを踊った。不思議に、近頃、この単純な動物じみたリズムが好きだ。どうもこうした、阿呆らしい肉体運動は、近代文明と裏腹らしい。物質文明が進む程、僕達は阿呆になり、刺戟に飢え、肉塊になって、僅かに残っている恨みがましい感受性を振り捨てようとするのだ。……戦中派に属する僕は、やはり、もっと違ったもの、無駄で、静かで、心情が温まるものの方が本当は好きだ。「昔は良かった」と云いたがる。やはり僕は古いのだ。この古い僕にも時折襲う「ヘイ・マンボー」のリズム。僕も現代の混乱の一つの典型なのさ。〉（15号、「時々立ち止ってみると」）

確かに、白鳥邦夫の上にも時間が流れた。しかし、彼の基本的な姿勢は、「あの頃」を忘れていない。〈僕は一人のサラリーマン。平凡で単調な毎日。それでも時々立止って「これじゃいけない」「何が」「何か知らんが、これじゃ耐らない」と思って〉いるのだ。そして、〈『山脈』の仕事についての小さな提案〉（16号）を試みる。

〈ここで私は私自身と諸君に質問を出そう。

問一、国鉄ストは大衆に迷惑をかけるから避けるべきだという意見がありますが、あなたの考えはどうですか。（一つに○をして下さい）

①避けるべきである。②別の方法を考えるべきである。③ストも止むを得ない。

④わからない。

問二、国鉄運賃の値上げは赤字を埋め、乗客に対するサービス向上のためには、止むを得ないという意見がありますが、あなたの考えはどうですか。（一つに○をして下さい）

①止むを得ない。②絶対反対である。③わからない。

……ところでこれを次のように質問したら、あなたの答はどうなるだろうか。

問三、国鉄の春期闘争に、
①賛成である。②反対である。③わからない。
問四、国鉄運賃値上に、
①賛成である。②反対である。③わからない。
この答は簡単だ。恐らく諸君は問四はすぐに「②反対である」に〇をつけられただろう。……これを先程の問二と比較すると、恐らく前には「止むを得ない」がかなり多かったろうということ、「わからない」も同様で、「絶対反対」は相対的に少なかっただろうということが想像できる。

問三に関してはやや複雑であるが、恐らく「わからない」の項が、問一よりかなり増加するであろう。

実際に調査してみた統計について述べるのでないから、大変恐縮だが、もし上の私の想像が正しいとすると、一体これはどういうことなのか。どこにカラクリがあるのか。云えることは、問一と問三、問二と問四と比較すると、先ず前文が問一と問二の方にあること。而もそれがすでに偏った意見を前提として、質問して来ることである。次に解答の項が問三と問四は単純化し少くなっていること、特に問一の「国鉄スト」は問三で「国鉄の春期闘争」と変って、ストの生々しさが消え、大衆は無関心に陥ることなどの違いがある。もしこれを更に次のように、「問五　春期闘争は、①止むを得ない。②反対」と書き直すと、更に事情は変り、恐らく「わからない」の数字が増加するだろう。

更にもしこの世論調査の十日程前から、新聞や放送が自から或は政府（お上）の声を連続して採上げて報道しておいて、——問一と問二の前文の言葉を——さて調査集計したらどういうことになるだろう。もう私達には結果は解っている。〉

サンフランシスコ条約の前後、「再軍備をどう思うか」という問に対して、どんなにたくさんの人々が、〈国土が真空になれば侵略を受けます。それに家庭に戸締りが必要のように国にも必要ですと答えた〉ことか、彼は、自からの苦い経験を思い浮べる。〈誰も個人的にダレス氏に会見したわけではない。それなのに皆がダレス氏の言葉を語る。〉

世論と一口にいっても、それには上からのものと下からのものと二種がある。下からの世論は常に必ずしもマス・コミの平面に実現されるとは限らない。また政治的な採り上げ方をされやすい。それは過程が明らかにされないまま、一挙に結論を問う型になり、賛否いずれの答えも感情的なものになり易い。注意しないと、育ての親の新聞・放送から逆に足を掬われる場合がある。「ダレス氏を探そう」と、白鳥邦夫は提言する。『山脈』の仕事を通じて、それをやろう。二十四時間のうちの幾時間かを、自分を高めることに費そう。具体的な提案としてまず「自分の歴史」を書こう。事実として私達は二十年前後生きて来たのだし、私の人生は過去から続いて来てそこにあるのだ。これは最も確実で最も重大な事実だ。……始めは全く独りよがり（主観的）で甘いか涙っぽい（感傷的）し、照れくさいが、それはそれでいいのだ。書いて行く中に、自分の中に歴史が実現され、逆に歴史を見る自分の眼（歴史的知性）が養われて行くだろう。サークルを作ろう。「個人の歴史」を単純に主観的な私小説にしないためにも、同世代の人々が経験を分ち合い、力を貸し合うことは必要だと彼は言う。

便りを交換しよう、自分の足許の問題を報告しよう。土地の新聞を交換し合おう、旅行をしよう——数々の提案を彼はした。

そして、彼自身、「十七歳の海軍士官」（17号）、「飢えた哲学者の手記」（18号）と、過ぎた自分の歴史を書きつづけ、己の「戦争体験」と対決する。

〈人間はいつの日から山を樹々を愛するようになったのであろうか。神官は石や木々の肌に神の存在を強調する。即ち神秘的という表現だけで神は存在することになる。それ故に森は暗ければ暗いほど、人が近よらなければ近よらないほど、神秘的であり、神にとっては恰好の住居になるのだ。又神の住家は常に異常であり、非日常的である。

激しい機械文明の発達は我々の周囲から神秘的なものをどんどん奪い取ってしまった。よく化物が出ると云われた森にもホテルができ、舗装道路ができて人が多く通るようになると、森の神秘性は消え、神は他の森へ移転しなければならなくなる。神秘とは適度に暗いことであり、適度に不透明なことであり、適度に沈黙的なことである。しかし、恐るべき神々は異った処に住んでいる。彼等は古い神々の死に乾杯し、彼等の順番を待っている。彼等は暗い森や深い湖に住まない。日中大手を振って我々の間を暴れ回っているのだ。聞えるだろう。都会の中から聞えてくる不協和音の彼等の声が。彼等は労働者の周りで歌い、会議の中で踊っている。彼等は生れ落ちて以来、人間の労働によって育てられ、科学によって知的になった。彼等は経済学の中に住み、物理学の中で太っている。人間を最大限に利用した彼等は、人間に感謝することなく、人間征服に立ち上った。

クリスマス島には今、救世主の暗殺のため彼等の謀略の決行が待たれている。

我々が反抗してきた神々は、実は、あわれむべき老いた神々であった。彼等は時折暴力的ではあったが、今やその精気を失ってしまっている。彼等を抹殺しても、人間の権威は回復されない。新しき神々、民衆には想像することさえ不可能で、しかも、その中に引きずり込むことを知っている神々、彼等の目的は人間の征服である。彼等の皮膚は固く、全てが鉱物的である。〉(「神々からの脱走」)

このすぐれたエッセイを書いた大山明が、白鳥邦夫と八月のある日、燕から槍ヶ岳を縦走した。白鳥の文章によって、大山を紹介しておきたい。

〈二十歳。弘前大学。……山頂でトラジ(朝鮮民謡)を歌ったり、胡瓜を囓ったり雪渓に顔を埋めたり。

「大山君、山がそこにあるぞ」

「解ってます。登ります。肉体の、いや精神のギリギリの抵抗の可能性を試すために。僕は一度、善意とか正義って奴を徹底的にぶち壊してみたいのです。ところが……」

「ところが？」

「うん。倫理（モラル）という生温いあいまいなものを考えてしまうんです」

「冷却するために、山がそこにあるぞ」

「解ってます。登ります」

私はしみじみ老いたのを感ずる。〉（17号）

昭和三年生れの白鳥邦夫が「年老いた」のか、次のような『山脈』批判がある。

〈しかし、彼等〔白鳥等創刊当時からの同人のこと〕とは一世代も違った環境に生きている僕達にとっては、彼等の云う「戦争は嫌だ。自分を肉弾にする戦争は断じて嫌だ――この叫びを今日の知性の共通の基盤にしようとする」ことについては、強い感動や同情の気持を持つことは出来ない。……僕達に与えられているもの（所与の、与件としての現実）は、戦後ではなく、今日の現実があるということである。〉（17号、梅田時春「山脈批判」）

梅田は別の個所で言っている。〈それでも色々『山脈』について考えもあるので、一文ものしたいと思います。私としては東北一周のサイクリング旅日記などを、むしろ書きたいところですが。〉

成程、これが〈戦後ではない。今日の現実〉であるようだ。だが、梅田のこの批判に対しては、落合宏（国学院大学三年）が直ちに反批判を書いた。

〈「生き残った」自覚に支えられながらも、その日から始まった苦しみ。「考える」だけに、誠実であるだけに、苦しまねばならなかった人達。その苦しみの中から、反戦の決意をつかみ出して、生きてきた人達に、私は心からの尊敬を捧げます。あの戦争に、ファッシズムの側に雪崩うって傾斜し、組織されていった圧倒的多数の民衆を、何と説明すれば良いのでしょうか。

その原因こそ、戦争の傷の正体に外ならないではないでしょうか。

一見平凡で、停滞しているように見えながら、その底では決してそうでない現在の社会。一方で私達の側の前進と、より良い、より新しいものの萌芽を認め得るとしても、それ以上に危険なものを含んでいる今日に生きる私達が、闘う姿勢を捨てない限りは、私達は是非とも共通の基盤を探りあてねばならないと思うのです。

戦争体験は、語る側にも受けとる側にも、重大な責任を要求するし、私達はそれから逃避してはならないのではないでしょうか。〉（18号、「『戦争体験』に何を求めるか」）

能代北高校の教室を借りて、七人の『山脈』同人と語り合った後、白鳥邦夫は、ぼくを自宅に連れていった。軒先から長いつららが、それこそ、軒並にぶらさがっている東北特有の、堅牢な、しかし何かズン胴な感じのする古い家。

能代市からバス一時間。感覚がなくなるほど冷えこんでしまった足を、炬燵に突込んで、はじめて「彼の部屋」を眺め廻す。——毛沢東全集。その隣、立原道造全集。その隣、マルロオ『東西美術論』全三巻。その隣、サルトル全集。それから、年鑑シナリオ傑作集。

ははあ——と、ぼくは、その時、いっぺんに白鳥邦夫を理解したような気になった。

〈草原に唯一つ倒れて泣きじゃくる女にとって、愛とは、生命とは何なのか。白樺の木肌に深い鮮血を血ぬる時、女にとって愛は犠牲なのか、或は残酷な傲りの刻印——原始的な祝祭の頌歌《しょうか》であっただろうか。

海——体内の暗い混乱、女の奥に広がる不可解な青春の歴史の意味を覗いた時の、眩惑の孤独。まさにその暗い血と土の匂いに襲われた裸形の戦慄——旋律こそが、私の少年が経過する日の海鳴りであった。〉（16号、「花と女と追憶と——海について——」）

毛沢東全集と並んでいる立原道造の全集、そしてサルトル。——戦後十三年、この男の心の歴史を、——その苦悩と希望と努力の跡を、ぼくは見た、と思ったのだ。

〈かけ替えのない「俺の生命」「主体性」……「俺が生きて来た」ということを確かめたいこと。その上で、僕の「俺」と君の「俺」とを共通に包んでいる歴史、共通に担い創っている歴史を知りたい……。〉（17号、「私の山脈縦走記」）

〈体内の暗い混乱〉と〈僕の「俺」と君の「俺」とを共通に包んでいる歴史〉——人間存

在の救いようのない混乱と孤独、そしてそのオルガニズムと連帯。「十七歳の海軍士官」がその「戦争体験」をみつめながら十三年、無名の組織者として生きてきた道筋が、それを支えてきたエネルギー源がわかる。

『山脈』は、敗戦間もなく、長野に産ぶ声をあげた。十年の後、それは、秋田県「第二の都市」能代を中心に息を吹きかえした。白鳥邦夫という「戦中派」を仲立として――。大ざっぱな比喩をもっていってしまえば、それは、「信州イデオロギーと北方教育の伝統との戦後的合作」ということになるだろう。いたずらに観念的な信州イデオロギーと、地を這いずり廻るような北方系綴方教育との合作が、これから、どんな成果を産み出すか。「戦争体験」が、その仲介をつとめる。

白鳥邦夫は、ぼくに言った。

「東北の貧しさというけれど、ここでの農業は水稲一本槍。そのほかに、本当にテがないのかナ。何か工夫がないものだろうか。――人間のアタマまで単作になってるんじゃないかなァ。」

課題はもうひとつある。落合宏を中心として、東京にも『山脈』サークルが組織されつつある。現在の会員は三十余名だが、昨年（一九五八年）の秋、飯田橋の喫茶店に、そのうちの二十一名が集まって、支部結成コンパをやった。

いま発刊されている『山脈』が、果して、どれだけ長野県の現実、秋田県の問題の汲みあげに成功しているか、むろん疑問である。しかし、少なくとも、次のようにはいえるだろう。中央から地方へ、という従来の一方交通方式ではなくて、むしろ地方から中央へ、という文化交流のチャネルが、この小さな同人雑誌の試みによって、ささやかながら通じようとしている。しかも、〈東京支局の座談会で「泥臭い。スマートでない」と云うと、田舎では「小綺麗すぎて、お坊ちゃん趣味だ」と批判が出る。〉(18号)という矛盾をかかえ込みながら、それをどうさばいてゆくか……。

『山脈』が、世上にハンランしている文学同人雑誌でないということも、この雑誌の性格のユニークな点である。文壇への登竜門としての同人雑誌の多くが、その意識過剰のために、どれもこれも似たような沈滞ぶりを示している時、そういう意識に禍いされていない『山脈』の、のびのびとした発想は、今後に何かを実らせるにちがいない。

オルガナイザー白鳥邦夫は、昭和三年の生れだ。会員の殆どが、それより若く二十代の前半期。昭和ゼネレーションだけで作られたこの同人誌の集まりは、「若い日本の会」などとは、また自ら別個の役割を果してゆくだろう。

『山脈』第一回全国集会

一九五九年八月八日、戸隠高原に集った『山脈』同人の数は四十余名。青森、秋田、長野、茨城、東京、京都、長崎——文字どおり全国集会にちがいない。〈山脈の会は、日本の底辺の生活と思想を掘りおこして、それを記録します〉というスローガンのために、それを実行するために、討議するのだという。事実、八日の夕食時から始められた集会は、最終日のキャンプ行が雨のため取りやめになったので、四日間の日程いっぱいを議論に明け暮れていた。

今年（一九五九年）はじめ『思想の科学』（五九・二）に『山脈』の紹介を書いたのが機縁となって、この全国集会に「特別」招待されたぼくは、お互に顔を見るのはこれがはじめて、という津軽や京都や長崎や——から集ってきた若い人たちのやりとりを、終始興味ふかく聞くことができた。

白鳥邦夫という東北の一高校教師をオルガナイザーとして発行されている同人雑誌『山脈』について、いままたここで詳しい紹介を書く紙幅をもたないが、ぼくが、この同人雑誌によせている関心はその要点をあげれば、次のようなものである。

第一に、白鳥邦夫という人物その人にたいする興味。一九四七年創刊いらい『山脈』は、ほとんど彼ひとりの力と魅力とによって、今日まで支えられてきた、といって過言ではない。十七歳の海軍士官だった昭和三年生れのこの「戦中派」には、しかしながら、気負い込んだ、肩ひじ張った〈大義名分〉は何もない。組織者という名の「怪物」ばかりに、いささかウンザリしているぼくにとって、この何気ない人物のアッケラカンとした組織力、その持続力は頼もしい。

第二、東京を含みながら、東京が中心ではなく、編集部の主体は秋田県能代市にあって、その同人二百数十名は、前述したとおり全国に散らばっている。何が共通の関心、共通の主題となって、彼等を結び合せてゆくか。

第三、白鳥邦夫が最年長者のこの雑誌同人は、高校生を含めた昭和のゼネレーションばかりで作られている。しかも、「戦中派」の最後尾に属する白鳥は、その「戦争体験」をひっさげて、この同人雑誌を作った。彼等の間における伝承と交流は、どのように、どこまで成功するか。

戸隠で全国集会をやるからゼヒ来てほしい、という便りと同時に、集合日程を綴ったガリ版刷りの印刷物を、実行委員のひとり落合宏から受けとった時、正直いって、ぼくは愕然とし、アッ気にとられた。東京に住む者だけが、東京のなかで、ちょっとした集会をやろうとしても、なかなかうまくゆかないのに、無名の同人雑誌が、全国からその同人を一堂に集めて、三泊四日の合宿討論をやろうというのである。果して、何人が集るか。ぼくの興味は、まずそのことに集中した。十五人、二十人でもいい、集れば、それで成功だ。

ところが、それは四十名を越える「大」集会となり、彼等は一泊三食四百円の宿泊料三日分を支払い、二百円の大会参加費を払い、遠い土地から高い旅費を自弁してやってきた。校長の特別許可をとって参加した、という女子高校生がいる。生徒たちとの夏休みの合宿のあいまを抜けて二日間だけ駆け込み参加した高校教員もいる。秋そばの種蒔で忙しい家事を放って、一里半の雨の山道をズブぬれになってやってきた農家の長男もいる、といったアンバイなのだ。

「記録について」と「組織について」という、大会討論の二つのテーマの内容は、ここに乏しい紙面を割いて特に紹介する程の発言があったとは思われない。それは、どこの集会でも論議され、どこの会でも困りぬいている問題のくり返しに過ぎなかった、ともいえる。しかし、全国から、彼等をこの戸隠に向って、つき動かしたものは何なのであろう。むろん、注目すべき発言が皆無だったわけではない。なぜ、『山脈』に参加するか、という問いにたいして高校の教員八木康敞は次のように語っていた。

大学生活四年はアルバイトに追いまくられ、その間、百何十種に及ぶ職業に就いた。落着いて読書ができるようになったのは、むしろ卒業して、田舎の教師になってからだった。この四年にわたるアルバイト生活の間に痛感した、日本の現実にたいする憤怒、それは自分が生涯かかっても、叩きかえさねばおかぬものである。『山脈』は、その憤怒を持続し、怒りを守りつづけてゆく場である、と。

〈連帯よりも断層を、連続よりも通じ合えないものを暴露する〉という白鳥邦夫の願いと、日本の現実社会にたいする断絶感、それへの憤怒を支える場として『山脈』をもとう、という八木康敞の発想とは、見事なチームワークをとっている。

とにかく、創刊いらい十余年、宣言・綱領・規約いっさいをもたなかった、このまことにノンキな雑誌同人は、白鳥邦夫を中心として、全国から四十数名の若者たちをかり集め「大」会を開くことに成功した。そして、もはや白鳥邦夫を親分とした一族郎党であってはならない、といい、今年はじめて、最低限の会規約を作ったのだ。〈戦後十余年、組織論やサークル理論は無数にいわれてきたが、一つも役に立たなかった〉と書いている白鳥邦夫は、身をもって組織してきたサークルの「持続」をこれからどうやってゆくつもりか――そしてまた、サークル員自体は、それをどうやって切り抜けて『山脈』を維持し、第二回の全国集会を、ふたたび招集しうるように盛り上げてゆくつもりであるか、ぼくは刮目して待つ。

白鳥のいうとおり、「組織」論、「サークルの組み方」論には、ぼくも、もう食傷気味である。それは子供たちの積木遊びに似てはいないか。どう積み変えてみたところで、タカが知れているのだ。おなじ材料で、出来上ったものは、おなじような崩れ方をするに決っている。組み方を変えるのではなく、積み上げる材質そのものを変えてゆくのでなければ、すべての努力は空に帰する。

日本人というもの、日本民族の「体質」それ自体を変えないかぎり、組織は組織されては無力化し、サークルは組まれた数だけ解体する。

日本人の体質変化は、何によって可能なのだろうか。むろんぼくにも確たる回答はない。

その上、絶望的だ。しかし、ぼくは、あの高校教員とともに、憤怒の持続こそが——という一縷の望みをもつ。『山脈』流のスローガンに言いかえれば、日本の底辺のなかの憤怒を掘りおこし、それを記録し、持続しつづけること——ということにでもなるのだろうか。「記録」について提案した大山明の報告書のタイトルは「くたばれ、マス・コミ！」となっていた。大山のこの言葉を頂戴して、最後にぼくは、「くたばるな山脈！」といおう。

第二回集会と『無名の日本人』

『山脈』第二回全国集会が開かれた。一九六二年八月四日から三日間。場所は、茨城県新治郡出島村——でわからなければ、映画『米』のロケーションが行われたあの村——霞ヶ浦を望む小高い丘の上の村の「研修所」が会場だった。参加した会員数は例によって北海道から九州まで延べ五十一人。それに数名のジャーナリストが傍聴にきた。

二年まえの第一回全国集会が、戸隠の高原で開かれた時、実行委員のひとり落合宏の熱心な勧誘に好奇心半分、避暑気分半分で出掛けていったぼくは、四十五名の青年男女が、ほんとうに「全国」から集まってきたのに、度ギモを抜かれたものだった。その時の報告はすでに書いた。二年たって、第二回集会に臨むぼくには、実は底いじの悪い秘かな「期待」があった。しかし、そのことは、また後で触れる。

受付の机の上に、『山脈』24号とともに、ガリ版刷の小冊子がズラリならべてあった。『能代山脈』3、『うらにし』3、『つくば山脈』5、『地底』2、『風』5、『わだち』5——会場に到着したぼくは、まずこの六冊の粗末な雑誌を、ホホウという心持で、早速手にとった。二年前、四十五名の頭数におどろかされたぼくは、今度は、どうやらこの六冊の雑誌に、度ギモを抜かれた恰好である。

雨に降りこめられた戸隠の三日間、甲論乙駁《こうろんおつばく》の論議の末に、〈山脈の会は、日本の底辺の生活と思想を掘りおこして、それを記録します〉という最低限の「約束」が採択された。三名以上の会員が集れば、山脈の会（支部とは呼ばない「支部」）をつくり、そのおのおので、〈「おれ」とその現場を掘りおこし記録すること〉を約束したのだ。そうした記録の「複数化」の実現のなかに、サークル『山脈』の組織論をかけたわけである。それが〈戦後十年間、無数のサークル論は無益だった〉とゴウ慢に断定した戸隠集会の唯一の結論だった。

結論は実行を要求し、二年間の実行は、確かにいまここ第二回集会の会場に運びこまれている。「約束」は果されつつあるといわねばなるまい。その時、細井和喜蔵を掘りおこしたいと誓った八木康敞は、『うらにし』3号に、その覚書を書きはじめている。

夕食とともに会がはじまり、各地『山脈』の会の報告。明日からの日程を確認して第一日が終る。第二日、附近の小学校に四つの教室を分けて分科会。午後もおなじ。最終日は分科会の報告と全体会議で、六日の正午集会は終った。

どこのサークルの場合でもおなじように、「話し合い」は多く述懐にみちていて、しばしば報告者自身の感慨におちこみ、ダラダラと退屈な時さえあった。しかし、最終日の全体会議で、集会参加の感想を、ひとりひとりが述べあった時、ある大企業に勤める新会員の少女が、次のようなことをいった。「びっくりしました。もう妻子もある大の男が私たちといっしょになっていろいろと熱心に議論しているのに、びっくりしたのです」と。「大の男」たちは、大いにテレて、大きな声で笑った。しかし、自分の職場では、鐘と太鼓で探してもいないような男たちが、「いろいろいる」ことに彼女は驚き、とまどい、少し「人生観」を変えたようだった。

安保闘争のあと、沢山のサークルがつぶれた。ぼくの参加していたサークルも機能停止したまま年を越し、そのうちの一つが、最近になって、どうやら息をふきかえした。安保闘争の「盛り上り」と、サークル活動の「沈滞」という闘争の後のこの全般的な現象に、本質的な繋がりがあるのかどうか、ぼくにはよくわからぬ。しかし、サークル活動の沈滞という事実は掩えない。第二回『山脈』全国集会に臨むぼくの底いじ悪い「期待」とは、つまり『山脈』もまた「沈滞」していることであった。いや、そうではない。素直にいおう、この無謀のサークル、組織論なき組織こそ、「持続の美徳」を彼等の誓言のとおり、誇り高く守っていてほしかったのだ。そして、それは守られた。

どうして守ることができたか、何が彼等の「持続」のエネルギーを支えたか。——それを、いまぼくは白鳥邦夫が書いた『無名の日本人——〈山脈の会〉の記録』のなかに探ろうとしてたずねあぐねている。たずねあぐねた末に、ようやくわかりかけてきたことは、この書物、無名の日本人の集りを記録したこの書物に〈結論はない〉のだということ、著者白鳥自身が、その「終章」で、自からすでに述べたとおりのことだった。

『山脈』のグループは、無謬の組織論を拒否し、集団の雑多性を許容しながら、記録の複数化という気の長い作業に期待する。〈酒をのみたい人はのみながら……寝ころがって話すも勝手……精神の対話は自由な状態でしか創造性をともなわないからです。いちばん困るのは頑固にマジメなことです〉という戸隠大会の開会宣言が、ユーモラスに『山脈』の面目を伝えている。

彼らはコミュニケーションの多様性を信じ、あらゆる状況のなかで、あらゆる人びとの間に、〈頑固に承認しない部分〉を含めて、「対話」の窮極的な可能性を信じようとしている。だからこそ、一方交通式の「啓蒙主義」の無力を確認し、「スマートな総括」や結論は常に延期する。〈意味づけばかりしたがる、口塩梅《くちあんべ》いい〉話は、はじめから信用しないのだ。唯物論者はまず観念論の富を奪取せよ、という彼等は、価値一元論的な硬直した第一義主義を排し、大義名分をふりかざした実直な精農主義を斥ける。あらゆる場合に「雑多性」

を歓迎し、愛する彼等は、それだからこそ、たえず厳しく拒否すべきものを選り分けてゆかねばならぬ。拒否のエネルギーは「怒り」の裡から噴出し、「笑い」は、怒り故にややもすれば硬直しがちな己を吹きとばすために、いつもたたえられていなければならぬ。

軽蔑すべきは、「悩み」と「涙」の訴え。〈溺れないため〉に、〈絶望しない〉ために〈参加〉しよう、〈組織して行く〉上での「困難」は、〈自分自身のうちにある〉という一女性会員の言葉は、ミゴトにこの会のメンバーの決意をいい当てていた。そして多くの会員のこの決意が、『山脈』の集会を、ありきたりな感激とは異質な青春の息吹にむせかえらせてもいた。〈名状しがたい苦渋にみちた情念の運動と渇望〉それを〈組織し、政治過程に導入する〉ことが、サークル『山脈』の不逞なたくらみであった。

傷つき挫折を含めた青春の感情を、悩みと涙の寸前に引きとめて、未発の怒りと朗らかな哄笑に置きかえる『山脈』の青春像は、明らかに〈生きるに価する生を生きて来なかった〉白鳥邦夫の〈青春奪還〉の姿勢に支えられている。「戦中派」白鳥邦夫の戦後は、〈一緒に死ぬことを誓った〉仲間たちの〈巨大な不在感〉と格闘することにはじまった。死者こそ、生き残った彼にとって、〈原点〉であった。死者への追悼は、死者たちの〈復活〉ではなく、それは生き残った人びとの原点〈回帰〉なのである。〈死からの自己解放と転生〉への必死の営みがつづく。それは〈血を逃れて〉そして〈血をとおして〉〈まず肉体を確立し、その肉体の内部に重く自我を復活あるいは新生すること〉であったのだ。

学生時代の白鳥邦夫を知るある友人は、白鳥が、いま柄にもない「オルガナイザー」を引受けたことによって、かつて〈孤独のなかで短いセンテンスで幻想と抒情性を綴っていた〉その〈溢れる抒情〉的資質を磨りへらしてしまったと嘆いている。が、ぼくはそう思わない。白鳥邦夫の資質は、死と孤独のなかから、血を浴びて転生し自己解放する過程を踏んで、いっそう美しく鍛えられ、とぎ澄まされ、そのことは、たとえば、この書一巻の文章スタイルに、いわば「鉱質の抒情」とでも呼ぶべき清らかな表現を保証している。『無名の日本人』一巻の刊行によって、無名のオルガナイザー白鳥邦夫とサークル『山脈』は、もはや「無名」ではなくなったのだ。「有名」になった白鳥と『山脈』の今後に、本当の試練がはじまるだろう。いまこそ「持続」がためされている。

終章　一九七〇年への遺書

〈独白〉

身体の具合が悪く、医者にかかりつづけている。ぼくを診てくれる病院は、杉並診療所。院長の川上武は、勁草書房という本屋から出た武谷三男編著『自然科学概論』の医学面を担当した有力で誠実な中堅であり、その上、東大の長畑一正——あの坂口安吾が死ぬまで、神様のように信じていた長畑医師が、週に一度訪れて、重患や容態の不明な者、つまりぼくのような厄介な患者を診断してくれる。この診療所は施設が完備している上に、川上院長が、武谷流の実証主義者だから、具合が悪いといって、アレコレ自覚症状を話すと、カルテの上にペタペタとハンコを押して、尿、糞、血圧、血沈はもとより、レントゲンだの心電図だのゾンデだのと、しまいには、こちらがウンザリするほど片っぱしから調べまくり、調べあげ、肝臓にも腎臓にも心臓にも異常は認められませんネ、といったふうに、つぎからつぎに、ぼくの内臓の健全なことを、科学的データによって、有無をいわさず「実証」してしまうのである。

ぼくは、無念の涙をうかべ、ガリレオのように、それでもぼくは具合が悪い、と訴えるワケであるが、このような精密な実証的検査の結果、どこにも異常が認められないにもかかわらず、なお本人が、これほど具合が悪いとすれば、それは、いかに精密なる現代医学の精華をもってしても探り得ないような、なまみの人間の微妙な、神秘な、ナゾのような部分に、ぼくの致命的な病根が巣喰っていて、それは科学的実証主義の探知することができない、たとえば、スイ臓の表側と胃袋の裏側といった、そういう微妙なところにガンが発生したのではないか。いや、確かにそれにちがいない、とぼくは確信するのである。げんに、ぼくの叔母は、胃カイ瘍だと診断されながら、さて開いてみると、スイ臓をガンにやられていて、四十幾歳かであえなく最期をとげた。ぼくも、きっと、そういうことになっているにちがいない。

と、そんなふうに悲観しているところへ、ある雑誌の編集部が、「一九七〇年」について書け、といってきた。ああ、一九七〇年！　一九六二年の新春までは、いのちがもつまいと諦めているぼくのところへ、なんと、一九七〇年の話を書けという人もあるのだ。そう、一九七〇年……。美しい「未来」です。未来は、つねに美しくなければなりません。

一九四六年の春、かつて、ぼくの一番親しかった友人のひとり徳澄正の姿が、忽然として消えて、歴史から消えた。「忽然」というのは形容詞などではない。まさしく忽然として消え去った。「歴史」というのも、決して大袈裟ではなく、彼の才幹はあまりにも秀抜で、生きておれば、どうコロんでも、歴史に何らかの参与をしたであろうような人物である。いや、才能などどうでもよろしい。歴史に参与しないような個人というものは、実は存在しない筈である。人びとは、ひとりひとり何らかの型で歴史に参与する。存在そのものが、歴史への関与である筈である。

ところで、その徳澄正であるが、彼は、一九四五年六月には、山神府陸軍病院におり、それから、孫呉、北安陸軍病院を転々、四六年四月、元気な様子で、ハルピンから復員の途についた――。そこまでわかっている。復員局の名簿に、そこまで書いてある。しかしそれからが杳として知れない。彼の姿を目撃したものは、誰ひとりいないのである。一九四六年、北満の長い冬が終って、スンガリの水が音をたてて流れはじめたころ、彼の姿は忽然として消えた。

さて、それからどれ程の歳月が流れたか。焼野原に焼トタンの小屋を建て、サツマ芋の葉ッパをゆでて食っていた日本人が、家庭電化だの、レジャーだのというようになった、それだけの歳月が流れた。しかし、あの時、忽然、存在しなくなってしまった徳澄正にとって、その歳月に何の意味があるだろう。十五年の流れが、彼にとって何だろう。いや、十五年もヘッタクレもあったものではない。彼にとっては、いまや十年も一万年も一億年も、まったくおなじことなのである。

忽然として〈彼〉が存在しなくなる。存在しなくなった〈彼〉のまわりで、人びとが笑い、歎き、喜び、悲しみ、誰よりも君を愛し、生殖行為を行い、その結果、ひょっこりと醜悪で小型の生きものが股ぐらから這い出し、それがたちまち大きくなり、ジーパンを穿いて、ウェスタン・ハットをかぶり、「大人達は、わかっちゃいねえ」などといい出したからといって、〈彼〉にとって、それが何だというのだ。

「戦争」が終り、「戦後」も終り、平和と文化と非武装の誓いが、泰平と中間化と核武装に変貌して、一九四六年のある日、忽然と姿を消したひとりのすぐれた若者のことを、すべての人びとが忘れる。あらゆる限り一切合財の人びとが忘却する。それが、一九四六年の時点から眺めた「未来」すなわち一九六一年の日本の現実である。だとすれば、一九七〇年に、いったい何が起こるというのか。いや、何が起こったところで、それが、存在を消した〈彼〉にとって、何であろうか。何の意味ももちはしない。

未来は美しくあらねばならぬ。しかし、未来とは、いつも過去のようであったし、しかも、未来は、突如として、容赦なく遮断される。〈彼〉にとって、いや〈ぼく〉にとっても、未来とは夢まぼろしに過ぎぬ。つねにゲンミツに科学的な立場に立つと確信し且つ公言しているある種の人びととの方が、どうやら、いつも夢まぼろしのごとき、無限の未来を無限に確信し、自己の存在の必然性を信じて疑わぬようであるのは、不思議なことである。ぼくは……ぼく自身は、もう未来とのおつきあいは、ゴメンを蒙りたい。過去とだけつき合ってゆきたい。新しいものは何もない。あるとすれば、すべて過去にある。未来は、もはや、何も「発見」しないだろう。今更、何が発見されるというのか。

〈対話〉

——また　本を読んでるのか。

——また　酒を呑んでるのか。

——ちょっと見せてみろ　ナニ……？　『現代詩』一九七〇年新春特大号だって……。よせよくだらねえ　こんな雑誌……。

——忘れたのかい　おれたちは　あの時分　メンソレータムの効能書でさえ　裏表丁寧に読み返したものだ。活字でありさえすれば　古新聞だってよかった。幹部候補生に　消燈後一時間の勉強時間が与えられた時　オレにとって　毎日はただその時間だけが生甲斐だったさ。ワケもわからずにブン殴られる心配もなく　とにかく　活字に向っていられる一時間がな。お前だってそうだったろう。我国の軍隊は世々天皇の統率し給ふ所にある　昔神武天皇窮つから大伴物部の兵ともを率い給ひ　という活字……がな。それに較べれば……これは『現代詩』と銘うってある詩の本だ　詩の雑誌だよ。くだるも　くだらねえもあるものかい。ありがたい読みものだよ。

――それは　お前が　一九四六年に死んでしまったからだ。だから　そんなふうにいうんだよ。オレは　幸か不幸か　それから十五　六年ばかり生き残っていたからね。

――それで　そうして　朝から晩まで　酒を呑んでいるというワケか？

――うん……マ　そういうところかな。

――それじゃ　お前は　あの時　オレみたいに死なないで　お前のセリフどおりにいえば「幸か不幸か」生き残ったから　生き残った十五年を　酒ばかり呑んで暮して　挙句の果　ガンとかいう病気に罹って死んじまったというのだな。

――いや　そいつは少しちがうよ。何でもそうあっさり総括したり　結論を下したりするなよ。何しろ十五年といえば長い月日だ。その間には　いろいろなことがあったさ。お前だって　死ぬまでの二十年間には　いろいろなことがあったろう。受験勉強で徹夜をしたり　恋人と死別れたり　歌舞伎を観たり　クロイツァーを聴いたり　女郎買いにいったり……いろいろあったよ　オレも一緒だったよ。

――それはそうだ。……じゃ、今日はひとつ　オレが死んでから　お前が生き残った十五年間の　その「いろいろあった」話とかを　聞かしてもらおうじゃないか。……ちょうど　この『現代詩』という雑誌も　編集ノートにいたるまで　三回も読んでしまったところだ。

——いや、別に話すこともないよ。いろいろあったけど　やっぱり　おなじことだったよ。お前が生きていて　オレたちが　二人で議論したり　憧れたり　絶望したり　昂奮したりした　あれとあんまりちがいはしなかった。

——わかっているさ。おなじことだったろう　ということはわかっているよ。どうせ生きている奴らが　生きている間にやったことだ。しかし　まあ話してみろよ。はじめから　酒ばかり呑んでいたワケでもないだろう。

——うん　それはそうだ。それに　その頃は　酒がなかなか手に入らなかったからな。いや酒ばかりじゃない　食うものもなかった　着るものもなかった　家もなかった　何も彼もなかった。……憲法だけがあったのさ　新しい憲法がね。

——惨めだったね。

——惨めじゃなかった。それどころか　何かやれそうだった　何かが出来そうだったそういう気配が　日本中にみなぎっていたんだよ　その時は……。

——新しい憲法があったからか？

——憲法が生きていたからさ。

——お前が死ぬ十五年ほど前だナ。

——そう　お前が死んで間もないころサ。

――でも　結局　ダメだったんだね。

――結局　ダメだったんだ。……その頃　東京では　盆踊りがとてもはやってネ。何しろ　どこもかしこも焼跡ばかりだから　空地には不自由しないワケだ。……復員してきてはじめての夏　街を歩いていて　そういう盆踊りにぶつかると　オレはいつも立止って皆の踊るのをいつまでも　じっと眺めていたよ。浴衣みたいのやアッパッパみたいのや　みんなヨレヨレでヘンテコライだけれど　とにかく色のついた着物を着た女たちが太鼓の音につれて　際限もなくグルグル踊り廻ってるのを見ていると　オレ……お前にはすまないが……生きていてよかったなあ　としみじみ思うのさ。夜は真っ暗になってしまうから（なにしろ電燈がなかったからね）夕ぐれ夏の太陽がまだすっかり落ち切らないうちに　真っ赫な夕照を浴びて　汗をかきかき　若い女たちが　着物の袖をピラピラさせながら踊っているんだ。それ　じっと眺めていると　そうだったナ　そうだったナ　人間には　こういう生き方もあったんだな　この方が実は本当だったんだな……。無念とも悔恨ともつかぬ気持が　どっと胸にふき溢れてきて……殺しやがって　あんなに殺しやがって……。生きる　今度こそ　オレ　本当に生きるんだぞと　涙がボロボロこぼれてきて　両脚をしっかりふんばっていないと　軀中がグラグラ震え出しそうなんだ。両拳をギュッと握って　踊りの輪を眺めているんだよ　わかるかなァ。

――わかるような気もするよ。

――ほれ　学徒出陣の前ごろ　お前と二人　よく吉原へいったじゃないか。酒呑んで酔っぱらって　仲之町の通りを　大きな声で歌うたって「御民われ　生けるしるしあり……」って　大きな声で歌をうたいながら歩いたじゃないか。ヤケ糞だったナ。おぼえているだろ?

――忘れやしないよ。

――いってみれば　あの時の気持の逆　つまり　ちょうど　その反対の気持　わかるかナ。

――わかるような気もするよ。……それで　どうだったんだい　今度こそ　本当に生きられたのかい?

――だから　ダメだったといってるじゃないか。……その頃　オレは恋愛した。間もなく結婚した。何も彼も新しくやり直さなくちゃ……。女房は　まだ若く　学校へ通っていた。どうしても学問をやりたいというのさ。それを　止める権利はオレにはないからね。

――ないさ。東条英機にだってなかった筈だ。……お前　生きて還って　やっぱりいいことをしているじゃないか。

――あの頃……戦争にゆく前だ　どんなに狭く貧しくてもいい　君とそして僕と二人で正しく虔《つつま》しく清らかな愛の生活を送ることができたら　オレにはほかに何もいらないって　お前ともよく話したことがあったな。

――ツァイザム・カイト。

――学校は中途半端になってしまうし　戦後のインフレは烈しくて　とても学業を継続することなどできそうもないし……しかし　オレは　それでいいと思ったよ。愛する女房と二人　都会の片隅で　平凡だけど　きちっとした常識をもつ市民……それ　デューウィのいうコモン・マンのことだ　市民になればいい。それなりの力で　日本の文化と平和のためにつくすような市民になりたい。われわれ社会のなかの封建的部分を　徹頭徹尾破摧《はさい》して　日本に　今こそホンモノの市民社会をつくる……随分　大雑把な考えなのだけれども……。それには　やらねばならぬことが　たくさんあるように思えた。オレは　演説ブッたり立派な文章を書く人間になるより　まず自分の生活の周辺から　生活意識の根源から　徹底的につくりかえなければならぬ　と考えていたのだ。オレは　オレをつくりかえる。オレをつくりかえることによって　日本をつくりかえる……嗤《わら》うなよ。

――嗤ってやしないよ。とても素晴しい話だよ。

――自己と日本の過去にたいする制《おさ》えがたい憤怒と　自己と日本の将来にたいする再生の希望が　ゴッチャになってるんだ。

――うむ。……何しろ生きて還ったんだからな。死なないで生きて還ったんだからなお前は……。

――そうだ。お前は死んだが　オレは生きて還ってきたんだ。それが……いつから　変になったのかナ。

――いつから　変になったのだ？

――それが　よくわからないんだよ。朝鮮戦争の頃かナ　講和条約の頃かナ……いつの間にかなんだよ。焼野原だった東京にビルが林立し　道路には自動車があふれ……とにかく……テレビ料理だとか　七色のパンティとかいうものが流行しだした時には　徹底的に悪くなっていた。

――どうして悪くなったんだ。窮乏はよくないし　豊富はそれ自体善の筈だ。

――そうなんだ。それは　そうなんだが……。

――どうなんだ？

――とにかく　すっかり変っちゃったんだよ。つまり　一九六〇年には　一九四五年の意味がわからなくなったんだな。そうなんだ　まるで　一九四五年が存在してなかったみたいになってしまったんだ。ちょうど　お前が嘗て実在したことがなかったみたいにな。……いつだったかの夏　オレの死ぬ少し前の夏だが　軽井沢へいってね　スポーツセンターにある酒場へ呑みにいったことがある。大きなプールの周りに　提灯が幾百となく灯ってね　プールでは　二人連れのボートが　七彩のさざ波を立てながら遊弋している。ホールの方ではジュークボックスの周りに若い男女が群れて　音楽をききながらダンスなど踊っている。その時　一緒にいた阿部さんがね　ほら『冬の宿』や『風雪』を書いたあの阿

部知二だ　お前が愛読していた……。

――わかっているよ。

――阿部さんが　安田君　死んだ人たちは　何のために死んでいったのだろうかネって。……ちょうどオレもおなじことを考えていたのさ。オレが　その時　思い泛べていたのは　お前のことだがね。お前とオレが　いまここで呑んでいたっていい筈だ　いや　お前が呑んで　オレが死んでいたっていい筈だ　とね。……そうそう　これもその前の年ぐらいの正月のことだが箱根へ行ったんだ。登山電車に乗ると　正月のことで　ひどく混雑している。ところが　座席がひとつだけあいている。見ると　向う傷のある人相のよくない人夫みたいのが　酔っぱらって坐っている。みんな　おっかながって　そばへ寄りつかないんだな。で　オレ　その前に坐ったさ。そいつは　窓から首をつき出して　プラットホームの方を見ながら　何かブツクサいってはペッ　ペッと唾をはきちらしている。そのうちに　そいつのいってる言葉がオレにはっきりわかってきた。そいつは着飾った夫婦連れみたいのが通るたびに　オレはな　てめえたちのために死のうと思ったんじゃねえオレたちの仲間はな　てめえたちのために死んだんじゃねえって　それをくりかえしているのさ。

――うむ……嘗て何があったか　どんなことがあったか　若い世代は「記憶というもの」をもたないからね。記憶がないからね。

——その上 旧い世代も忘れてゆくんだよ。記憶を喪失するんだよ。

——それが 祝福された人類の栄光というものだ。

——愚劣な栄光さ。

——まさか それで さかんに酒呑みはじめたワケでもないだろう?

——人間ナンテ 何も彼も信じられんじゃないか。それに較べれば アルコールという液体はその量に従って的確にオレの肉体の条件を変えてくれる 信じられるよ。オレが最後に信じたいと思ったのは 化学的変化なんだ。物理的変革なんてダメなんだよ。……がそんなことはどうでもいい。それから……それに オレはな……オレは とっても罪深くして もう二度と しあわせになる資格はないのだ ということが だんだんとよくわかってきたんだ。コモン・マンも市民社会もあったものじゃない。それは罪を犯したことのない人びとの問題だ。……だから オレは死んだら 屹度ここへ……この無間地獄へゆかねばならないだろうということも もうその時からわかっていたんだ。

——仕方ないさ。オレたちがここにいるかぎり オレたちがここにいればこそ 彼等は幸福でいられるんだからな。

——それはわかっているよ。……だけど どうして ズルズルと何も彼もモトのモクアミになってしまったのかナ。

——それは どこかに止っているところがなかったからさ。止っているところがなければ動いているということは　誰にもわからないよ。

──そうだったな。停止した部分だけが動いた部分の距離を測定できるんだからな。

──初心忘るべからずさ。

──何というか　いわば第一原理といったふうなものがないんだな。……今なら　よくわかる。今ならよくわかるがな。……実際　今なら　よくわかる。

──今ならよくわかるさ。過ぎ去ってしまったということで　過ぎ去ったことの実在感と意味が　確かに胸に応えてくるんだ。オレたちには　そういう倒錯した認識の方法しかないんだよ。だから　生きている奴らには　何もわからぬさ。

──十五年目に　安保闘争というのがあった。オレたちの仲間には　いまこそ「戦後」がはじまった　ナンテいった奴もあったっけ……。それから三月とたたないうちに　浅沼事件だ。「戦後」なぞまったく存在しなかったということがバレちゃった。彼らのいうことは　たいてい三月か半年ぐらいでバレちゃうんだ。

「山口二矢《おとや》っていう坊や　意外とイカすじゃない」

「オレたちヨ　こんな時代でしょ。淋しくなっちゃって　アタマへきちゃうんだよな。そこへさ　山口がアレやっちゃって……すげえなァ　山口って奴　十七歳だけど　グッといかすじゃねえかって　みんなでヨ……」

ところが　学者文化人の「総括」は　またちがうんだ　もっともオレは　もうそれには

あまり耳をかさなかった。その頃には　オレの肉体も弱りかけていたしね。……内灘の時も　砂川の時も　何か闘争があれば「総括」では　大衆が目醒め　農民が立上り　労働者が団結したことになるんだ　キリがないいんだよ。

——ああ　そうか。じゃ　結局　戦争からは何も学ばなかったのだね「戦争」からは何も学ぼうとしなかったのだね？

——学ぶどころか。いつまで戦争のことをいっているのは〝るさんちまん〟ときたよ。あの人たちには「未来のイメージ」って奴が金科玉条なんだよ。それが欠けている言説はすべて「有効」じゃないんだ。つまり「不生産的」なのだ。……オレの生命が　あんまり長持ちしなかったのは　却って幸いだったよ。死ぬ数年前は　まったく「馬齢を重ねる」といった思いだったからな……。十五年早く死んだお前も　十五年後まで生き残ったオレも　だから結局　おなじことだったと思うよ。

——くりかえしだね。

——愚劣なくりかえしさ。

——わかるような気がするよ。……ところで　今は一九七〇年なのか。

——そうらしい。お前が持っているその雑誌の表紙に　そう書いてあるからね。

——少しは　変っているかネ。

——変る筈がないよ。

——やっぱり　闘っているのかネ。

——やっぱり　闘っているだろう。

——一生懸命にナ。

——一生懸命にだ。

——敗けてるネ　また……。

——敗けてるサ　きっと……。

——オレたちなら　敗けないんだがな。

——オレたちなら　敗けないさ。オレたち死者は「待つ」ということを知っているからね　絶対に敗ける筈がないさ。

（間）

——どれ、読書でもするか。

——またか……。何を読むんだ？

——また　いつものアレさ。

——お前　いったい　おなじ本を何べん読んだら満足するんだ？

——おなじことだよ。お前だって　おなじ酒　いったい　いつまで呑んでいるつもりだ？

あとがき

もう二十年たっている。昭和十八年、「学徒出陣」から二十年たっている。生きねばならぬ、と必死に思いつめていたけれど、いずれ、死なねばならない運命と諦めた時から……。『朝日新聞』に、その折りの「無念」を書いて、「不戦の誓い」を提唱する短かい投書をしてからさえ十年たった。その十年の間に、ポツリポツリと「無念」について語ってきた。その大部分で、本書ができたわけである。つまり、二十年かかって、やっとこれだけ書いたのである。これだけ書くのが精一杯だった。これぐらいしか書けなかった。

わが身の「戦争体験」をめぐって、その意味を探りながら、少し書けそうだと思い、書かねばならぬと意を決し、事実、少し書けるようになり、更に、書く「場所」を提供して貰えるようになったのは、ほんのここ二、三年のことに過ぎない。そうして二十年かかり、たったこれだけか、と思うから、実に「無念」は二重になるのである。佐藤春夫に〈新しき世の星なりと、おもひ驕れるわれなりき〉という詩がある。人並に、おのれの将来を、何か格別の栄誉と栄光につつまれて、思い描いた「おもい驕れる」若き日が、私にもなかったわけではない。

それが、「戦争」によって踏み躙られた、とはいわない。所詮、才薄く、何よりも怠け者であった。二十年かかって、これだけのことしか書けなかったのは、顧て、当然であったような気がする。そう考えればこそ、私は、あの「戦争」で死んでいった若者の誰彼について想わざるを得ないのだ。彼等を呼び戻したい、なろうことなら、いや、是が非でも、彼等を呼び戻したい、とこの二十年の間、折りにふれ、ことにふれて、文字どおり切歯してきたのである。しかし、『きけわだつみのこえ』の初版本序文に、渡辺一夫が訳したジャン・タルヂューの詩がいうように、〈死んだ人々は、還ってこない以上〉〈死んだ人々には慨く術もない以上〉〈生き残った〉私は、何かを語らねばならなかった。

最近になって、「戦争体験」について、書き下ろしを書け、という注文が、一、二の出版社からないわけではない。しかし、私は頑なにそれを拒否した。この本を公にしたかったからである。誰が、十年も前に書いた自分の文章を、他人に「誇示」したりするだろうか。私にしても、いま更《あらた》めて、書き下ろし、書き直せば、もう少しマシな、気の利いたことが書けるだろう、という気がする。もう少し、エラそうなこともいえそうである。第一、その方が「体裁」がいい。いま、こうしてゲラ刷を読んでいて、我ながら厭になる。自己嫌悪を感ずる。これでは「恥さらし」である。稚拙な表現、未熟な思考、辻褄の合わぬ論理――にもかかわらず、私は、本書を公刊したい、と頑迷に考えつづけてきたのだ。

つい半月程前にも、〈ぼく自身戦中派の一人〉と名乗る〈戦中派〉から、安田武が〈堕った〉〈自己矛盾〉について、手厳しく論難された。それよりも、わだつみ会内部において、より若い世代から——たとえば高橋武智から——鋭く且つ真摯な批判を受けている。それらさまざまの批判については、生きていれば、これから答える。生きているかぎり、これからも答える。が、まず、この稚拙で、未熟で、〈自己矛盾〉だらけの本書を、敢えて世に問いたい。稚拙、未熟、自己矛盾、無能無力それ自体を含めて、それこそがまさに私の「無念」なのであって、この後、私が、いかように生き、いかなる言辞を弄しようと、私という「生き残り戦中派」の、昭和十八年時点から三十八年まで、その二十年間は、掩うべくもなく、斯くの如くであった。『きけわだつみのこえ』や『雲ながるる果てに』や『戦没学生の手記にみる15年戦争』やに、手記・遺稿等を収録された同世代が、もはや彼等の若き日の最後の未熟な発言を、取り消し訂正する術がないように、私にもまたない。私は、一字一句の訂正なしに、十年の沈黙を含めて、二十年の私のツブヤキに似た発言のすべてを、公刊したいと思う。この全体が、私にとって「戦争体験」なのである。未來社西谷社長の好意を得て、いまその機会が与えられたことを、「生き残った」ことの僥倖であると考える。

なお本書中、「再読きけわだつみのこえ」という言葉が、屢々出てくる。私が、同人雑誌にこれらの文章を書き綴っていた当時、それをそう自から呼んでいたのである。このなかで、東大教授三木安正について書いたものだけが、本書からはずしてある。三木にたいする私の考え方が変ったからではなく、その時の文章全体が、何としても私の意に満たぬからである。三木については、また更めて書く。私は、まだ彼を赦していない。

本書に収められた文章の選択、配列、小見出し等は、すべて松田政男の意見によった。長い間、自分自身、編集者として、いろいろな人の著作を手がけてきながら、（或は、手がけてきたから——かも知れない。）さて、自分の本を作るとなると、どう手をつけてよいものやら、考えるより先に、ナゲやりになってしまった。公刊したいと思いつつ、やはり自己嫌悪があったのであろうか、まさしく〈自己矛盾〉にちがいない。それを、松田政男が、実に手際よくアンバイしてくれた。考え得られる最上の体裁に整えてくれた。更めて、彼の友情に感謝する。「あとがき」の末尾に、編集者の労苦に謝する言葉を書き添えるのは、書簡の終りに「敬具」とか、「匆々」とか書くに似ているが、私の場合には、そういう「作法」に従ったものではない。

一九六三・七・一

安田　武

『山脈』第一回全国集会 ………………… 日本読書新聞　59・8・17
第二回集会と『無名の日本人』………… 日本読書新聞　61・8・14
一九七〇年への遺書……………………………………現代詩　61・11

初稿発表覚え書

なぜ戦争体験に固執するか……………………現代の発見Ｉ・月報　59・12

Ｉ

喪われた世代…………………………………………………………群像　54・10
学徒出陣のころ……………………三芽書房刊・わが学生の頃　57・11
「戦後」はまだ終っていない ………………………… 貌６号　58・6
「執念」と「信仰」について
　執念としての戦争体験……………………… 日本読書新聞　59・8・10
　不戦の「信仰」…………………………わだつみのこえ１号　59・11
私の時計は笑っている……………………わだつみのこえ５号　60・10
転向・挫折・戦争体験……………………………………… 文学　61・3
生者の傲岸な頽廃………………………………… 現代の眼　62・8

Ⅱ

戦争体験の「伝承」について…………わだつみのこえ10号　61・10
追跡者の執念…………………………… 日本読書新聞　61・3・13
農民と知識人のあいだ
　『戦没農民兵士の手紙』を読んで ……… 日本読書新聞　61・7・31
　知識人の善意主義………………………………… 思想の科学　62・4
　16年と2年のあいだ ……………………… 日本読書新聞　62・6・11
戦没学生の知性の構造
　再評価『雲ながるる果てに』………… わだつみのこえ14号　62・8
　宅島徳光の場合…………………………… 日本読書新聞　62・8・13
死者の声・生者の声
　『人間の声』を読んで …………………… 東京大学新聞　62・4・11
　『アーロン収容所』について ………………共同通信　62・11・29
　『戦没学生の遺書にみる15年戦争』のために …共同通信　63・2・6
　『わたしにはロシアがある』について ……日本読書新聞　63・6・3
　「召集令状」について ……………………… HS ニュース　63・3・1
　「原爆の子」らよ立上れ …………………日本読書新聞　63・5・6
サークル『山脈』と持続
　東北のあるオルガナイザー……………………… 思想の科学　59・2

解説

安田武と「語り難さ」へのこだわり

福間良明（立命館大学）

戦中派・安田武

終戦を二〇歳前後で迎え、もっとも多く戦場に動員された世代は、戦中派と呼ばれる。大正末期生まれの彼らは、少年期・青春期を戦時下に過ごした。小学校時代には満州事変や五・一五事件、二・二六事件があり、中等学校から大学入学にかけての時期に日中戦争、太平洋戦争が勃発した。戦況悪化に伴い、大学生らへの徴兵猶予措置が撤廃され、繰り上げ卒業後、あるいは在学中に学徒出陣を強いられた。むろん、高等教育に進まなかった層も、志願・徴兵により多く動員された。当然ながら、日中戦争・太平洋戦争において、戦没者が群を抜いて多かったのが、戦中派世代であった。

彼らの世代経験は、前後の世代のそれと比べて、明らかに異質であった。それは戦争体験のみならず、読書文化や教育文化の面でも大きく異なっていた。大正デモクラシー期に精神形成を果たした戦前派であれば、青春期にモダニズムや自由主義、社会主義にふれる機会があった。また、終戦時点で十代半ば以下の戦後派世代は、社会的な価値規範が転換した戦後に青春期を過ごし、民主主義や自由主義の空気にふれながら精神形成を果たしていった。それに対して、戦中派世代は青春期にそれらの思潮に接することは容易ではなく、むしろ日本主義や国家主義が彼らの主たる教養であった。彼らが戦後になって、前後の世代に対して複雑な思いを抱いたことは想像に難くない。

その世代の思想家・作家としては、鶴見俊輔や橋川文三、司馬遼太郎らが想起されよう。それに比べれば、安田武が思い起こされることは今日では少ないかもしれない。だが、安田は戦争体験にこだわり、それを多く論じた代表的な戦中派文化人だった。ことに、安田の戦争体験論が多く量産されたのは、一九六〇年代だった。本書『戦争体験』も、もともとは一九六三年に未來社より刊行されている。

一九二二年生まれの安田は、上智大学英文科在学中に徴兵された。朝鮮半島北部・羅南の中隊に配属された安田は、玉音放送があった一九四五年八月一五日にソ連軍との激戦に巻き込まれ、一八日にソ連軍の捕虜となった。その際、岩陰に身を潜めて応戦するなか、安田よりほんの十センチ右にいた戦友がソ連軍に狙撃されて即死している。ちなみに、羅南師団の武装解除がずれ込み、一八日まで戦闘が続いたのも、司令官以下、師団参謀が玉音放送を米英側の謀略放送であるとして握りつぶしたことにあったという。

一九四七年一月に復員すると、安田は上智大学に復学したが、ほどなく法政大学国文科に転入学している。しかし、それも生活苦のため中退を余儀なくされ、以後、さまざまな中小出版社を編集者として転々としながら、文筆に携わっていく。その過程で鶴見俊輔や多田道太郎、山田宗睦らとも知り合い、思想の科学研究会に参加した。

その一方で、日本共産党の内紛のあおりを受けて自然消滅した日本戦没学生記念会の再建(一九五九年)に関わり、常任理事を務めた。以後、戦争体験について執筆を重ね、『戦争とはなんだ』(三一書房・高校生新書、一九六六年)、『学徒出陣』(三省堂新書、一九六七年)、『人間の再建——戦中派・その罪責と矜恃』(筑摩書房、一九六九年)といった著書を立て続けに世に出した。そのなかでも、本書『戦争体験』は安田の戦争体験論の主著というべきものである。

「抽象化」「一般化」の拒絶

安田の戦争体験論に特徴的なのは、「語り難さ」への固執であった。安田は自らの体験を念頭に置きながら、それを言語化することの難しさを、以下のように吐露している。

戦争体験は、ペラペラと告白しすぎたために、ぼくのなかで雲散霧消してしまったのではなく、それは、却って重苦しい沈黙を、ぼくに強いつづけた。戦争体験は、長い間、ぼくたちに判断、告白の停止を強いつづけたほどに異常で、圧倒的であったから、ぼくは、その体験整理の不当な一般化を、ひたすらにおそれてきたのだ。抽象化され、一般化されることを、どうしても肯んじない部分、その部分の重みに圧倒されつづけてきた。(本書、一〇三頁)

安田にとって戦争体験とは、断片的で矛盾含みなものの集積であり、したがって、単一の意味や物語に「抽象化」「一般化」できるものではなかった。前述のように、ソ連軍との交戦のさなか、わずかに右にいた日本兵が狙撃された経験は、「わずか十糎の『任意』の空間、あるいは見知らぬ異国の狙撃兵による『恣意』の選択」がもたらした「致命的な偶然」(強調は原文通り、以下同)のうえに、戦後の「生の意味」を考えることを安田に強いた(本書、一四九頁)。そのことは、以下のような情念を導くこととなった――「アイツが死んで、オレが生きた、ということが、どうにも納得できないし、その上、死んでしまった奴と、生き残った奴との、この〝決定的な運命の相違〟に到っては、ますます納得がゆかない。――納得のゆかない気持は、神秘主義や宿命論では、とうてい納得ができないほど、それほど納得がゆかない。まして、すっきりと論理的な筋道などついていたら、むしょうに肚が立って来るだけのことである」(本書、三九頁)。

「納得のゆかない気持」は、兵営での体験にも根差していた。安田は、岩手県農村文化懇談会編『戦没農民兵士の手紙』（一九六一年）を評した文章のなかで、「日々、四六時中――寝具のなかに短かい夢を結ぶ間も、厠で糞をたれている間も、〈無名の国民〉にいじめぬかれ、小づきまわされ、「陛下」の銃床で殴られ、馬グソを喰わされ、鉄鋲のついた編上靴ではり倒され、血を流し、歯を折られ、耳を聾され、発狂し、自殺した同胞」に言及しているが、それは安田の兵営体験とも大差はなかった（本書、一八二頁）。

とはいえ、戦争遂行に対する往時の安田自身の姿勢は、戦後の安田に自責の念を掻き立てた。安田は少年期より文学、演劇、洋画、芸能に親しみ、総じてリベラルな文化のもとで育っただけに、「国内のバカらしい野蛮な軍国主義的な風潮」には憎悪の念を抱いてはいたが、いよいよ学徒出陣で出征を迫られるようになると「いまやこの国難を収拾するものは、吾々若いものをおいてはない」「軍部のために戦争にかりたてられてゆくのではないのだ。愛する祖国の国土を守り、光輝ある万世一系の皇統を守るために征く」という思いを抱いた。だが、それは「一応はヒューマニスティックな立場から反戦的でありながら、現実の逼迫につれて、次第にそうした立場を曖昧にし、思考の順当な発展を、自から停止した」ことにほかならなかった（本書、二三―四頁）。それだけに、戦争体験を振り返る際には、憎悪や憤りだけではなく、悔恨、自責、恥辱といった感情も複雑に折り重なることとなった。

［戦中派の］求道的な姿勢と誠実主義の過剰についてはすでにふれた。生き残った戦中世代は、「戦後」から、その誠実主義を裁かれねばならなかった。誠実主義故の戦争協力。自己のおかれた運命に、忠実に誠実に応えようとした姿勢自体を裁かれねばならなかった。否、自ら裁かねばならなかった。しかも、たくさんの同世代の不在と空白。彼等は愧じ、沈黙した。疲労感と共犯意識が、生き残った戦中世代を少しニヒルにしていた。（安田武『人間の再建』筑摩書房、一九六九年、六二頁）

安田が戦争体験をわかりやすく、あるいは心地よく語ることを拒んだのも、こうした複雑な情念のゆえであった。

「反戦」の政治主義との齟齬

体験の語り難さへのこだわりは、「反戦」「平和」の政治主義に戦争体験を結びつけることへの拒絶につながった。安田は、本書『戦争体験』において、こう記している。

戦争体験の意味が問われ、再評価され、その思想化などということがいわれるごとに、そうした行為の目的のすべてが、直ちに反戦・平和のための直接的な「行動」に組織されなければならぬ、あるいは、組織化のための理論にならねばならぬようにいわれてきた、そういう発想の性急さに、私はたじろがざるを得ない。（本書、一五三―四頁）

一九六〇年には安保闘争が盛り上がりを見せたが、そこではしばしば戦争体験（記憶）が「安保反対」の政治主義に結びつけられた。もともと戦没学徒遺稿集『きけ、わだつみのこえ』（一九四九年）の刊行を機に発足した日本戦没学生記念会（わだつみ会）も、一九六〇年五月に条約改定に反対する請願文を衆参両議院に提出している。だが、安田にとってそれらは、戦争体験を「反戦・平和」のイデオロギーに従属させ、そのために流用するものでしかなかった。

もっとも、安田自身が六〇年安保闘争に関わらなかったわけではない。デモに参加することもあったし、「声なき声の会」の行進歌の作詞を手掛けたのも安田であった。だが、戦争体験はそのために流用されるべきものではなく、現実政治と戦争体験とはあくまで切り分けられるべきものであった。

戦没者や犠牲者の遺書や手記の刊行は尠なくない数にのぼったが、それらは多かれ少なかれ、編者たちの性急な政治的意図に着色され、読者たちの性急な政治的解釈に着色され、死者と、その死者の囲りに取り残された人びとの深い歎きは、ひとりびとりの歎きのなかに押しとどめられたままである。（本書、一五八―九頁）

政治主義と戦争体験の接合は、戦争体験のごく一部を取り出して、運動やイデオロギーの道具として利用することにほかならず、「死者と、その死者の囲りに取り残された人びとの深い歎き」から目を背けることでしかなかった。複雑で言葉にし難い体験にこだわる安田からすれば、当然導かれる論理であった。

戦後派・戦無派の苛立ち

だが、安田の戦争体験論に対し、戦後派や戦無派（終戦後に出生した世代）はつよい反感を抱いた。一九六四年に行われた日本戦没学生記念会の座談会のなかで、戦後派世代の古山洋三は「戦中派の中には、戦後のいろいろな過程ではじきだされて戦争体験に閉じこもってしまい、ぼくらとは通路がないようなところに入ってしまっている人がいるんじゃないか」「何か八ツ当り的に戦後派の若い奴にも、あるいは平和運動をやっている人達にも当っている」と発言している（座談会「わだつみ会の今日と明日」『わだつみのこえ』第二〇号、一九六四年)。一九三五年生まれの仏文学者・高橋武智も、一九六五年の文章のなかで、「現在と絶縁して戦争体験にのみ没入していこう」とする態度は「体験自身が風化し変質してしまう」状況をもたらすとしたうえで、「あくまで現代の立場に立って、時々刻々過去をとらえなおすことによってのみ、——体験を意識化するとはこのことにほかならない——体験はたえずよみがえり、新しい価値を賦与される」と述べている(「総会への覚書」『わだつみのこえ』第二七号、一九六五年)。これらはいずれも、安田の議論を念頭に置いたものであった。

文学研究者の和泉あき(一九二八年生まれ)に至っては、安田の『戦争体験』を評して、「その戦争体験論については、ありていに言えばもう沢山だった」「運動批判としても全く不毛ではないかと私は思う」「「組織化」と「組織化のための理論」を進めていく以外、手段がないことは見易い道理ではないだろうか」と言い切っていた(和泉あき「書評・『戦争体験』を読んで」『わだつみのこえ』第一九号、一九六三年)。

そこには明らかに、政治主義や運動をめぐるスタンスの相違があった。一九六〇年代は六〇年安保闘争に始まり、日韓基本条約問題、ベトナム反戦運動、佐世保闘争、大学紛争が高揚した「政治の季節」であったが、それを主に支えたのは大学生をはじめとする若い世代だった。六〇年安保闘争で国会議事堂に突入を試みたのは、全学連主流派の学生たちであった。高橋武智にしても、ベトナム反戦運動に深くかかわり、のちに脱走米兵の国外逃亡を支援した。そうした彼らからすれば、安田の議論は彼らの運動の有効性を否認するかのように映った。一九六六年のわだつみ会シンポジウムで、ある大学生が「我々にとって、戦後体験と切りはなされたかたちで戦争体験が出されるかぎり、いつまでも不可解なものとしてとどまらざるを得ないと思います。現実に起きているさまざまな問題、たとえば日韓問題、そういった問題に即して戦争体験が語られるべきではないかと思うのです」と発言していたことも、それを如実に物語っていた（「第七回シンポジウム記録」『わだつみのこえ』第三六号、一九六六年）。

さらに言えば、安田の議論は、戦争体験を振りかざし、若い世代の発言を封じるものとして受け止められた。苛烈な体験が論じられる場では、非体験者が体験者の劣位に置かれることは避けがたい。体験に基づくかぎり、両者のあいだで議論の対等性を担保することは困難であった。一九四一年生まれの教育学者・長浜功は、戦中派が多く集った一九六〇年代のわだつみ会について、「戦争体験を持っている人たちが発言すると、こちらはとっても発言しにくくなるという状況が今までずいぶんあった」「おれたちはこういう目にあったんだ、おまえたち知ってるか、みたいなレベルで議論が止まってしまっているような気がする」と語っていた（座談会「わだつみ会の活動を考える」『わだつみのこえ』第七五号、一九八二年）。だとすれば、戦争体験の語り難さにこだわる安田の議論に対し、若い世代が抑圧を感じ、反発を抱くのは避けがたかった。それが安田の直接的な意図かどうかはさておき、若い世代は体験をめぐる抑圧やヒエラルヒーを感じ取っていた。

戦争体験の断絶

戦後派・戦無派のこうした姿勢に対し、安田は突き放すような筆致で反論している。

戦争体験を伝えることが、ぼくたちの世代の義務・責任であるのか、まして、伝えるために思想化したり、組織化したりせねばならぬものか、ぼくには、依然として疑問である。第一、戦争体験の挫折に固執し、挫折点のなかに居すわりつづけることが、どうして不〈生産的〉であり、非〈有効〉なのか、ぼくにはわからぬ。いや、たとえ、それが生産的でもなく、有効でもないとして、だからどうだというのだ。［中略］挫折の傷のなかに、いつまでも執着するのではなく、その体験を思想化することで、前向きに正当化しようという試みは、彼等の発言の建設性、積極性にもかかわらず、その発言の表むきの積極性とは、およそウラハラな精神の受動性をひめているとぼくは思う。（本書、一二〇頁）

何を継承するかが緊急の課題であって、何を伝承するかは、二の次のことである。

それに、伝承ということが可能になるためには、継承したいと身構えている人びとの姿勢が前提であろう。継承したくない、と思っている者に、是が非でも伝承しなければならぬ、と意気ごむような過剰な使命感からは、ぼくの心はおよそ遠いところにある。戦争体験を現代に生かすも生かさぬも、それはまったく、それぞれ各自の問題であって、余人の立入るところではない。戦争体験から何も学びたくないと思う者、あるいは何も学ぶことはないと考える者は、学ばぬがよいのである。書かれ、伝説化された歴史の裡には、書かれず、伝説化もされなかった無数の書かれたかも知れない事実の可能性が死んでいる。死んでしまった筈のそのような可能性から、やがて復讐される、その亡霊に悩まされることもあり得る、ということをおそれぬものは、戦争体験にかぎらず、およそ歴史のすべてから、何も学ばぬがよい。若い世代は、いつの時にも、記憶をもたぬものだ。（本書、一六六―七頁）

そこにあるのは、「伝承」を捨ててまでも「戦争体験の挫折」に固執し、そこに居座り続けようとする姿勢である。若い世代に届くことを優先する発想は、安田にはなかった。だが、それは、わかりやすさや心地よさによって体験をめぐる入り組んだ情念が掻き消されることへの懸念に根差していた。安田にとって、「伝承」を拒絶することは、体験の語り難さを妥協なく直視し続けることにほかならなかった。戦争体験は、あくまで政治的な

「有効性」や「生産性」の尺度で測られるものではなかった。

とはいえ、安田のこうした議論が若い世代のさらなる反発を招いたことは、想像に難くない。高橋武智は、安田のこの議論を受けて、「その勝手たるべしという同じ事は、伝承するつもりがあるのかないのか、伝承する側にとっても同じだと思うので、伝承する気のない人の戦争体験は私は返上したい、受け取る気はない」と述べている（「第六回シンポジウム」『わだつみのこえ』第三〇号、一九六五年）。安田武をはじめとする戦中派とその下の世代との断絶は、明らかであった。

だが、言い換えれば、戦争体験をめぐる世代間の激しい論争のなかで、本書『戦争体験』は生み出されたとも言える。本書の「あとがき」のなかでも、「わだつみ会内部において、より若い世代から――たとえば高橋武智から――鋭く且つ真摯な批判を受けている」ことに触れられている（本書、二七五頁）。安田と高橋の論争は、ときに感情的で、平行線を辿りがちではあった。だが、見方を変えれば、その相容れない論争のなかで、戦争体験の語り難さへの固執、わかりやすさの拒絶、政治主義による流用への苛立ちに根差した安田の戦争体験論は紡がれていった。安田の戦争体験論が、若い世代が台頭した「政治の季節」の時期に多く著されたのは、ある種、必然的なものであった。

「顕彰」の拒絶

ただ、安田は戦争体験が「反戦」「平和」の政治主義に回収されることを拒んだのと同時に、それが「顕彰」に絡めとられることにも、つよい反感を抱いた。

一九六〇年代から七〇年代半ばにかけて、日本遺族会などで靖国神社の国営化をめざす動きが加速され、自民党は一九七三年までに五度にわたって靖国神社国家護持法案を国会に提出した。戦後に一宗教法人となった靖国神社を国家が運営することで、国による公的な戦没者顕彰を実現したいという欲望が、そこにはあった。

安田は、こうした動向にも苛立ちを隠すことができなかった。その根底にあったのも、死者の情念や戦争体験へのこだわりであった。安田は、靖国国家護持問題を念頭に置いた「靖国神社への私の気持」(一九六八年)のなかで、次のように記している。

最後に、もうひとつ遺族の方たちにおたずねしておきたいことがある。戦没者たちは、「戦死すれば靖国の神」となることを、ほんとうに信じ、ほんとうに名誉としていたのだろうか。私には、靖国神社に合祀されることを、つよく拒否している戦没者の声が、聞こえてきてならぬように思えるのだが。……(安田武「靖国神社への私の気

持」『現代の眼』一九六八年二月号）

前述のように、安田は上官や古年兵に「いじめぬかれ、小づきまわされ、「陛下」の銃床で殴られ、馬グソを喰わされ、鉄鋲のついた編上靴ではり倒され、血を流し、歯を折られ、耳を聾され、発狂し、自殺した同胞」を目の当たりにし、また自らも同様の経験を有していた。それだけに、安田にとって「靖国の神」として死者を祭り上げることは、彼らの憤りや苦悶、懐疑を覆い隠し、真綿でくるむように死者の声を封じる行為にほかならなかった。

靖国神社国家護持問題については、信教・思想信条の自由や政教分離の観点から、宗教界・教育界や野党がつよい反対姿勢を示した。だが、安田の議論は、むしろ死者の情念を突き詰めた先に顕彰の拒絶を導くものであった。それは言うなれば、靖国国家護持の議論を逆手にとる論理だった。

『戦争体験』のなかでも、安田は「死者の死そのものを問いつ」め、「未発の歎きを掘りおこ」す必要性にふれながら、「「他人の死から深い感銘を受ける」というのは、生者の傲岸な頽廃」であるという白鳥邦夫の言葉を引いている（本書、一五九頁）。安田にとって、死者の死に感銘を求めることは、戦後の生者が自らに都合よく死者を眺めることにほかならず、決して死者の体験それ自体に真摯に向き合うものではなかった。安田は「反戦」

「平和」の政治主義による戦争体験の恣意的な流用につよい憤りを覚えたが、顕彰への拒絶感もまた同様の思いに根差していたのである。

「臆病者」に甘んじる「勇気」

とはいえ、一九七〇年代以降にもなると、戦争体験をめぐる安田の発言は総じて少なくなり、それに代わって、少年期より関心を寄せていた伝統芸能に関する著述が多くを占めるようになった。『芸と美の伝承』(一九七二年)、『型の文化再興』(一九七四年)、『続 遊びの論』(一九七九年)などである。かつて常任理事を務め、シンポジウムにも多く登壇した日本戦没学生記念会からも、足が遠のくようになった。

その背景には、若い世代からの突き上げに嫌気が差したこともあったのだろう。互いが激しく批判し合うも、議論は平行線を辿り、それが深まることはなかった。日本戦没学生記念会において、立命館大学わだつみ像破壊事件(一九六九年)をめぐる賛否が分かれ、批判声明を打ち出せなかったことも、安田に徒労感を掻き立てた。

戦争をめぐる社会的な争点にも変化が見られた。ベトナム反戦運動を契機に「加害責任」が論じられるようになった一方、その揺り戻しとして「顕彰」の動きも目立つようになった。靖国神社公式参拝問題やA級戦犯合祀問題、歴史教科書問題はその一例である。

「加害責任」と「顕彰」の二項対立が際立つなか、体験の語り難さにこだわる安田の議論は、さほど思い起こされなかった。たしかに、一九七三年には『拒絶の思想』を、一九八三年には『不戦の誓い』を上梓してはいるが、『戦争体験』（一九六三年）や『学徒出陣』（一九六七年）、『人間の再建』（一九六九年）ほどの反響があったわけではない。一九六〇年代に比べれば、その後、安田の戦争体験論が顧みられることは少なくなった。

だが、安田の戦争体験論を読み返すことの意義は、現代において決して小さくはない。語り難さへのこだわりは、政治主義に都合よく往時の体験を解釈することを阻み、体験や記憶それ自体を内在的に見つめる営みを促すものである。悔恨や自責を含む当事者の情念を掘り起こすことは、死者を心地よく顕彰し、歴史を美化することを拒む思考にもつながった。ひいてはそれは、「加害か顕彰か」という不毛な二項対立を脱構築し、死者の情念を突き詰めた先に戦争責任や加害責任を問うことにも接続するのではないだろうか。

その意味で、「「臆病者」に甘んじる「勇気」」についての安田の言及は示唆深い。一九四五年八月八日にソ連が対日宣戦布告を行ったことで、安田の中隊にも出動命令が下ったが、安田は留守部隊への残留を命じられていた。しかし、八月一四日になって、ともに残留していた老兵長が「オレは、中隊を追って前線へ行く。これ程、戦況が逼迫してきたのに、アンカンと留守部隊に居残っていることはできない。安田はどうするか」と言い出し、中隊長命令を盾に前線行きをしぶる安田を罵り、非難した。その勇ましい「正論」に抗することができなかった安田は、結果的に冒頭に述べたソ連軍との交戦に巻き込まれた。そうしたなかで安田が感じ取ったのは、「勇敢であることの臆病さ」と「「臆病者」に甘んじる「勇気」」であった。

私を卑怯者、臆病者とののしった老兵長自身、戦場を間近にした留守部隊のたよりなさに不安をおぼえ、むしろ、中隊全員のなかに身をおくことを望んだ、それ故の追跡行であったのだ。生命の危機が身近に迫ると、人は、ひとりで守るよりも、より危険度が高くても、大勢の仲間と共に進みたいものらしい。そして、私自身のその時についていえば、卑怯者とか臆病者とか、いずれにせよ、他人の蔑みの眼のなかで、自分ひとりの判断を守りとおすことの、如何にむずかしいかを考えるのである。「臆病者」に甘んずる「勇気」について思うのである。（本書、一六〇―一頁）

ちなみに、その老兵長は、戦闘のさなか、大腿部に盲貫銃創を受けて斃れた。それについて安田は、「その後のことはわからない」と突き放すように記している（本書、一六二頁）。戦争体験を六〇年安保闘争やベトナム反戦運動に直接的に結びつけることは、当時においては「正論」だったかもしれない。そのために立ち上がることは、「勇ましい行為」でもあっただろう。必然的に、そこに違和感を抱いた安田は、激しく非難され、突き上げられることとなった。身を挺して運動にあたる者たちからすれば、安田が「臆病者」「卑怯者」に映ったのは、当然だったかもしれない。だが、そこで安田が思い起こしたのは、おそらくこの出来事だったのだろう。言わば、安田の戦争体験論は、その「「臆病者」に甘んじる「勇気」」に根差すものだった。

戦後八〇年近くを経てもなお、「戦争の記憶の継承」は叫ばれている。だが、戦争を知らない世代にとっての「わかりやすさ」が重視される一方で、「語り難さ」への固執が言われることは少ない。「継承したくない、と思っている者に、是が非でも伝承しなければならぬ、と意気ごむような過剰な使命感からは、ぼくの心はおよそ遠いところにある」といった挑発的な言葉が、体験者から非体験者にむけて発せられることも考えにくい。だが、「わかりやすさ」に基づく「継承」が、何を取りこぼし、いかなる忘却を生み出してきたのか。本書『戦争体験』をはじめとする安田の戦争体験論は、こうした問いを現代に投げかけている。

本書は一九六三年七月に未來社より刊行され、一九九四年四月に朝文社より再刊された。文庫化に際して明らかに間違いと思われる箇所は修正し、一部ルビを加えた。本文中には今日の人権意識に照らして差別的な表現があるが、執筆時期と、著者が故人であることに鑑み、そのままとした。

気流の鳴る音　真木悠介
カスタネダの著書に描かれた異世界の論理に、人間ほんらいの生き方を探る。現代社会に抑圧された自我を、深部から解き放つ比較社会学的構想。

五輪書　宮本武蔵　佐藤正英校注／訳
苛烈な勝負を経て自得した兵法の奥義。広く人生の修養・鍛錬の書として読まれる。『兵法三十五か条の書』『独行道』を付した新訳・新校訂版。

草莽論　村上一郎
草莽、それは野にありながら危急の時に大義に立つ壮士である。江戸後期から維新前夜、奔星のように閃いた彼らの生き様を鮮烈に描く。（桶谷秀昭）

柳宗悦コレクション（全3巻）　柳宗悦
民藝という美の標準を確立した柳は、よりよい社会の実現を目指す社会変革思想家でもあった。その斬新な思想の全貌を明らかにするシリーズ全3巻。

柳宗悦コレクション1　ひと　柳宗悦
白樺派の仲間、ロダン、ブレイク、トルストイ……柳思想の根底を、彼に影響を及ぼした人々との出会いから探るシリーズ第一巻。（中見真理）

柳宗悦コレクション2　もの　柳宗悦
柳宗悦の「もの」に関する叙述を集めたシリーズ第二巻。カラー口絵の他、日本民藝館所蔵の逸品の数々を新撮し、多数収録。（柚木沙弥郎）

柳宗悦コレクション3　こころ　柳宗悦
柳思想の最終到達点「美の宗教」に関する論考を収めたシリーズ最終巻。阿弥陀の慈悲行を実践しようとした宗教者・柳の姿が浮び上がる。（阿満利麿）

総力戦体制　山之内靖　伊豫谷登士翁／成田龍一／岩崎稔編
戦後のゆたかな社会は敗戦により突如もたらされたわけではない。その基礎は、戦時動員体制において形成されたものだ。現代社会を捉え返す画期的論考。

『「いき」の構造』を読む　安田武　多田道太郎
日本人の美意識の底流にある「いき」という概念。九鬼周造の名著を素材に、二人の碩学があざやかに軽やかに解きほぐしていく。（井上俊）

古典との対話　串田孫一
やっぱり古典はすばらしい。デカルトも鴨長明もみんな友達。少年のころから読み続け、今もなお、何度も味わう。碩学が語る珠玉のエッセイ、読書論。

書国探検記　種村季弘
エンサイクロペディストによる痛快無比の書物・読書論。作家から思想家までの書物ワールドを自在に飛び回り、その迷宮の謎を解き明かす。（松田哲夫）

朝鮮民族を読み解く　古田博司
彼らに共通する思考行動様式とは何か。なぜ日本人はそれに違和感を覚えるのか。体験から説き明かす朝鮮文化理解のための入門書。（木村幹）

アレクサンドリア　E・M・フォースター　中野康司訳
二三〇〇年の歴史を持つ古都アレクサンドリア。この町に魅せられた作家による、地中海世界の楽しい歴史入門書。（前田耕作）

シャボテン幻想　龍膽寺雄
多肉植物への偏愛が横溢した愛好家垂涎のバイブル。異端作家が説く「荒涼の美学」は、日常に疲れた現代人をいまだ惹きつけてやまない。（田中美穂）

真珠湾収容所の捕虜たち　オーテス・ケーリ
流暢な日本語を駆使する著者の「人間主義」は、「戦陣訓」の日本兵をどう変えたか。戦前・戦後の日本および日本人の、もうひとつの真実。（前澤猛）

クワイ河収容所　アーネスト・ゴードン　斎藤和明訳
「戦場に架ける橋」の舞台となったタイ・クワイ河流域の日本軍俘虜収容所での苛酷な経験を綴った、イギリス将校による戦争ノンフィクション。

虜人日記　小松真一
一人の軍属が豊富な絵とともに克明に記したジャングルでの逃亡生活と収容所での捕虜体験。戦争の真実、人間の本性とは何なのか。（山本七平）

八月の砲声（上）　バーバラ・W・タックマン　山室まりや訳
一九一四年、ある暗殺が欧州に戦火を呼びこむ。情報の混乱、指導者たちの誤算と過信は予期せぬ世界大戦を惹起した。'63年ピュリッツァー賞受賞の名著。

八月の砲声(下)
バーバラ・W・タックマン
山室まりや訳

なぜ世界は戦争の泥沼に沈んだのか。政治と外交と軍事で何がどう決定され、また決定されなかったのかを克明に描く異色の戦争ノンフィクション。

最初の礼砲
バーバラ・W・タックマン
大社淑子訳

独立戦争は18世紀の世界戦争であった。豊富な挿話を積み上げながら、そのドラマと真実を見事な語り口で描いたピュリッツァー賞受賞作家の遺著。

米陸軍日本語学校
ハーバート・パッシン
加瀬英明訳

第二次大戦中、アメリカは陸海軍で日本語の修得を目的とする学校を設立した。著者の回想によるその実態と、占領将校としての日本との出会いを描く。

アイデンティティが人を殺す
アミン・マアルーフ
小野正嗣訳

アイデンティティにはひとつの帰属だけでよいのか? 人を殺人にまで駆り立てる思考を作家は告発する。大反響を巻き起こしたエッセイ、遂に邦訳。

世界の混乱
アミン・マアルーフ
小野正嗣訳

二十一世紀は崩壊の徴候とともに始まった。国際関係、経済、環境の危機に対して、絶望するのではなく、緊急性をもって臨むことを説いた警世の書。

震災画報
宮武外骨

混乱時のとんでもない人のふるまいや、同じ町内で生死を分けた原因等々を詳述する、外骨による関東大震災の記録。人間の生の姿がそこに。(吉野孝雄)

独裁体制から民主主義へ
ジーン・シャープ
瀧口範子訳

すべての民主化運動の傍らに本書が。独裁体制を研究しつくした著者が示す非暴力による権力打倒の実践的方法。「非暴力行動の198の方法」付き。本邦初訳。

国家と市場
スーザン・ストレンジ
西川潤/佐藤元彦訳

国際関係を「構造的権力」という概念で読み解いた歴史的名著。経済のグローバル化で秩序が揺らぐ今、持つべき視点がここにある。(鈴木一人)

私の憲法勉強
中野好夫

戦後、改憲論が盛んになった頃、一人の英文学者が日本国憲法をめぐる事実を調べ直し、進行する事態に警鐘を鳴らした。今こそその声に耳を傾けたい。

ちくま学芸文庫

戦争《せんそう》体験《たいけん》　一九七〇年《ねん》への遺書《いしょ》

二〇二一年六月十日　第一刷発行

著者　安田武（やすだ・たけし）
発行者　喜入冬子
発行所　株式会社　筑摩書房
東京都台東区蔵前二―五―三　〒一一一―八七五五
電話番号　〇三―五六八七―二六〇一（代表）
装幀者　安野光雅
印刷所　中央精版印刷株式会社
製本所　中央精版印刷株式会社

ISBN978-4-480-51056-3 C0110